Die blaue Blume: Symbol romantischer Poesie, der Sehnsucht nach dem Unendlichen, Chiffre für ein Leben in und aus der Phantasie gegen die alltägliche Wirklichkeit. Penelope Fitzgerald erzählt von der Liebe des Dichters zu Sophie von Kühn, seiner »blauen Blume«, die im Alter von fünfzehn Jahren an Tuberkulose starb. Unter dem erstaunten, manchmal befremdeten Blick der englischen Autorin erscheint Friedrich von Hardenberg in neuem Licht und gewinnt das Leben in der sächsischen Provinz um 1795 einen geradezu exotischen Reiz.

Im März 1998 erhielt Penelope Fitzgerald in den USA für *Die blaue Blume* den hochangesehenen National Book Critic's Circle Fiction Prize.

»Ich hoffe, andere teilten meine Schadenfreude, als aus den USA bekannt wurde, daß der höchst angesehene National Book Critic's Circle Fiction Prize an Penelope Fitzgerald für ihren Roman *Die blaue Blume* ging – und dies im ersten Jahr, in dem auch nichtamerikanische Autoren zugelassen waren. Es ist erfreulich, daß ein englischer Roman all die hochgepriesenen amerikanischen Größen geschlagen hat.« *Antonia S. Byatt*

Im insel taschenbuch ist von Penelope Fitzgerald außerdem lieferbar: *Frühlingsanfang* (it 1693) und *Das Engelstor* (it 2247).

insel taschenbuch 2707

Penelope Fitzgerald

Die blaue Blume

Penelope Fitzgerald
Die blaue Blume

Roman

Aus dem Englischen übertragen
von Christa Krüger

Insel Verlag

insel taschenbuch 2707
Erste Auflage 2000

Hinweise zu dieser Ausgabe am Schluß des Bandes
Vertrieb durch den Suhrkamp Taschenbuch Verlag
Umschlag nach Entwürfen von Willy Fleckhaus
Satz: Hümmer GmbH, Waldbüttelbrunn
Druck: Nomos Verlagsgesellschaft, Baden-Baden
Printed in Germany

1 2 3 4 5 6 – 05 04 03 02 01 00

»Der Roman ist aus Mangel der Geschichte entstanden«

(F. von Hardenberg)

I. KAPITEL
Waschtag

Ganz dumm und weltfremd war Jakob Dietmahler nicht: Er sah sehr wohl, daß sie ausgerechnet am Tag der großen Wäsche im Elternhaus seines Freundes ankamen. Ein denkbar unpassender Zeitpunkt für einen Besuch, und ganz besonders in diesem vornehmen Haus, dem drittgrößten in Weißenfels. Dietmahlers Mutter hielt dreimal im Jahr große Wäsche, deshalb besaß ihr Haushalt nur für vier Monate Leinen und Weißzeug. Es gab neunundachtzig Hemden, mehr nicht. Aber hier, im Hardenbergschen Haus in der Klostergasse, war offenbar nur einmal im Jahr Waschtag; das schloß er aus dem schmuddeligen Schneegestöber von Laken, Bettbezügen, Kissenbezügen, Unterhemden, Leibchen, Unterhosen, die durch die oberen Fenster in den Hof hinunterflatterten und dort von finster blickenden männlichen und weiblichen Dienstboten in großen Körben aufgefangen wurden. Das mußte kein Zeichen für Reichtum sein; er wußte sogar, daß es in diesem Fall keines war, aber es deutete auf eine alteingesessene, sehr angesehene Familie hin. Auch auf eine zahlreiche Familie. Die Unterwäsche von Kindern und Jugendlichen und Stücke in Erwachsenengrößen segelten durch die blaue Luft, als ob die Kinder selbst fliegen gelernt hätten.

»Fritz, ich fürchte, du hast mich in einem unpassenden Moment hergebracht. Das hättest du mir vorher sagen sollen. Nun stehe ich da, für deine verehrte Familie ein Fremder, und wate knietief in eurer Unterwäsche.«

»Woher soll ich wissen, wann sie Wäsche waschen?« sagte Fritz. »Und wenn schon, du bist jederzeit tausendmal willkommen.«

»Der junge Herr trampelt auf den unsortierten Kleidern herum«, rief die Wirtschafterin aus einem Fenster im ersten Stock.

»Fritz, wie viele seid ihr in der Familie?« fragte Dietmahler. »So viele Dinge?« Dann brüllte er plötzlich: »Ein Ding an sich ist nicht vorstellbar!«

Fritz, der vor ihm her über den Hof ging, blieb stehen, blickte um sich und brüllte dann mit Autorität zurück: »Meine Herren! Sehen Sie den Wäschekorb an! Denken Sie den Wäschekorb! Und nun denken Sie *den*, der den Wäschekorb gedacht hat!«

Im Inneren des Hauses fingen die Hunde an zu bellen. Fritz rief einem der Dienstboten an den Körben zu: »Sind mein Vater und meine Mutter zu Hause?« Aber das war eine unnötige Frage, denn die Mutter war immer da. Nun kamen ein untersetzter, unfertig aussehender junger Mann, noch jünger als Fritz, und ein blondes Mädchen in den Hof hinunter. »Hier sind jedenfalls mein Bruder Erasmus und meine Schwester Sidonie. So lange sie da sind, braucht man nicht mehr.« Beide umarmten Fritz stürmisch.

»Wie viele seid ihr denn im ganzen?« fragte Dietmahler noch einmal. Sidonie gab ihm die Hand und lächelte.

»Hier zwischen den Tischtüchern bringt mich Fritz Hardenbergs kleine Schwester durcheinander«, dachte Dietmahler. »Genau das wollte ich vermeiden.«

Sie sagte: »Karl wird irgendwo sein, und Anton auch und Bernhard, aber wir sind natürlich noch mehr.« Im Haus war Freifrau von Hardenberg, sie wirkte wesenslos und schattenhafter als ein Schatten. »Mutter«, sagte Fritz, »dies ist Jakob Dietmahler; er hat zur selben Zeit wie Erasmus und ich in Jena studiert und ist nun Hilfsassistent des Professors für Medizin.«

»Noch nicht ganz«, sagte Dietmahler, »aber eines Tages hoffentlich.«

»Du weißt ja, ich war in Jena, um meine Freunde zu besuchen«, fuhr Fritz fort, »da habe ich ihn gebeten, ein paar Tage mit zu uns zu kommen.«

Die Freifrau sah ihn an, und in ihrem Blick glomm Entsetzen, die Angst eines Hasen in Panik. »Dietmahler braucht einen Schluck Branntwein, damit er noch ein paar Stunden am Leben bleibt.«

»Ist ihm nicht wohl?« fragte die Freifrau bestürzt. »Ich schicke nach der Wirtschafterin.« »Aber die brauchen wir doch nicht«, sagte Erasmus. »Du hast bestimmt selbst Schlüssel zum Eßzimmer.« – »Ja, bestimmt«, sagte sie und sah ihn flehend an. »Nein, ich habe die Schlüssel«, sagte Sidonie, »immer schon, seit meine Schwester geheiratet hat. Ich werde euch in die Speisekammer führen, seid unbesorgt.« Die Freifrau faßte sich wieder und hieß den Freund ihres Sohnes willkommen. »Mein Mann kann Sie jetzt nicht empfangen, er hält seine Andacht.« Erleichtert, daß die Tortur vorüber war, begleitete sie die jungen Leute nicht durch die schäbigen Zimmer und die noch schäbigeren Flure voller schlichter, solide gearbeiteter alter Möbel. An den pflaumenblauen Wänden sah man andersfarbige Rechtecke, wo früher Bilder gehangen haben mußten. In der Speisekammer schenkte Sidonie Branntwein ein, und Erasmus brachte einen Toast auf Jena aus: »Stoßt an! Jena lebe hoch! Hurra!«

»Was das Hurra soll, weiß ich nicht«, sagte Sidonie. »Jena ist ein Ort, an dem Fritz und Asmus Geld verschwendet, Läuse bekommen und Unsinn redenden Philosophen zugehört haben.« Sie gab ihren Brüdern die Speisekammerschlüssel und ging wieder zu der Mutter, die sich nicht von der Stelle gerührt hatte, seit man sie stehengelassen hatte, und auf die Vorbereitungen zur großen Wäsche hinunterstarrte. »Mutter, ich möchte, daß du mir etwas Geld anvertraust, fünf oder sechs Thaler vielleicht, damit ich einiges für unseren Gast herrichten kann.« – »Was denn herrichten, mein Liebes? In dem Zimmer, das er haben soll, steht doch schon ein Bett.« – »Ja, aber die Dienstboten verwahren dort die Kerzen und halten ihre Bibelstunde ab.« – »Aber, mein Liebes, was will dieser Mann denn tagsüber in seinem Zimmer?« Sidonie meinte, er würde vielleicht etwas schreiben wollen. »Etwas schreiben!« wiederholte die Mutter in höchster Verwunderung. »Ja, und dafür braucht er einen Tisch.« Sidonie nutzte die Gunst des Augenblicks, »und falls er sich waschen möchte, einen Krug Wasser und eine Schüssel, ja, und einen Eimer für das schmutzige Wasser.« – »Aber Sidonie, weiß er denn nicht, wie man sich unter der Pumpe wäscht? Deine Brüder machen es alle so.« – »Und in dem Zimmer ist auch kein Stuhl, auf dem er nachts seine Kleider ablegen kann.« »Seine Kleider! Es ist noch viel zu kalt, als daß man sich nachts entkleiden könnte. Ich glaube, ich habe mich seit zwölf Jahren nicht mehr nachts entkleidet, nicht einmal im Sommer.« – »Und trotzdem hast du uns zur Welt gebracht, elf Kinder!« rief Sidonie. »Der Himmel schütze mich vor einer Ehe wie deiner!«

Die Freifrau hörte ihr kaum zu. »Und dann ist da noch etwas, woran du nicht gedacht hast – der Vater könnte seine Stimme erheben.« Das beeindruckte Sidonie nicht. »Dieser Dietmahler muß sich an den Vater und an unsere Art gewöhnen, und wenn er dazu nicht bereit ist, dann soll er seine Sachen packen und schleunigst heimgehen.«

»Aber wenn das so ist, kann er sich dann nicht auch an unsere Gästezimmer gewöhnen? Fritz hätte ihm erklären sollen, daß wir ein einfaches gottesfürchtiges Leben führen.«

»Warum ist es gottesfürchtig, keinen Eimer für schmutziges Wasser zu haben?« fragte Sidonie.

»Was sind das für Reden? Schämst du dich deines Heims, Sidonie?«

»Ja, ich schäme mich.« Sie war sechzehn und loderte wie eine Flamme. Ungeduld, in geistige Energie übersetzt, trieb alle jungen Hardenbergs um. Fritz wollte nun mit seinem Freund zum Fluß hinuntergehen, den Treidelpfad entlangspazieren und über Dichtung und die Berufung des Menschen sprechen. »Das hätten wir überall tun können«, sagte Dietmahler. »Aber ich möchte, daß du meine Heimat siehst«, erklärte ihm Fritz. »Es ist altmodisch hier, wir sind altmodisch in Weißenfels, aber wir haben unseren Frieden, wir fühlen uns *heimisch* hier.« Einer der Dienstboten, der im Hof gewesen war, erschien, jetzt im schwarzen Tuchrock, in der Tür und sagte, der Herr würde sich freuen, den Gast seines Sohnes vor dem Essen im Studierzimmer begrüßen zu können.

»Der altböse Feind liegt in seiner Höhle«, rief Erasmus. Dietmahler fühlte sich einigermaßen unbehaglich. »Es ist mir eine Ehre, deinen Vater kennenzulernen«, sagte er zu Fritz.

2. KAPITEL
Das Studierzimmer

Erasmus mußte der Sohn sein, der die Statur vom Vater hatte, denn der Freiherr, der sich jetzt im Halbdunkel seines Studierzimmers höflich erhob, war gegen Dietmahlers Erwartung ein kleiner, untersetzter Mann; er trug eine Nachtmütze aus Flanell zum Schutz vor der Zugluft. Woher hatte dann Fritz – da die Mutter nur ein Strich war – seine hochaufgeschossene hagere Gestalt? Eine Gemeinsamkeit aber hatten der Freiherr von Hardenberg und sein ältester Sohn: Auch er fing sofort an zu reden, seine Gedanken drängten sich danach, zu Worten zu werden.

»Gnädiger Herr, ich bin in Ihr Haus gekommen«, begann Dietmahler nervös, doch Hardenberg unterbrach ihn: »Dies ist nicht mein Haus. Wohl wahr, ich habe es der Witwe von Pilsach abgekauft, um meine Familie unterzubringen, als ich zum Direktor der kursächsischen Salinen ernannt wurde und deshalb in Weißenfels Wohnung nehmen mußte. Aber der Stammsitz der Hardenbergs, unser Heim und unser Boden, das ist Oberwiederstedt in der Grafschaft Mansfeld.« Dietmahler erwiderte höflich, er könne sich das Glück, Oberwiederstedt kennengelernt zu haben, nur wünschen. »Da hätten Sie nichts als Ruinen gesehen«, sagte der Freiherr, »und unterernährtes Vieh. Aber es ist alter Adelsbesitz, und aus diesem Grund ist es mir wichtig zu wissen, und ich ergreife die Gelegenheit, Sie zu fragen, ob es wahr ist, daß mein ältester Sohn Friedrich sich mit einer bürgerlichen jungen Frau eingelassen hat.«

»Mir ist nicht zu Ohren gekommen, daß er sich mit irgend jemanden eingelassen hätte«, sagte Dietmahler ärgerlich, »doch ich bezweifle in jedem Fall, daß man ihn mit normalen Maßstäben messen kann, er ist ein Dichter und ein Philosoph.«

»Seinen Lebensunterhalt wird er als Akzessist des Direktors der Salinen verdienen«, sagte der Freiherr, »aber es ist nicht rechtens, Sie auszufragen. Ich heiße Sie als Gast willkommen, wie einen Sohn also, und Sie werden nichts dagegen haben, daß ich ein wenig mehr über Sie erfahren möchte. Wie alt sind Sie, und was ist Ihr Ziel im Leben?«

»Ich bin zweiundzwanzig, und ich befinde mich in der Ausbildung zum Chirurgen.«

»Und sind Sie Ihrem Vater gehorsam?«

»Mein Vater ist tot, Herr Baron. Er war Stukkateur.«

»Danach habe ich Sie nicht gefragt. Haben Sie den Verlust von Familienangehörigen zu beklagen?«

»Ja, Herr Baron, zwei kleine Brüder sind an Scharlach gestorben und eine Schwester an der Auszehrung, ich habe sie alle im selben Jahr verloren.«

Der Freiherr nahm seine Nachtmütze ab, offensichtlich aus Ehrfurcht vor dem Tod. »Ein guter Rat: Wenn Sie, ein junger Mann, ein Student, von der Begierde nach Frauen gequält werden, dann hilft dagegen am besten möglichst viel Bewegung an der frischen Luft.« Er machte einen Rundgang durch die Stube, an deren Wänden überall Bücherregale standen, manche mit leeren Brettern. »Übrigens, wieviel Geld pro Woche würden Sie für geistige Getränke ausgeben, was schätzen Sie, he? Wieviel für Bücher – keine erbaulichen Schriften, versteht sich? Wieviel für einen neuen schwarzen Rock, ohne jede Erklärung, wieso der alte nicht mehr tragbar ist? Nun, wieviel?«

»Herr Baron, mit diesen Fragen üben Sie Kritik an Ihrem Sohn. Sie haben gerade gesagt, Sie wollten mich nicht ausfragen.« Hardenberg war eigentlich kein alter Mann – er war zwischen fünfzig und sechzig –, aber als er Jakob Dietmahler jetzt anstarrte, hatte er den gekrümmten Hals und gesenkten Kopf eines Greises. »Sie haben Recht, völlig Recht. Ich habe die Gelegenheit ausgenutzt. Gelegenheit ist schließlich nur ein anderes Wort für Versuchung.«

Er legte dem Gast die Hand auf die Schulter. Dietmahler erschrak und wußte nicht, ob er auf die Knie gedrückt werden sollte, ob der Freiherr sich auf ihn stützen wollte oder ob beides der Fall war. Er mußte es jedenfalls gewohnt sein, sein Gewicht einem Standfesteren anzuvertrauen, vielleicht seinen kräftigen Söhnen, vielleicht sogar seiner Tochter. Dietmahler spürte, wie sein Schlüsselbein nachgab. Ich mache eine schlechte Figur, dachte er, aber wenigstens lag er auf den Knien, während Hardenberg, ärgerlich über seine eigene Schwäche, sich im Umsinken festhielt, zuerst an der Platte des schweren Eichentisches, dann an einem Tischbein. Die Tür öffnete sich, und derselbe Diener kam wieder, diesmal allerdings in Pantoffeln.

»Wünschen gnädiger Herr, daß der Ofen angezündet wird?«

»Knie mit uns nieder, Gottfried.«

Mit knirschenden Knochen ging der alte Dienstmann neben dem Herrn in die Knie. Sie sahen wie ein altes Ehepaar aus, das die wackelnden Köpfe über dem Haushaltsbuch zusammensteckt – erst recht, als der Freiherr rief: »Wo sind denn die Kleinen?«

»Die Kinder der Dienstboten, Euer Exzellenz?«

»Sicher, und der Bernhard.«

3. KAPITEL

Der Bernhard

Im Hause Hardenberg gab es einen Engel, den weizenblonden August Wilhelm Bernhard. Nach der ältesten, der unscheinbaren, mütterlichen Caroline, nach Fritz mit den großen Augen, dem stämmigen kleinen Erasmus, dem leichtlebigen Karl, der offenherzigen Sidonie, dem gewissenhaften Anton und der zarten Auguste kam der blonde Bernhard. Der Tag, an dem man ihm lange Hosen anziehen mußte, war schrecklich für seine Mutter. Sie, die so gut wie nie etwas für sich verlangte, bat Fritz inständig: »Geh zu ihm, geh zu deinem Vater, bitte ihn, flehe ihn an, daß mein Bernhard noch eine kleine Weile in Röckchen herumlaufen darf.« – »Mutter, was soll ich sagen, ich meine, Bernhard ist sechs Jahre alt.«

Inzwischen, fand Sidonie, war er mehr als alt genug, um zu verstehen, was Höflichkeit gegenüber einem Gast bedeutet. »Ich weiß nicht, wie lange er bleiben will, Bernhard. Er kam mit einem ziemlich großen Koffer.«

»Der Koffer ist voll mit Büchern«, sagte Bernhard, »und eine Flasche Schnaps hat er auch mitgebracht. Weißt du was? Er hat bestimmt gedacht, so was gibt es in unserem Haus nicht.« »Bernhard, du bist in seinem Zimmer gewesen.«

»Ja, stimmt.«

»Du hast seinen Koffer aufgemacht.«

»Ja; aber ich wollte nur mal sehen, was drin ist.«

»Hast du den Koffer offengelassen oder wieder zugemacht?«

Bernhard zögerte mit der Antwort. Er wußte es nicht mehr.

»Das ist auch nicht so wichtig«, sagte Sidonie. »Du mußt Herrn Dietmahler natürlich gestehen, was du getan hast, und ihn um Verzeihung bitten.«

»Wann?«

»Bevor es Nacht wird, sollte es schon sein. Je eher, desto besser.«

»Ich habe ihm nichts zu sagen!« rief Bernhard. »Ich habe nichts kaputtgemacht.«

»Du weißt, daß Vater dich sehr milde straft«, sagte Sidonie beruhigend. »Nicht so, wie wir gestraft wurden. Vielleicht trägt er dir auf, deine Jacke ein paar Tage lang verkehrt herum anzuziehen, nur damit du dich erinnerst. Vor dem Abendessen werden wir etwas Musik hören, und danach gehe ich dann mit dir zum Gast hinauf, und du kannst ihn bei der Hand fassen und in Ruhe mit ihm sprechen.«

»Ich bin dieses Haus leid!« schrie Bernhard und rannte davon.

Fritz ging im Küchengarten zwischen den Gemüsebeeten auf und ab, sog den Duft der dicken Bohnenblüten ein und rezitierte mit schallender Stimme.

»Fritz«, rief Sidonie ihn, »ich habe den Bernhard verloren.«

»Oh, das kann nicht sein.«

»Ich habe ihn im Frühstückszimmer ausgeschimpft, und er ist mir entschlüpft und durchs Fenster in den Garten gesprungen.«

»Hast du ihm einen von den Dienstboten nachgeschickt?«

»Oh Fritz, lieber nicht, sie erzählen es der Mutter.«

Fritz sah sie an, klappte sein Buch zu und sagte, er werde seinem Bruder nachgehen und ihn finden. »Und wenn es sein muß, zerre ich ihn an den Haaren her, aber du und Asmus, ihr müßt inzwischen meinen Freund unterhalten.«

»Wo ist er jetzt?«

»In seinem Zimmer; er ruht sich aus. Vater hat ihn zermürbt. In seinem Zimmer ist übrigens das Unterste zuoberst gekehrt, und sein Koffer steht offen.«

»Ist er ärgerlich?«

»Gar nicht. Vielleicht denkt er, das sei bei uns in Weißenfels so Sitte.«

Fritz zog seine Friesjacke an und ging ohne Zögern zum Fluß hinunter. In Weißenfels wußte jeder, daß der junge Bernhard nie ertrinken würde; er war eine Wasserratte. Schwimmen konnte er nicht, so wenig wie sein Vater. Während seiner sechs Dienstjahre in der Hannoveraner Armee hatte der Freiherr zwar wiederholt Kampfhandlungen gesehen und viele Flüsse überquert, aber schwimmend hatte er sich nie über Wasser halten müssen. Bernhard dagegen hatte immer nahe am Wasser gelebt und schien ohne Wasser nicht leben zu können. Er trieb sich ständig an der Anlegestelle der Fähre herum, in der Hoffnung, unbemerkt an Bord schlüpfen zu können, ohne die drei Pfennig für die Überfahrt bezahlen zu müssen. Die Eltern wußten das nicht. In der Stadt gab es so etwas wie eine menschenfreundliche Verschwörung, den Freiherrn mit vielen Dingen zu verschonen, einmal, um ihm seinen frommen Sinn zu erhalten, zum anderen aber, um nicht seinen wilden Jähzorn zu wecken.

Die Sonne war untergegangen, nur der Himmel über dem Horizont glühte rot. Der Nebel hing über dem Wasser. Der kleine Junge war nicht bei der Fähre. Ein paar Schweine und eine Herde Gänse, die nicht über die stattliche Brücke von Weißenfels getrieben werden durften, warteten auf die letzte Überfahrt.

4. KAPITEL
Bernhards rote Mütze

Zum erstenmal hatte Fritz Angst.

Seine Phantasie eilte ihm voraus, zur Klostergasse zurück, begegnete der Wirtschafterin an der Haustür – aber junger Herr, was ist das für eine Last, die Sie da ins Haus tragen? Es tropft ja überall, ach meine Fußböden, für die bin ich verantwortlich. Seine Mutter hatte immer geglaubt, Bernhard sei zum Pagen bestimmt, wenn schon nicht am Hof des Sächsischen Kurfürsten, dann doch wenigstens beim Grafen von Mansfeld oder dem Herzog von Braunschweig-Wolfenbüttel. In nicht allzu ferner Zeit würde es zu Fritzens Pflichten gehören, den kleinen Bruder von einem Hof zum anderen zu schleppen, in der Hoffnung, ihn zufriedenstellend unterzubringen.

Die Flöße lagen unter der Brücke, dicht am Ufer, neben aneinandergeketteten, sanft schaukelnden Kiefernstämmen, die auf den nächsten Abschnitt ihrer Reise warteten. Ein Wächter probierte ein Bund Schlüssel am Türschloß einer Hütte aus. »Wächter, haben Sie einen kleinen Jungen hier entlanglaufen sehen?«

Ein Junge hätte ihm sein Essen bringen sollen, sagte der Wächter, aber der Schlingel sei nicht gekommen. »Sehen Sie, der Treidelpfad ist menschenleer.«

Die leeren Kähne, die überholt werden mußten, waren an ihrem Liegeplatz am anderen Ufer vertäut. Fritz stürmte über die Brücke. Jedermann sah ihn und seine flatternden Rockschöße. Hatte der Freiherr keine Diener, die er ausschicken konnte? Die Kähne schwankten an ihren Tauen, stießen knarrend gegeneinander, Bootswand gegen Bootswand. Fritz sprang vom Kai herunter auf das nächstgelegene Deck. Er hörte ein Getrappel, wie von einem Tier, das größer als ein Hund sein mußte.

»Bernhard!«

»Ich komm' nie wieder«, rief Bernhard.

Das Kind lief übers Deck, kletterte dann, weil es den Sprung auf das Nachbarboot nicht wagte, über das Schandeck und versuchte, sich von dort aus herunterzulassen, hielt sich mit beiden Händen fest und tastete mit den Stiefeln nach einem Halt. Fritz ergriff ihn an den Handgelenken, und im selben Augenblick geriet die gesamte Bootsreihe in eine ihrer unberechenbaren Bewegungen, die Kähne prallten heftig gegeneinander, so daß Bernhard, der immer noch außen an der Bootswand hing, gefangen und eingeklemmt wurde. Er hustete mitleiderregend, und ein Schwall Tränen und Blut strömte aus ihm heraus wie Luft aus einem Ballon.

»Wie soll ich dich da wieder herausziehen?« wollte Fritz wissen. »Was bist du für eine Pest, eine Pest bist du.«

»Laß mich los, laß mich sterben«, heulte Bernhard.

»Wir müssen uns nach vorn arbeiten, dann kann ich dich hochziehen.« Aber der Überlebenstrieb schien das Kind für den Augenblick im Stich gelassen zu haben, Fritz mußte alles allein machen, mußte den Bruder, der sich heftig wehrte, immer weiter zwischen den beiden Bootswänden nach vorn zerren und schieben. Wenn sie näher am Ufer gewesen wären, hätten Vorbeigehende zur Hilfe kommen können, aber dann, meinte Fritz, würden sie wahrscheinlich glauben, hier gehe es um Mord und Totschlag. Zum Vordersteven hin wurden die Boote schmaler, er sah das Wasser zwischen ihnen schimmern und hievte das Kind hoch wie einen nassen Sack. Sein Gesicht war nicht bleich, sondern glühte hochrot.

»Hilf doch mit, willst du denn ertrinken?«

»Und wenn schon?« schrie Bernhard. »Du hast selbst mal gesagt, daß der Tod nichts Wichtiges ist, sondern nur die Verwandlung in einen anderen Zustand.«

»Du Lausejunge du, das war nicht für dich bestimmt«, brüllte ihm Fritz ins Ohr.

»Meine Mütze!«

Das Kind hing sehr an seiner roten Mütze; jetzt war sie verlorengegangen, ebenso wie einer seiner Vorderzähne und seine Hose. Er hatte nur noch lange, mit Bändern zusammengeschnürte Baumwollunterhosen an. Wie die meisten Lebensretter war Fritz plötzlich wütend auf den geliebten Geretteten. »Deine Mütze ist dahin, wahrscheinlich schwimmt sie der Elbe entgegen.«

Dann, beschämt über seine Wut, hob er den kleinen Jungen hoch und trug ihn auf den Schultern heimwärts. Als er so hoch oben thronte, belebte sich Bernhard wieder ein wenig. »Kann ich den Leuten zuwinken?«

Fritz mußte sich bis zum Ende der Bootsreihe vorarbeiten, um die senkrecht nach oben führenden eisernen Stufen zu erreichen, die in die Kaimauer gebaut waren und die er hinaufsteigen konnte, ohne den Bernhard abzusetzen.

Wie schwer ein Kind ist, wenn es die Verantwortung abgibt.

So konnte er nicht schnurstracks zur Klostergasse zurückgehen. Aber Sidonie und Asmus zusammen würden sich wohl bei der Musik vor dem Essen eine passende Erklärung einfallen lassen. Unterdessen mußte er samt Bernhard erst einmal trocken werden; er wußte viele Orte in Weißenfels, wo das möglich war. Nachdem er die Brücke wieder überquert hatte, ging er eine kurze Strecke an der Saale entlang, wendete sich dann zweimal nach links und einmal nach rechts und hielt auf die Lichter von Severins Buchhandlung zu.

Im Laden waren keine Kunden. Der blasse Severin in seinem langen Kittel studierte beim Licht einer Kerze mit Reflektor eine der zerfledderten Listen, die Buchhändler lieber als alles andere lesen.

»Lieber Hardenberg! Sie habe ich nicht erwartet. Stellen Sie den kleinen Bruder doch bitte auf ein Stück Zeitung. Hier ist die *Leipziger* von gestern.«

Ihn überraschte nichts.

»Der kleine Bruder macht großen Ärger«, sagte Fritz, indem er den Bernhard absetzte. »Er ist zu den Kähnen hinuntergelaufen. Warum er so naß geworden ist, weiß ich nicht.«

»Kinderleicht, kinderleicht«, sagte Severin nachsichtig, aber seine Nachsicht galt Fritz. Für Kinder konnte er sich nicht erwärmen. Er ging in die hinterste Ecke seines Ladens, zog eine hölzerne Schublade auf und nahm einen großen bäuerlichen Strickschal heraus.

»Zieh das Hemd aus, ich wickle dich in den Schal«, sagte er. »Dein Bruder braucht ihn mir nicht wiederzubringen. Warum hast du den ganzen Kummer angerichtet? Hast du gehofft, du könntest davonsegeln und Vater und Mutter hinter dir lassen?«

»Natürlich nicht«, sagte Bernhard empört. »Alle Boote auf diesem Ankerplatz müssen repariert werden, sie könnten nicht segeln, sie haben kein Segeltuch. Ich wollte nicht wegfahren, ertrinken wollte ich.«

»Das glaube ich nicht«, entgegnete Severin, »und das solltest du lieber nicht sagen.«

»Er liebt das Wasser«, sagte Fritz, der meinte, sein eigen Fleisch und Blut verteidigen zu müssen.

»Offensichtlich.«

»Und mir geht es genauso«, rief Fritz aus. »Wasser ist das wunderbarste Element. Schon die Berührung ist Wollust.«

Vielleicht empfand Severin keine Wollust beim Anblick von so viel Wasser auf dem Fußboden seiner Buchhandlung. Er war ein Mann von fünfundvierzig, für Fritz der »alte« Severin, ein Mensch mit sehr klarem Verstand, die Wechselfälle des Lebens konnten ihn nicht aus dem Gleichgewicht bringen. Er war arm und erfolglos gewesen, hatte sich tapfer durchgeschlagen, sehr hart gegen geringen Lohn beim Eigentümer der Buchhandlung gearbeitet und dann, als der Eigentümer gestorben war, dessen Witwe geheiratet und den gesamten Besitz übernommen. Natürlich wußte ganz Weißenfels das, und alle fanden es in Ordnung. Genauso stellte man sich Weisheit vor.

Dichtung bedeutete Severin viel – fast so viel wie seine Listen. Er hätte es gern gesehen, wenn sein junger Freund Hardenberg ein Dichter hätte bleiben können, ohne als Akzessist in der Salinenverwaltung arbeiten zu müssen.

Auf dem letzten Stück des Heimwegs jammerte Bernhard über den Verlust der roten Mütze. Sie war das einzige Stück in seinem Besitz gewesen, das seine Sympathien für die Revolution kundtat. »Ich weiß nicht, wie du an die Mütze gekommen bist«, sagte Fritz. »Und hätte der Vater sie gesehen, dann hätte er den Dienstboten sowieso befohlen, sie auf den Misthaufen zu werfen. Laß dir das Ganze eine Lehre sein, daß du nie mehr im Privateigentum von Gästen herumschnüffelst.«

»In einer Republik würde es kein Privateigentum geben«, sagte Bernhard.

5. KAPITEL
Die Geschichte des Freiherrn Heinrich von Hardenberg

Der Freiherr von Hardenberg wurde 1738 geboren und kam noch als Knabe in den Besitz des Schlosses Oberwiederstedt an der Wipper in der Grafschaft Mansfeld und des Landgutes Schlöben bei Jena. Im Siebenjährigen Krieg leistete er als treuer Untertan Militärdienst bei den hannoverschen Truppen der preußischen Armee. Nach dem Frieden von Hubertusburg quittierte er den Dienst. Und er heiratete, doch brach 1769 eine Blatternepidemie in den Städten an der Wipper aus, und seine junge Frau starb. Der Freiherr pflegte die Kranken und die Sterbenden; und die Toten, deren Familie sich kein Grab leisten konnten, wurden auf dem Gelände von Oberwiederstedt beerdigt, das als ehemaliges Kloster noch immer geweihte Erde besaß. Er hatte eine tiefe religiöse Bekehrung und Erweckung erfahren – aber ich doch nicht! sagte Erasmus, sobald er alt genug war, sich zu erkundigen, was es mit den Reihen grüner Hügel so nahe am Haus auf sich habe. »Ich nicht – denkt er eigentlich auch mal daran?«

Auf jedem Grab stand ein schlichter Stein, in den die Worte eingemeißelt waren: *Er* oder *Sie wurde am – geboren – und am – heimgeholt.*

Das war die Inschrift, die von den mährischen Brüdern bevorzugt wurde. Der Freiherr hatte sich der Gemeine der mährischen Brüder angeschlossen, die den Glauben hatten, daß jede Seele entweder tot, erweckt oder bekehrt sei. Eine Menschenseele ist bekehrt, sobald sie erkennt, daß sie sich in Gefahr befindet, sobald sie weiß, worin diese Gefahr besteht, und sobald sie sich selbst laut rufen hört: *Er ist mein Herr.*

Ein gutes Jahr nach dem Tod seiner Frau heiratete der

Freiherr seine junge Base Bernhardine von Böltzig. »Bernhardine, so ein absurder Name. Hast du nicht noch einen anderen?« Ja, ihr zweiter Name sei Auguste. »Gut, dann werde ich dich von nun an Auguste nennen.« In seinen zärtlichen Momenten war sie Gustel. Auguste war zwar furchtsam, erwies sich aber als fruchtbar. Nach zwölf Monaten wurde die erste Tochter geboren, Caroline, und ein Jahr danach kam Fritz zur Welt. Der Freiherr verfügte: »Wenn sie alt genug für die Schule sind, werden wir die beiden zu den Brüdern nach Neudietendorf schicken.«

Neudietendorf, zwischen Gotha und Erfurt gelegen, war eine Kolonie der Herrnhuter. In Herrnhut hatten die mährischen Brüder fünfzig Jahre zuvor, als sie sich durch Flucht der Verfolgung entziehen mußten, Aufnahme und Frieden gefunden. Nach Meinung der Herrnhuter wird ein Kind in eine geordnete Welt hinein geboren, in der es seinen Platz finden muß. Erziehung hilft dem Kind, seine Stelle im Reich Gottes zu finden.

Neudietendorf war wie Herrnhut ein Ort der beschaulichen Ruhe. Statt Glocken riefen Flöten die Kinder in ihre Klassen. Es war auch ein Ort des absoluten Gehorsams: Selig sind die Sanftmütigen, denn sie werden das Erdreich besitzen. Sie mußten immer in Dreiergruppen umhergehen, damit der Dritte dem Prediger weitersagen konnte, was den beiden anderen zur Unterhaltung eingefallen war. Andererseits durfte kein Lehrer strafen, solange er noch zornig war, da eine ungerechte Strafe niemals vergessen wird.

Die Kinder fegten die Fußböden, versorgten die Tiere und halfen bei der Heumahd, durften aber nie miteinander streiten oder sich in Wettspielen messen. Sie hatten dreißig Wochenstunden Unterricht und Religionslehre. Bei Sonnenuntergang mußten alle im Bett liegen und Ruhe halten bis zum Aufstehen um fünf Uhr morgens. Immer wenn eine gemeinsame Aufgabe erfüllt war – zum Beispiel das Tünchen der Hühnerställe –, wurden die langen Tischplatten auf Böcken im Freien aufgestellt, und alle setzten sich zu einem »Fest der Liebe« zusammen; man sang geistliche Lieder, und jeder, auch die Jüngsten, bekam ein kleines Glas hausgemachten Likör. Die Internatskosten betrugen acht Thaler für ein Mädchen und zehn Thaler für einen Knaben (denn der aß mehr und brauchte eine lateinische und eine hebräische Grammatik).

Caroline von Hardenberg, die Älteste, die ihrer Mutter nachschlug, machte ihre Sache im Haus der Mägde sehr gut. Fritz war als verträumtes, dem Anschein nach zurückgebliebenes Kind zur Welt gekommen. Nachdem er als Neunjähriger eine schwere Krankheit überstanden hatte, wurde er intelligent und kam noch im selben Jahr nach Neudietendorf. »Aber woran hat er es denn fehlen lassen?« fragte der Freiherr, als er ein paar Monate später vom Prediger im Auftrag der Ältesten gebeten wurde, seinen Sohn aus der Lehranstalt zu entfernen. Der Prediger, der höchst ungern ein Kind ganz und gar verdammte, erklärte, Fritz stelle dauernd Fragen, sei aber nicht willig, Antworten hinzunehmen. Zum Beispiel der »Kinderkatechismus«, sagte der Prediger. Da fragt der Lehrer: »Was bist du?«

Antwort: *Ich bin ein menschliches Wesen.*

Frage: Spürst du es, wenn ich dich anfasse?

A. *Ich spüre es sehr gut.*

F. Was ist das, ist das nicht Fleisch?

A. *Das ist Fleisch.*

F. All dies Fleisch an dir heißt der Körper.

Wie heißt es?

A. *Der Körper.*

F. Woran erkennst du, daß Menschen gestorben sind?

A. *Sie können nicht sprechen, sie können sich nicht mehr bewegen.*

F. Weißt du, warum nicht?

A. *Ich weiß nicht, warum nicht.*

»Diese Fragen konnte er nicht beantworten?« rief der Freiherr.

»Er hätte es möglicherweise gekonnt, aber die Antworten, die er wirklich gab, waren nicht richtig. Er ist ein Kind, noch nicht einmal zehn Jahre alt, und er besteht darauf, daß der Körper nicht Fleisch sei, sondern aus demselben Stoff wie die Seele.«

»Aber das ist nur ein einziges Beispiel.«

»Ich könnte Ihnen noch viele aufzählen.«

»Er hat es noch nicht gelernt.«

»Er verträumt seine Gelegenheiten. Er wird nie ein annehmbares Mitglied von Neudietendorf sein.«

Der Freiherr fragte, ob man kein einziges Anzeichen sittlicher Grazie an seinem Sohn bemerkt habe. Der Prediger antwortete ausweichend.

Die Mutter, die arme Auguste, die bald anfing zu kränkeln (obwohl sie zehn ihrer elf Kinder überlebte) und immer jemanden zu suchen schien, bei dem sie sich entschuldigen konnte, bat inständig, ihren Sohn selbst unterrichten zu dürfen. Aber was hätte sie ihn lehren können? Allenfalls ein wenig Musik. Man ließ einen Hofmeister aus Leipzig kommen.

6. KAPITEL
Der Onkel Wilhelm

Während ihrer Zeit in Oberwiederstedt luden die Hardenbergs ihre Nachbarn nicht ein und nahmen keine Einladungen an, denn sie wußten, daß daraus Weltlichkeit werden konnte. Geselligkeit war auch eine Frage des Geldes; und sie mußten sich einschränken. Der Siebenjährige Krieg war teuer – Friedrich II. sah sich gezwungen, eine staatliche Lotterie einzurichten, um für die Kosten aufkommen zu können –, und für manche seiner treuen Landjunker bedeutete er den finanziellen Ruin. 1780 mußten vier der kleineren Hardenbergschen Güter verkauft und die gesamte bewegliche Habe eines weiteren, des Gutes Möckritz, versteigert werden. Nun stand es da ohne Geschirr, ohne Vorhänge und ohne Vieh. Bis zum Horizont hin lagen die Felder brach. In Oberwiederstedt sah man durch die schmalen altmodischen Fenster reihenweise leere Taubenschläge und einen Gutshof, der früher einmal die Klosterkirche gewesen und viel zu weiträumig war, um ganz oder auch nur halb bewirtschaftet zu werden. Das Haupthaus mit den fehlenden Ziegeln, geflickt, verwittert, voller Wasserflecken, weil die Regenrinnen seit Jahren nicht mehr dicht waren, bot einen beklagenswerten Anblick. Die Weide über den alten Grabsteinen aus der Zeit der Blatternepidemie war vertrocknet. Die Felder lagen verdorrt. Das Vieh weidete am Boden der Wassergräben, wo es feucht war und ein wenig Gras wachsen konnte.

Kleiner und erfreulicher war Schlöben bei Jena; manchmal machte die Familie einen Ausflug dorthin. In Schlöben mit dem Mühlbach und den bemoosten Eichen »kann das Herz Frieden finden«, sagte Auguste scheu. Aber Schlöben steckte fast genauso tief in Schulden wie die anderen Güter. Der Freiherr erklärte ihr, ein Kredit, der nicht prolongiert werde, habe nichts Friedvolles an sich.

Dem Adel, also auch dem Freiherrn von Hardenberg, waren die meisten Wege zum Geldverdienen versperrt, aber er hatte das Recht, in die Dienste seines Fürsten zu treten. 1784 (sobald der amtierende Direktor gestorben war) wurde Hardenberg zum Direktor der kursächsischen Salinen Dürrenberg, Kösen und Artern ernannt. Sein Gehalt betrug 650 Thaler und ein bestimmtes Kontingent Feuerholz. Die Hauptverwaltung der Salinen befand sich in Weißenfels, und 1786 kaufte der Freiherr das Haus in der Klostergasse. Es war nicht wie Schlöben, aber als sie die frostige Einsamkeit und die schrecklich veraltete Haushaltseinrichtung von Oberwiederstedt verlassen konnte, weinte Auguste vor Erleichterung und betete, daß ihre Tränen kein Zeichen von Undankbarkeit sein möchten. Weißenfels hatte zweitausend Einwohner – zweitausend lebende Seelen –, gepflasterte Höfe, ein Gefängnis, ein Armenhaus, das alte ehemalige Palais, einen Schweinemarkt, den Bootsverkehr auf dem Fluß und die dicken Wolken, die sich auf der schimmernden Wasserfläche spiegelten, es hatte eine Brücke, ein Hospital, einen Dienstagsmarkt, Bleichen und viele, viele Geschäfte, ungefähr dreißig. Die Freifrau hatte kein Taschengeld und war noch nie zum Einkaufen gegangen, verließ das Haus überhaupt kaum, außer an Sonntagen; trotzdem huschte ein flüchtiges Leuchten wie eine ungewisse Stunde Wintersonne über ihr Gesicht, wenn sie sich nur vorstellte, daß so viele Dinge und so viele Menschen ganz nah waren.

In Weißenfels wurde dann im bitteren Februar 1787 Bernhard geboren. Fritz war damals fast fünfzehn und zu diesem Zeitpunkt nicht in Weißenfels, sondern noch bei seinem Onkel Wilhelm in Lucklum im Herzogtum Braunschweig-Wolfenbüttel. Der Junge war seinem Hofmeister über den Kopf gewachsen, der bis spät in die Nacht über Mathematik- und Physiologiebüchern hatte brüten müssen, um mit seinem Schüler Schritt halten zu können, »aber das ist weiter kein Wunder«, schrieb der Onkel. »Hofmeister sind eine Menschenklasse von geistiger Armut, und diese ganze Herrnhuterei besteht nur im Singen frommer Lieder und häuslicher Arbeit, ganz unpassend für einen von Hardenberg. Schicke Fritz wenigstens für eine Weile zu mir. Er ist fünfzehn oder sechzehn, ich weiß es nicht genau, und er muß lernen, etwas von Wein zu verstehen, was in Weißenfels nicht möglich ist, denn die Trauben dort kann man nur zu Branntwein und Essig verarbeiten; er muß auch erfahren, worüber Männer reden, wenn sie in anständiger Gesellschaft sind.« Der Freiherr war wie üblich wütend über die Bemerkungen seines Bruders und noch mehr über den Ton, in dem sie vorgebracht wurden. Wilhelm war zehn Jahre älter als er und offenbar in erster Linie auf die Welt gekommen, um ihn zu ärgern. Er war ein Mann von hohem Ansehen – »in seinen eigenen Augen«, fügte der Freiherr hinzu –, Statthalter und Landkomtur der Deutschordensballei Sachsen (Sitz Lucklum). Zu sehr vielen Anlässen trug er um den Hals das blitzende Kreuz des Malteserordens, das auch in prunkvoller Goldlitze auf seinem Umhang aufgestickt war. Die Hardenberg-Kinder kannten ihn unter dem Namen ›der Großkreuz‹ und ›Seine Herrlichkeit‹. Er hatte nicht geheiratet und empfing nicht nur andere Landedelleute mit großzügiger Gastfreundlichkeit, sondern auch Musiker, Politiker und Philosophen – Menschen, die sich an der Tafel eines großen Herren sehen lassen sollten, um ihm ihre Meinungen vorzutragen und den seinen beizupflichten.

Nach einem Aufenthalt von einigen wenigen Monaten kam Fritz wieder nach Weißenfels zu seinem Vater und brachte ihm einen Brief vom Onkel mit.

Lucklum, Oktober 1787
Es ist mir lieb, daß Fritz sich wieder findet und ins Gleis kömmt, aus welchem ich ihn gewiß nicht wieder herausnehmen will. Mein Haus ist für seinen jungen Kopf zu hoch gespannt, er wird zu sehr verwöhnt, und ich sehe zu viele fremde Leute und kann nicht verhindern, daß an meinem Tische viel gesprochen wird, was ihm nicht dienlich und heilsam ist.

Der Freiherr schrieb seinem Bruder, er danke ihm für die Gastfreundschaft und bedauere es, ihm nicht mehr danken zu können. Die weiße Weste, die Hose und der Tuchrock, die der Onkel für Fritz haben nähen lassen, offenbar weil ihm die mitgebrachten Kleider nicht elegant genug für seine abendliche Tafel gewesen seien, würden nun als Spende für die Armen an die Herrnhuter Brüdergemeine geschickt. In Weißenfels, wo man ein einfaches Leben führe, werde Fritz keine Gelegenheit haben, sie zu tragen.

»Bester Fritz, du hattest Glück«, sagte der dreizehnjährige Erasmus.

»Das weiß ich nicht«, sagte Fritz. »Das Glück hat seine Regeln, man muß sie nur verstehen können, und dann ist es kaum noch Glück.«

»Ja, aber jeden Abend beim Essen sitzen, während all die bedeutenden Menschen sich einen Spaß daraus machten, dir zu viel zu trinken zu geben, und dein Glas immer wieder mit guten Weinen nachfüllen ließen, und was weiß ich ... Worüber haben sie geredet?«

»Über Naturphilosophie, Galvanismus, tierischen Magnetismus und Freimaurerei«, sagte Fritz.

»Das glaube ich nicht. Wein trinkt man doch, um solche Dinge zu vergessen. Und dann in der Nacht, wenn die schönen Frauen auf Zehenspitzen die knarrenden Treppen hinaufschlichen, um das junge Unschuldslamm zu finden, und an deine Tür klopften, Triumph!«

»Dort waren keine Frauen«, belehrte ihn Fritz. »Ich könnte mir denken, daß mein Onkel gar keine Frauen einlud.«

»Keine Frauen!« rief Erasmus. »Wer hat denn dann gewaschen?«

7. KAPITEL
Der Freiherr und die Französische Revolution

War es in Weißenfels schlimmer, wenn ein Brief vom Großkreuz eintraf oder wenn der Bruder der Mutter, Hauptmann August von Böltzig, zu Besuch kam? Von Böltzig hatte während des Siebenjährigen Krieges im selben Bataillon gekämpft wie der Freiherr, hatte daraus aber ganz andere Folgerungen gezogen als dieser. Der Preußenkönig, den er uneingeschränkt bewunderte, hatte völlige Glaubensfreiheit befürwortet, und die preußische Armee war bemerkenswert unerschrocken und standhaft. Mußte man daraus nicht schließen –

»Ich weiß schon, was du als nächstes sagen willst«, stieß der Freiherr mit mühsam beherrschter Stimme hervor. »Du meinst damit, meine Argumente überzeugen dich«, sagte von Böltzig. »Du gibst zu, daß kein Zusammenhang, jedenfalls kein erkennbarer, zwischen Religion und anständigem Verhalten besteht?«

»Ich meine damit, daß du ein Riesendummkopf bist, August von Böltzig.« Die Freifrau fühlte sich wie zerrieben zwischen den beiden, wie pulverfein gemahlenes Mehl zwischen zwei Mühlsteinen. Eine ihrer nächtlichen Angstvorstellungen (sie schlief schlecht) war die, daß ihr Bruder und der Onkel Wilhelm einmal gleichzeitig und unangekündigt auftauchen könnten. Was sollte sie dann sagen oder tun, um die beiden auf höfliche Weise wieder los zu werden? Obwohl das Haus sehr geräumig war, fand sie Gäste immer schwierig. Die Türglocke schlug an, die Schritte eines Dieners gingen über die Diele, und schon war ihr alles über den Kopf gewachsen, bevor sie noch um Schutz beten konnte.

Im Jahr 1790, als der junge Fritz sich an der Universität Jena immatrikuliert hatte, schienen die Mächte der Geschichte persönlich die Hand gegen Auguste zu erheben. Aber hier war ihre Beschränktheit von Vorteil, insofern sie diese Mächte nicht mehr und nicht weniger bedrückend fand als das verschlissene Bettzeug oder die Gottlosigkeit ihres Bruders. Die Unruhen in Frankreich kamen ihr vor wie die feuchte Luft vom Fluß, die zu Knochenschmerzen führte: nur ein Auslöser für den Zorn ihres Ehemannes.

Das Frühstück in Weißenfels war eine frugale Angelegenheit. Auf dem Ofen im Eßzimmer standen um sechs Uhr früh irdene Kaffeekannen aufgereiht, der Kaffee war aus Sparsamkeitsgründen mit einem Anteil aus gebranntem Karottenpulver versetzt. Auf dem Tisch standen große dickwandige Tassen und Untertassen und ein Berg weiße Brötchen.

Die Familienmitglieder kamen, noch im Nachthemd, einzeln oder zu zweit und bedienten sich wie Schlafwandler aus den voluminösen Kaffeekannen. Etwas Kaffee tranken sie, etwas tunkten sie mit Brötchenbrocken auf. Wer ausgetrunken hatte, stellte die Tasse umgekehrt auf die Untertasse und rief nachdrücklich: »Satt!« Als die Jungen älter wurden, sah Auguste es nicht mehr gern, wenn sie im Eßzimmer verweilten. »Worüber redet ihr Jungen?« Erasmus und Karl wärmten sich am Ofen auf. »Ihr wißt doch, euer Vater mag es nicht ...«

»Er wird ganz zufrieden mit den Girondisten sein«, sagte Karl.

»Aber Karl, diese Leute könnten neue Ideen haben. Und neue Ideen schätzt er nicht.«

Im Januar 1793 kam Fritz gerade zur Frühstückszeit aus Jena an, er trug einen blauen Tuchrock mit riesigen Messingknöpfen und einen runden Hut. »Ich will mich nur umziehen, und dann setze ich mich zu euch.«

»Hast du eine Zeitung mitgebracht?« fragte Erasmus. Fritz sah seine Mutter an und zögerte. »Ich denke schon.« Der Freiherr saß an diesem Tag auf seinem Platz an der Stirnseite des Tisches. Er sagte: »Ich denke, du mußt wissen, ob du eine Zeitung mitgebracht hast oder nicht.« Fritz reichte ihm ein mehrmals zusammengefaltetes Exemplar der *Jenaer Allgemeinen Zeitung*. Das Papier strömte noch die Kälte aus, die es auf der frostigen Reise von Jena in Fritzens Außentasche angenommen hatte.

Der Freiherr faltete die Zeitung auseinander und strich sie glatt, zog seine Brille hervor und richtete seine Aufmerksamkeit unter den Augen der Familie auf die engbedruckte erste Seite. Zunächst sagte er: »Was ich da lese, verstehe ich nicht.«

»Der Konvent hat eine Klage gegen Louis eingereicht«, sagte Fritz mutig.

»Ja. Diese Worte habe ich gelesen, aber das geht über meinen Verstand. Sie wollen einen Prozeß gegen den rechtmäßigen König von Frankreich anstrengen?«

»Ja, sie beschuldigen ihn des Landesverrats.«

»Sie sind verrückt geworden.«

Der Freiherr saß einen Augenblick in gewichtigem Schweigen zwischen den Kaffeetassen. Dann sagte er: »Ich werde so lange keine Zeitung mehr anrühren, bis die französische Nation wieder zur Vernunft gekommen ist.«

Er verließ das Zimmer. »Satt! Satt! Satt!« schrie Erasmus und trommelte auf der Untertasse herum. »Die Revolution ist das äußerste Ereignis, eine Interpretation ist nicht möglich, aber sicher ist, daß eine Republik für die gesamte Menschheit den Weg zu einer besseren Zukunft bahnt.«

»Es ist möglich, die Welt zu erneuern«, sagte Fritz, »oder eher sie wieder zu dem zu machen, was sie einmal war, denn das goldene Zeitalter war gewiß einmal Realität.«

»Und der Bernhard ist hier; er sitzt unter dem Tisch!« rief die Freifrau und weinte ganz unverhohlen. »Er wird jedes Wort gehört haben, und alles, was er gehört hat, wird er weitersagen.«

»Das Lauschen hat sich nicht gelohnt«, sagte Bernhard und tauchte aus den steifen Falten des Tischtuchs auf. »Den Kopf werden sie ihm abschlagen; das werdet ihr schon sehen.«

»Er weiß nicht, was er sagt! Der König ist der Vater, und das Volk ist seine Familie.«

»Wenn das Goldene Zeitalter wiederkehrt, wird es keine Väter mehr geben«, murmelte der Bernhard.

»Was sagt er da?« fragte die arme Auguste. Sie glaubte

mit Recht, daß ihre Kümmernisse sich mit der Französischen Revolution sehr verschlimmern würden. Ihr Mann hatte nicht strikt verboten, daß Zeitungen im Haus auftauchten, also durfte sie sich sagen: »Er will sie nur nicht am Tisch oder in seinem Studierzimmer sehen.« Es mußte sich ein anderer Weg finden lassen, wie er seine ungeheure Neugier auf die Eskapaden der Franzosen stillen konnte, die ihr, wenn sie ehrlich war, nicht das Geringste bedeuteten. In der Salinenverwaltung und im Club – dem Athenäum der Literatur und Wissenschaft von Weißenfels – würde er, so nahm sie an, die Diskussionen über die Tagesthemen hören, aber sie wußte – und ihre Einsicht kam aus langer Gewohnheit, dieser Wissensquelle, die so viel zuverlässiger ist als die Liebe –, daß für ihn nichts, was geschah, real sein würde, daß er nicht das Gefühl sicherer Kenntnis haben würde, solange er die Nachrichten nicht auf den grauen Seiten einer Tageszeitung gesehen hatte. »Wenn du nächstes Mal deinen Mantel den Dienern zum Ausbürsten gibst, lieber Fritz, dann könntest du doch deine Zeitung ein paar Zentimeter aus der Manteltasche herauslugen lassen.«

»Mutter, nach all den Jahren kennst du Vater immer noch nicht. Er hat gesagt, er würde die Zeitung nicht mehr lesen, und er wird es auch nicht tun.«

»Aber Fritz, wie will er sich denn informieren? Die Brüder werden ihm nichts erzählen, sie sprechen nicht von weltlichen Dingen.«

»Das weiß Gott allein!« sagte Fritz. »Vielleicht durch Osmose.«

8. KAPITEL
In Jena

Der Freiherr hielt es für das beste, wenn sein ältester Sohn nach deutscher Sitte an möglichst vielen Universitäten studierte: ein Jahr in Jena, ein Jahr in Leipzig, wo Erasmus, der dann alt genug war, zu ihm stoßen würde, und danach ein Jahr in Wittenberg zum Studium der Rechte, damit er, falls es nötig werden sollte, das verbleibende Eigentum der Familie vor Gericht verteidigen könnte. Ein Theologiestudium sollte er auch anfangen, und mit der Konstitution des Kurfürstentums Sachsen sollte er sich befassen. Fritz schrieb sich im Wintersemester 1790 für Jurisprudenz in Jena ein, studierte aber in Wahrheit Geschichte und Kantische Philosophie bei Schiller und Reinhold. Und er hörte eine Vorlesung von Fichte.

Fichte las über die Philosophie Kants, die er glücklicherweise habe weit übertreffen können. Kant glaube an die äußere Welt. Obwohl wir sie nur durch unsere Sinne und unsere Erfahrung wahrnehmen können, sei sie doch da. Diese Überzeugung, behauptete Fichte, sei nichts als die Schwäche eines alten Mannes. Wir alle sind frei, uns vorzustellen, wie die Welt ist, und da wir sie uns alle verschieden vorstellen, besteht keinerlei Grund, an die fixierte Realität der Dinge zu glauben.

Unter Fichtes leicht vorquellenden Augen wurden die Jenenser Studenten, die wegen ihrer Zügellosigkeit in übelstem Ruf standen, wieder zu verängstigten Schuljungen. »Meine Herren! Fassen Sie sich zusammen. Gehen Sie in sich ein!« Arrogant und betrunken in ihrer Freizeit, warteten sie jetzt gehorsam. Jeder stellte sein Tintenfäßchen bereit, das er mit einer Nadel am Jackenaufschlag befestigt bei sich trug. Einige richteten sich auf, andere sanken in sich zusammen und schlossen die Augen. Ein paar zitterten vor Spannung. »Meine Herren, denken Sie die Wand.« Alle konzentrierten sich. »Haben Sie die Wand gedacht?« fragte Fichte. »Dann denken Sie jetzt denjenigen, der die Wand gedacht hat.«

Fichte war Sohn eines Leinewebers und der politischen Überzeugung nach Jakobiner. Seine Stimme füllte mühelos den Raum. »Der Herr auf dem vierten Platz von links ganz hinten, der so unbehaglich aussieht ...«

Ein unglücklicher junger Mann erhob sich.

»Herr Professor, das kommt, weil die Stühle in den Jenenser Auditorien für Menschen mit kurzen Beinen gemacht sind.«

»Sie dürfen mir eine Frage stellen.«

»Warum ...?«

»Lauter!«

»Warum stellen wir uns vor, daß die Wand ist, wie wir sie sehen, und nicht etwas anderes?«

Fichte antwortete: »Wir schaffen uns die Welt nicht nach unserer Vorstellung, sondern aus dem Bewußtsein unserer Pflicht. Wir brauchen die Welt, damit wir die größtmögliche Menge von Gelegenheiten haben, unsere Pflicht zu tun. Das ist es, was die Philosophie rechtfertigt, insbesondere die deutsche Philosophie.« Fichtes Studenten blieben von ihrem Lehrer fasziniert. Nächtelang *fichtisierten sie*. Es schien, als trieben sie sich selbst zum Wahnsinn.

Um zwei Uhr früh blieb Fritz plötzlich mitten auf dem Unteren Markt stehen, ließ die anderen in unordentlichen Grüppchen und sagte laut zu den Sternen hinauf: »Ich sehe den Fehler in Fichtes System: Es hat keinen Platz für die Liebe.«

»Du stehst vor seinem Haus«, sagte ein Student im Vorbeigehen und ließ sich dann auf den Pflastersteinen nieder. »Sein Haus hat die Nummer 12a. Nummer 12a wohnt Professor Fichte.«

»Wir könnten ihm ein Ständchen bringen«, sagte Fritz. »Wir könnten unter seinem Fenster singen: ›Wir kennen den Fehler in Ihrem System ... Es hat keinen Platz, keinen Platz für die Liebe.‹« In Jena gab es Unterkünfte aller Art. Einigen der ärmsten Studenten wurden als Stipendium Freitische gewährt. Sie suchten sich ihr Gasthaus aus und durften dann nur dort und nur eine gewisse Menge essen; dabei boten sie einen erschreckenden Anblick, denn die Wirte ließen ihnen wenig Zeit, da sie die Teller abräumen wollten, und die Freitischler mußten möglichst schnell viel Essen in sich hineinstopfen; sie prusteten und kämpften wie die Teufel in der Hölle um jeden Krümel. Aber jeder von ihnen, und wenn er noch so erbärmlich war, gehörte einer Landsmannschaft an, einer Vereinigung aller aus derselben Region Stammenden, selbst wenn diese nur aus einer einzigen kleinen Stadt und unzähligen Kartoffeläckern bestand. An den Abenden zogen sie in Gruppen von einer rauchigen Kneipe zur anderen, suchten ihre Bundesbrüder und trommelten sie im Namen der Landsmannschaft zusammen, weil eine Beleidigung zu rächen oder ein subtiles Problem der Naturphilosophie zu diskutieren war, oder weil man sich betrinken, oder, wenn man schon angetrunken war, ein gemeinsames Besäufnis veranstalten wollte.

Fritz hätte in Schlöben wohnen können, doch das war zwei Stunden entfernt. Zuerst nahm er bei seiner Tante Johanna Elisabeth Unterkunft; sie verlangte kein Kostgeld. Johanna Elisabeth beklagte sich, daß sie ihn so selten sehe. »Ich hatte mich so sehr darauf gefreut, einen Dichter an meinem Tisch zu haben. Als junge Frau habe ich selbst Verse geschmiedet.« Aber Fritz mußte in seinem ersten Winter ungebührlich viel Zeit bei seinem Geschichtsdozenten, dem berühmten Professor Schiller, verbringen.» Liebe Tante, er ist krank, er hat es auf der Brust, eine Schwäche hat ihn befallen, alle seine Studenten wechseln sich bei der Pflege ab.«

»Neffe, du hast doch keine Ahnung von Krankenpflege.«

»Er ist ein ganz großer Mann.«

»Nun, solche sind am schwersten zu pflegen.«

Der Medizinprofessor Hofrat Stark wurde gerufen. Er war wie die meisten seiner Kollegen ein Anhänger des Brownschen Systems. Dr. Brown aus Edinburgh hatte eine Reihe von Patienten kuriert, indem er sich weigerte, sie zur Ader zu lassen und ihnen statt dessen Bewegung, ausreichend Beischlaf und frische Luft verordnet. Er war überzeugt, daß Leben kein natürlicher Zustand sei und daß die körperliche Verfassung durch eine Reihe von Reizen in ständigem Gleichgewicht gehalten, also entweder durch Alkohol stimuliert oder durch Opium gedämpft werden müsse. Schiller glaubte zwar auch an den Brownismus, nahm aber weder Alkohol noch Opium, setzte sich vielmehr in seinem Bett auf, bat seine Studenten, Papier und Tinte zur Hand zu nehmen und nach seinem Diktat zu schreiben: »Über den Grund des Vergnügens an tragischen Gegenständen.«

Im Januar 1791 leerte Fritz die Bettgeschirre des Krankenzimmers und sah dem verehrten Professor dann zu, wie er langsam und vorsichtig seine mageren Füße auf den Boden setzte.

Ein Jahr später, im Januar 1792, berichtete der Kritiker Friedrich Schlegel in einem Brief an seinen erfolgreicheren älteren Bruder August Wilhelm, der bald Professor für Literatur und Ästhetik werden sollte, von einem jungen Mann, den er in Leipzig kennengelernt habe. Er triumphierte, weil er einen interessanten Menschen entdeckt hatte, den sein Bruder nicht kannte: »Das Schicksal hat einen jungen Mann in meine Hand gegeben, aus dem Alles werden kann ... er öffnete mir denn bald das Heiligtum seines Herzens ... Er ist ... von schlanker guter Bildung, sehr feinem Gesicht mit schwarzen Augen, von herrlichem Ausdruck, wenn er mit Feuer von etwas Schönem redet – unbeschreiblich viel Feuer – er redet dreimal schneller wie wir andere ... mit wildem Feuer trug er mir an einem der ersten Abende seine Meinung vor – es sei gar nichts Böses in der Welt – und alles nahe sich wieder dem Goldenen Zeitalter. Ob er immer noch dieser Meinung ist, weiß ich nicht. Sein Name ist v. Hardenberg.«

9. KAPITEL
Ein Unglücksfall im Studentenleben

»Das werde ich nie vergessen«, sagte Fritz beim Gedanken an einen frühen Morgen im Mai gegen Ende seines Jenenser Jahres. Seine Tante Johanna Elisabeth war an Lungenentzündung gestorben, als das Frühjahr mit eisigen Winden begann; Professor Schiller hatte mit knapper Not überlebt. Fritz hatte eine Unterkunft in der Schustergasse 4, zweiter Stock, die er mit einem entfernten Vetter teilte – aber wo war der Vetter, als Fritz davon aufwachte, daß er halbnackt, wie er war, aus dem Bett gezerrt wurde?

»Er und ein paar andere sitzen im Karzer«, sagte der Besucher, kein Freund, sondern ein Mann, den Fritz kaum kannte. »Ihr seid gestern abend alle zusammen ausgegangen« –

»Sehr schön, aber wenn das so ist, warum bin ich dann nicht mit den anderen im Schwarzen Loch?«

»Du hast einen besseren Ortssinn als die anderen und wurdest nicht festgenommen. Aber jetzt mußt du mit mir kommen, du wirst gebraucht.«

Fritz riß die Augen auf. »Du bist Diethelm. Du bist Medizinstudent.«

»Nein, ich heiße Dietmahler. Steh auf, zieh dir Hemd und Jacke an.«

»Ich habe dich in Vorlesungen gesehen«, sagte Fritz und griff nach dem Wasserkrug. »Und du hast ein Lied geschrieben: ›Die Mädchen in fernen Ländern ...‹«

»Ich liebe Musik. Komm, wir haben nicht viel Zeit.«

Jena liegt in einem Kessel am Fuß eines Felskammes, und man kommt aus der Stadt nur heraus, wenn man ständig bergauf steigt. Es war immer noch sehr früh, erst vier Uhr morgens, aber als sie dem Galgenberg entgegenstapften, spürten sie, wie die ganze träge kleine Stadt in der Frühsommerhitze zu dampfen begann. Der Himmel war nicht ganz hell, schien sich vielmehr in wolkenlose Blässe aufzulösen und zu heben.

Fritz begriff allmählich. In der letzten Nacht mußte es Streit gegeben haben oder zumindest eine Auseinandersetzung, an die er aber gar keine Erinnerung hatte. Falls ein Duell ausgetragen werden mußte – und Duellieren war bei Gefängnisstrafe verboten –, dann brauchte man einen Arzt oder, da kein achtbarer Arzt zugezogen werden konnte, wenigstens einen Medizinstudenten.

»Bin ich der Unparteiische?« fragte Fritz.

»Ja.«

Der Unparteiische in einem Jenenser Duell hatte Unmögliches zu entscheiden. Das Schwert der Studenten, der Schläger, war dreikantig, aber an der Spitze abgerundet, so daß nur eine tiefe dreieckige Wunde zählte.

»Wer hat wen gefordert?« fragte er.

»Joseph Beck. Er hat mir eine Nachricht geschickt, auf der nur stand, daß er antreten müsse, jedoch nicht warum oder gegen wen. Nur Ort und Zeit.«

»Ich kenne ihn nicht.«

»Dein Quartier liegt am nächsten.«

»Ich bin froh, daß er einen so treuen Freund hat.«

Jetzt waren sie schon über dem Nebel, der Tau begann zu trocknen, und sie gingen durch ein Gatter auf ein Feld, auf dem die jungen Rüben schon gezogen waren. Zwei Studenten schlugen sich gewaltig, sie stampften mit flatternden Hemdzipfeln auf dem ausgedörrten rissigen gelblichen Boden umher und hieben ohne Anmut und Können aufeinander ein.

»Die haben ohne uns angefangen«, sagte Dietmahler. »Lauf!«

Als sie quer über das Feld liefen, brach einer der Duellanten ab und rannte weg, auf ein Gatter in der anderen Richtung zu. Sein zurückgelassener Gegner ließ den Schläger fallen und fiel dann selbst um, die rechte Hand war blutüberströmt, vielleicht abgehackt.

»Nein, nur zwei Finger«, sagte Dietmahler, der sich niedergebeugt hatte und die Erde absuchte, auf der schon Unkraut und hartes Gras zu sprießen begannen. Er sammelte die Finger auf, die rot und naß, wie abgehäutet aussahen, von einem fand sich nur das oberste Glied, der andere trug einen goldenen Ring.

»Steck sie in den Mund«, sagte Dietmahler. »Wenn sie

warm gehalten werden, kann ich sie vielleicht wieder annähen, sobald wir zurück sind.«

Fritz würde wohl nie vergessen können, wie sich die anderthalb Finger und der schwere Ring in seinem Mund anfühlten, der Ring glatt und hart, die Finger eher biegsam.

»Alle Natur ist eine Einheit«, sagte er sich.

Gleichzeitig (das sagte ihm sein gesunder Menschenverstand, Dietmahler gab ihm keine Anweisungen) packte er den heulenden, spuckenden Joseph Beck unter dem rechten Ellbogen an, um seinen Unterarm hochzuhalten, damit kein Blut durch die Venen auf dem Handrücken floß. Inzwischen war der Himmel am gesamten Horizont, von einer Bergspitze zur andern, lichterfüllt, und die Lerchen stiegen hoch. Auf der nächsten Weide hatten sich die Hasen zum Äsen hervorgewagt.

»So lange sein Daumen erhalten bleibt, kann er mit der Hand vielleicht noch etwas anfangen«, bemerkte Dietmahler. Fritz, der seinen eigenen, mit Erde und Blut vermischten Speichel nicht herunterschlucken konnte, dachte bei sich: »Für ihn als Arzt ist das alles interessant. Aber ich bin Philosoph, und mir hilft es nicht.«

Nach Jena kamen sie auf dem Karren eines Holzfällers, der zum Glück bergab fuhr. Sogar der Holzfäller, der normalerweise auf nichts achtete, was ihn nicht unmittelbar anging, zeigte sich vom Schreien und Stöhnen des armen Beck beeindruckt. »Ist der Herr vielleicht Sänger?«

»Fahren Sie schnurstracks zur Anatomie«, befahl Dietmahler. »Wenn sie geöffnet ist, dann finde ich vielleicht Nadel und Katzendarm.« Es war zu früh, um Schnaps oder Opium kaufen zu können, auch wenn Dietmahler, ebenfalls ein Anhänger des Brownianismus, darauf brannte, seinem Patienten beides in Mengen einzuflößen.

10. KAPITEL
Eine Frage des Geldes

Im Herbst 1791 begann Fritz an der Universität Leipzig mit dem zweiten Abschnitt seines Studiums. Er war neunzehn, und Leipzig war mit seinen fünfzigtausend Einwohnern die größte Stadt, in der er je gelebt hatte. Er fand es unmöglich, mit dem Zehrgeld, das man für ihn erübrigen konnte, auch nur annähernd auszukommen.

»Ich muß mit Vater reden«, sagte er zu Erasmus.

»Das wird er nicht schätzen.«

»Wie viele Leute schätzen es schon, wenn sie um Geld gebeten werden?«

»Was hast du mit dem Geld gemacht, Fritz?«

»Na ja, was ich hatte, habe ich für die Bedürfnisse des Lebens ausgegeben. Die Seele ist das eine, das Fleisch das andere. Der Alte muß in seinen Studentenzeiten auch solche Bedürfnisse gehabt haben.«

»Das wird aber vor seiner Erweckung gewesen sein«, sagte Erasmus düster. »Jetzt kannst du kein Mitgefühl von ihm erwarten. So viel solltest du in deinen neunzehn Lebensjahren gelernt haben.«

Als er wieder nach Weißenfels kam, sagte Fritz: »Vater, ich bin jung, und ich kann, bei allem Respekt, nicht wie ein alter Mann leben. Ich habe mich in Leipzig bis zum Äußersten eingeschränkt. Ich habe mir nur ein einziges Paar Schuhe machen lassen, seit ich dort bin. Ich habe mir die Haare wachsen lassen, um die Kosten für den Barbier einzusparen. Abends habe ich nur Brot gegessen ...«

»In welcher Hinsicht meinst du, nicht wie ein alter Mann leben zu können?«, fragte der Freiherr.

Fritz nahm einen neuen Anlauf.

»Vater, in Leipzig gibt es keinen Studenten ohne Schulden. Ich komme nicht mit dem aus, was du mir zur Zeit gibst. Ich weiß, acht von uns sind noch zu Hause, aber wir haben doch auch die Güter von Oberwiederstedt und Schlöben.«

»Meinst du, die hätte ich vergessen?« fragte der Freiherr. Er strich sich mit der Hand übers Gesicht.

»Fahr nach Oberwiederstedt und sprich mit Steinbrecher. Ich werde dir einen Brief an ihn mitgeben.«

Steinbrecher war der Rentmeister.

»Ist er denn nicht in Schlöben?«

»Er kümmert sich jetzt um alle unsere Güter. Diesen Monat ist er in Oberwiederstedt.«

Fritz besorgte sich einen Platz in der Eilpost, die um vier Uhr früh von der Station Weißenfels abging und über Halle und Eisleben fuhr. Die deutsche Eilpost war die langsamste in Europa, weil das gesamte Gepäck, das auf einem knarrenden Brett, einer Art Verlängerung des Bodens über die Hinterachse hinaus, mitgeführt wurde, jedesmal ab- und wieder aufgeladen werden mußte, wenn ein Passagier aus- oder zustieg. Während der Postmeister diese Arbeit überwachte, sättigte der Kutscher sich und seine Pferde mit grobem dunklem Brot.

Im Schwarzen Buben in Eisleben saß ein Knecht vom Gut auf der Bank vor dem Haus und wartete auf Fritz.

»Grüß dich, Joseph«, sagte Fritz, der sich nach sieben Jahren noch an ihn erinnerte. »Komm, wir gehen zum Kaufmann und trinken ein Gläschen Schnaps.« Die Wirtshäuser in Sachsen durften keinen Alkohol verkaufen.

»Es wäre mir leid, mitansehen zu müssen, wie der Sohn Ihres Vaters sich solchermaßen vergnügt.«

»Aber Joseph, ich hatte gehofft, *dich* vergnügt zu machen.« Das war offenbar nicht möglich. Das Gasthaus stellte ihnen Pferde zu Verfügung, und schweigend ritten sie nach Oberwiederstedt. Der Rentmeister wartete auf sie, obwohl es inzwischen dunkel geworden war. Fritz überreichte ihm den Brief seines Vaters und wartete, bis Steinbrecher das Schriftstück zweimal durchgelesen hatte. Dann fand er das Schweigen beklemmend und sagte: »Herr Rentmeister, ich glaube, mein Vater hat Sie beauftragt, mir etwas Geld zu geben.«

Steinbrecher nahm die Brille ab.

»Junger Herr, es ist kein Geld da.«

»Und für diese Auskunft hat er mich den ganzen weiten Weg geschickt.«

»Er wollte wohl, daß sie sich Ihnen einprägt.«

11. KAPITEL
Eine Meinungsverschiedenheit

Fritz ging zu Fuß nach Weißenfels zurück, gut fünfzig Kilometer. Als er in der Klostergasse eintraf, war sein Vater aus der Salinenverwaltung nach Hause gekommen, aber nicht allein. »Seine Herrlichkeit, der Onkel Wilhelm ist da«, teilte ihm Sidonie mit. »Der Großkreuz in Person. Es geht um dich. Wie bist du mit Steinbrecher ausgekommen? Ich will dir sagen, was ich denke: Wären manche Leute nicht älter als andere und wären junge Leute so reich wie alte –«

»Aber Sidonie, nun glaube ich wirklich, daß wir noch viel ärmer sind als wir meinten.«

»Du fragst mich nicht, was ich glaube«, sagte Sidonie. »Ich bin hier im Haus, ich habe mehr Gelegenheit, darüber nachzudenken, als du.«

»Jetzt hängt es von uns allen ab, aber besonders von mir –«, fing Fritz an, aber Bernhard, der inzwischen aufgetaucht war, unterbrach ihn: »Ich bin der Hauptleidtragende. Wenn der Großkreuz hier ist, dann führt mich Mutter vor, weil sie glaubt, ich sei sein Liebling. Dabei haßt er alle Kinder und mich besonders.«

»Er wird besseren Wein und mehr Gesellschaft erwarten als bei uns üblich ist«, sagte Sidonie. »Ihr wißt ja, das hat er letztes Mal durchblicken lassen, als er uns mit seinem Besuch beehrte.«

Bernhard erzählte weiter: »Letztes Mal, als mir befohlen wurde, ein Gedicht aufzusagen, hat mein Onkel gebrüllt: ›Aus welchem Grund hat man ihm diesen Unsinn beigebracht?‹«

»Mutter ist nicht im Salon«, sagte Sidonie. »Was soll sie tun, was muß ich ihr sagen?«

»Gar nichts«, sagte Karl, der gemütlich auf dem Sofa lag. Seine Stellung war unangreifbar. In einer Woche begann seine militärische Ausbildung; er ging als Kadett zu einem Karabinierregiment im Dienst des Sächsischen Kurfürsten. Deshalb war sein Onkel Wilhelm mit ihm zufrieden, auch wenn er ihn nie nach Lucklum eingeladen hatte. Fritz hörte offenbar überhaupt nicht zu. Ihn schien eine Sache von großer Dringlichkeit, ein heimlicher Entschluß umzutreiben. Sidonie hatte es noch nicht bemerkt, als er hereinkam, vielleicht hatte sie sich zu sehr gefreut, ihn zu sehen, aber jetzt war es ganz unübersehbar, so als ob er einen Fremden mitgebracht hätte, dessen er sich schämte, der aber darauf wartete, vorgestellt zu werden.

Im Empfangszimmer nahm der Großkreuz nicht Platz, sondern schritt ungeduldig auf und ab, und jedesmal, wenn man ihn vorn sah, blitzte das Emblem auf seinem dunkelblauen Umhang. Der Freiherr saß, erschöpft von einem Tag voller Dispute in der Verwaltung, in seinem geräumigen Lehnsessel und sagte sich, wenn der Bruder nicht einmal seinen Umhang ablegte, dann bestehe eine gewisse Hoffnung, daß er bald wieder gehen werde. »Aber wo ist deine Frau, wo ist Auguste?« fragte Wilhelm.

»Ich kann mir nicht vorstellen, daß sie heute nachmittag erscheinen wird.«

»Warum das? Sie muß keine Angst vor mir haben, ich bin kein Spuk.«

»Sie braucht Ruhe; sie ist zart.«

»Wenn eine Frau ihre Arbeit nicht unterbricht, wird sie merken, daß sie nie müde ist.«

»Du warst nie verheiratet, Wilhelm. Aber hier ist wenigstens Fritz.« Fritz kam in den Salon, er war weiß wie ein Laken, begrüßte seinen Vater und seinen Onkel flüchtig, nicht ganz aufmerksam, und fing sofort laut und erregt an: »Ich möchte euch mitteilen, daß ich jetzt entschieden habe, was ich mit meinem Leben anfangen werde. Auf dem Rückweg von Oberwiederstedt ist es mir klar geworden.«

»Wie gut, daß ich hier bin«, sagte der Großkreuz, »gerade jetzt, da mein Rat am meisten gebraucht wird.«

»Während meines Studiums in Jena und jetzt in Leipzig hast du es mir übelgenommen, Onkel, daß ich Philosophie und Geschichte der Jurisprudenz vorgezogen habe, und du, Vater, warst gekränkt, als ich sagte, sogar Jurisprudenz würde ich noch lieber studieren als Theologie. Nun möchte ich, daß ihr beide diese Sorgen laßt – sie einfach abschüttelt wie Erdenstaub. Ich sehe, daß es meine Pflicht ist, Soldat zu werden. Alles weist darauf hin. Auf diese Weise werde ich euch keine Kosten machen. Und ich weiß jetzt, daß ich strenge Disziplin brauche. Ich habe zu viel romantischen

Schwung. In einer Kaserne wird er durch die praktischen, sehr unromantischen täglichen Pflichten – die Latrinen, die Fieberstation, die Übungsmärsche, die Fußinspektion – viel von seinem schädlichen Einfluß verlieren. Später, wenn es um das Zerschießen und das Zerhauen geht, werde ich nichts zu fürchten haben, denn das Leben ist immer nur Mittel und fast nie Zweck. Ich habe vor, mich bei den Kurfürst Kürassieren zu bewerben.«

»Scheißkerl, halt die Klappe!« schnauzte der Großkreuz.

»So spricht man nicht mit meinem Sohn, so spricht man überhaupt nicht mit dem Sohn eines anständigen Mannes«, sagte der Freiherr.

»Aber es ist wahr, er redet wie ein Idiot ...«

»Aber Karl –«, warf Fritz ein.

»– ist ein gescheiter junger Bursche, der sein Leben selbst in die Hand nehmen will«, rief der Onkel. »Du dagegen! – Die Kürassiere! – Als du so alt warst wie Karl jetzt, habe ich dich an meinem eigenen Tisch sagen hören, daß das Leben besser sein würde, wenn es ein Traum wäre und daß es vielleicht noch dahin kommt. Wo ist deine praktische Fähigkeit? Du hast noch nicht einmal gesehen, wie einer verwundet wird!«

Fritz verließ den Raum. »Was immer du gesagt hast, du warst zu schroff«, bemerkte Sidonie, als sie mit zwei Dienstboten kam, die Kaffee und Brot und Butter brachten; kaum sah der Onkel sie von fern, winkte er schon angeekelt ab.

»Wenigstens waren sie einer Meinung«, entgegnete Fritz. »Daß ich unfähig und womöglich auch ein Feigling bin, darüber sind sie sich einig.« Sidonie drückte ihm mitfühlend den Ellbogen. Durch die offenen Salontüren konnte man den Vater und den Onkel in heftigem Streit aufeinander losfahren sehen.

»Überlaß die Angelegenheiten deines Sohnes mir. Du verstehst absolut nichts von diesen Dingen.«

»Du vergißt, daß ich sieben Jahre in der Hannoveraner Truppe gedient habe«, rief der Freiherr.

»Aber an deiner militärischen Ahnungslosigkeit sind sie spurlos vorübergegangen.«

Karl und Sidonie führten den niedergeschlagenen Fritz in den Garten und zu den Obstbäumen. »Dieses Jahr werden wir Unmengen Birnen und Pflaumen haben«, sagte Sidonie. »Wie bist du nur auf diese dumme Idee gekommen? Warum bildest du dir ein, aus dir würde je ein Soldat werden?«

»Wo ist deine Vernunft geblieben?« fügte Karl hinzu.

»Ich weiß es nicht. Sag mir doch, Karl, wodurch wird ein Mann zum Soldaten?«

»Ich für mein Teil, ich wollte in die Armee meines Fürsten eintreten. Ich wollte auch weg von zu Hause«, sagte Karl.

»Wirst du uns nicht vermissen, Karl?« fragte Sidonie.

»Darüber nachzudenken, das kann ich mir nicht leisten. Ich nütze euch allen jedenfalls mehr, wenn ich draußen in der Welt bin. Und du, Sido, du heiratest doch bald und vergißt deine Brüder.«

»Nie!« rief Sidonie.

12. KAPITEL
Das Gefühl von Unsterblichkeit

Sobald er den Onkel samt dem Troß von Leibdienern und Köchen, die den Küchentrakt heimgesucht hatten, endlich losgeworden war, bestellte der Freiherr seinen ältesten Sohn zu einer Unterredung zu sich und teilte ihm mit, nach seinem Jahr in Leipzig und einem weiteren Jahr in Wittenberg zwecks Studium der Chemie, Geologie und Jurisprudenz werde er genug gelernt haben, um die ersten Schritte als Akzessist in der Salinenverwaltung tun zu können. Erasmus werde von Leipzig nach Hubertusburg geschickt, wo er sich in der Forstakademie einschreiben und ein gesundes Leben an der frischen Luft führen könne – dazu hatte Erasmus bisher keinerlei Neigung gezeigt. Karl hatte schon Gefechte miterlebt, und er war erst sechzehn. Er war bei seinem Regiment gewesen, als die Franzosen aus Mainz vertrieben wurden. Er rechnete damit, häufig nach Hause zu kommen. Es war nicht schwer, Urlaub zu erhalten. Beurlaubte Offiziere wurden nicht bezahlt, so daß das Regiment Geld sparen konnte, bis sie sich zurückmeldeten.

Wenn Fritz manchmal die Extrapost nahm oder lange Strekken zu Fuß ging, dann lag das daran, daß er selten ein ordentliches Reitpferd zur Verfügung hatte. Wenn es ihm einmal gelang, eines zu leihen oder zu mieten, notierte er sich dies in seinem Tagebuch. Sein eigenes Pferd, das nur der Gaul genannt wurde, hatte es schon seit Oberwiederstedter Zeiten gegeben, daran erinnerte er sich noch, obwohl er zu jung zum Reiten gewesen war, bevor sie nach Weißenfels zogen. Wie alt war der Gaul? Altersweise war er nicht geworden, aber schlau: Er hatte sich mit seinem Herren auf einen ausgeklügelten kreatürlichen Handel geeinigt, in dem es um Ort und Zeit ging, also darum, wann er langsamer werden und stehenbleiben konnte und wann er bereit zum Weitergehen sein mußte. Fritz kümmerte es nicht, welche Figur er oder sein schäbiges Pferd machten, solange sie nur von einem Punkt zum anderen kamen. Seit er siebzehn Jahre alt war, war er ständig unterwegs gewesen, freilich nur so gemächlich wie der Gaul es wollte, und nicht sehr weiträumig. Er lebte in der »goldenen Mulde« des Heiligen Römischen Reiches, in einer Senke, die vom Harz und tiefem Wald umschlossen und von Flüssen durchzogen war – von der Saale, der Unstrut, der Helme, der Elster, der Wipper –; sie schlängelten sich in anmutigen, wenn auch allem Anschein nach völlig unnötigen Bögen und Kehren an Bergwerken, Salinen, Sägewerken und Ufergasthöfen vorbei, in denen die Gäste friedlich Stunde um Stunde saßen und darauf warteten, daß Fische aus dem Fluß gezogen und für sie gesotten wurden. Zwischen kleinen Städten, die jede ihren ganz eigenen Charakter hatten und sich doch alle auf angenehme Weise glichen, zog sich meilenweit sanft gewelltes Land hin, das klaglos Kartoffeln und Rüben und die großen Weißkohlköpfe hervorbrachte, die mit einem Hobel zerkleinert werden mußten. Die Städtchen boten dem Reisenden ein Gefühl von Sicherheit; er sah schon von weitem das Holzdach der alten und die Kuppel der neuen Kirche und kam nach einer Weile in die Straße mit den kleinen, ordentlich aufgereihten Häusern, jedes mit seinem Schweinestall, seinem Backofen und dem Steinofen fürs Brot; manchmal gehörte auch ein Gartenhaus aus Holz dazu, in dem der Hausherr unter dem geschnitzten Motto ›HIER WEILT DAS GLÜCK‹ oder ›ZUFRIEDENHEIT IST REICHTUM‹ saß, in der Abendkühle sein Pfeifchen schmauchte und an gar nichts dachte. Gelegentlich, aber selten, fand auch eine Frau Zeit, im Gartenhaus zu sitzen. Als Fritz am Ende seines Wittenberger Studienjahres südwärts ritt, war der Tag so schön wie unter Tausenden nur einer, kristallklar und himmelblau. Die Kartoffelernte fing gerade an; als Kind bei den Brüdern in Neudietendorf hatte er oft und willig beim Kartoffelausziehen geholfen.

Zwischen Rippach und Lützen hielt er an einer Stelle an, wo ein Bach die Straße kreuzte, und ließ den Gaul trinken, obwohl das Pferd eigentlich bis zum Ende des Tages damit warten mußte. Als Fritz die Sattelgurte lockerte, holte der Gaul gewaltig Atem, als habe er bis zu diesem Augenblick nicht gewußt, was Luft ist. Fritzens Reisesack, der an der Kruppe festgebunden war, hob und senkte sich dumpf tönend wie ein Paukenschlag auf dem breiten Rücken. Dann ließ das Pferd nach und nach Luft ab, reckte den Kopf zum Wasser hinunter, um die wärmste und schlammigste Stelle zu suchen, steckte die Kiefer tief hinein bis zu einer Linie gerade unterhalb der Nasenlöcher, und fing an, mit mehr Energie zu saufen, als er auf der ganzen Reise von Wittenberg gezeigt hatte. Fritz saß am Rand der leeren Straße, auf der feuchten sächsischen Erde, die er liebte; nichts war zu sehen als ein Zug von Kartoffelwagen und die Erlenreihe, die den Lauf der Elster nachzeichnete. Seine Studienzeit war nun fast zu Ende. Was hatte er gelernt? Philosophie, Geologie, Chemie, kombinatorische Mathematik, Sächsisches Handelsrecht. Einer seiner engsten Freunde in Jena, der Physiker Johann Ritter, hatte versucht ihm zu beweisen, daß die letzte Erklärung des Lebens der Galvanismus sei und daß jeder Energieaustausch zwischen Geist und Körper von einer elektrischen Entladung begleitet sein müsse. Elektrizität sei manchmal sichtbar wie das Licht, aber nicht alles

Licht sei sichtbar, der größte Teil sei es nicht. »Wir dürfen nie nach dem urteilen, was wir sehen.« Ritter besaß keinen Pfennig. Er hatte nie an einer Universität studiert, war nicht einmal zur Schule gegangen. Ein Glas Wein bedeutete ihm unermeßliche Ermutigung. Danach lag er in seinem kümmerlichen Zimmer und konnte die Gesetze der Elektrizität in wolkigen Hieroglyphen über die gesamte Oberfläche des Universums geschrieben sehen und auch auf den Wassern, über denen noch der Heilige Geist schwebte. –

– Meine Lehrer waren sich nicht einig, meine Freunde waren nicht im Einklang mit meinen Lehrern, dachte Fritz, aber das scheint nur an der Oberfläche so, sie waren Männer von Geist und Leidenschaft, ich will an sie alle glauben.

Die Kinder aus großen Familien lernen kaum je, Selbstgespräche zu führen, das ist eine Kunst, die nur die Einsamkeit lehrt; aber sie führen oft Tagebuch. Fritz nahm sein Notizbuch aus der Tasche. Bestimmte Worte fielen ihm schnell ein: *Schwachheiten, Mängel, das Drängen und Streben nach Ruhm und Belohnung gehemmt und gehindert und in elende drückende menschliche und bürgerliche Verhältnisse sich gespannt zu sehen; Jugend, Verzweiflung.* Dann schrieb er: *Aber ich habe, ich kann es nicht leugnen, »ein gewisses unaussprechbares Gefühl von Unsterblichkeit«.*

13. KAPITEL

Die Familie Just

»Du hast den Namen des Kreisamtmanns von Tennstedt, Coelestin Just, schon von mir gehört«, sagte der Freiherr. Fritz glaubte sich zu erinnern. »Er ist natürlich Leiter des Kreisamtes, außerdem noch verantwortlich für die Steuereinnahmen in seinem Bezirk. Ich habe dafür gesorgt, daß du bei ihm in Tennstedt praktische Erfahrungen mit der Verwaltung und dem Bürowesen sammeln kannst; du verstehst ja noch nichts davon.« Fritz fragte, ob er sich dort ein Zimmer mieten solle. »Nein, du wirst bei der Familie Just wohnen. Der Kreisamtmann hat eine Nichte, Karoline, eine sehr zuverlässige junge Frau, die ihm den Haushalt führt, zudem hat er im Alter von sechsundvierzig Jahren noch geheiratet, und zwar die Witwe von Christian Nürnberger, dem verstorbenen Professor der Medizin in Wittenberg. Du bist ihr dort sehr wahrscheinlich im letzten Jahr schon begegnet.«

In Universitätsstädten mochte es anders sein, aber in Weißenfels, Tennstedt, Grüningen oder Langensalza versuchte keine Frau, jünger auszusehen als sie war; keine hätte gewußt, wie das zu bewerkstelligen wäre. Sie nahmen hin, was die Jahre ihnen schickten.

Karoline Just sah beim Blick in den Spiegel das Gesicht einer Frau von siebenundzwanzig Jahren, gleichförmig glatt und blaß, mit auffallenden dunklen Brauen. Sie führte ihrem Onkel Coelestin Just in Tennstedt seit vier Jahren den Haushalt. Man hatte nicht daran gedacht, daß der Onkel je heiraten würde, aber vor sechs Monaten war es doch geschehen. »Meine Liebe, du wirst um meinet- und um deinetwillen froh sein«, hatte er gesagt. »Wenn du jetzt irgendwann vor der Frage stehst, ob du einen eigenen Haushalt gründen solltest, dann kannst du dir sagen, daß du mich nicht im Stich läßt.«

»Die Frage hat sich nicht gestellt«, sagte Karoline.

Daß Karoline nicht wußte, wohin, es sei denn, sie ginge wieder nach Merseburg (wo ihr Vater Pronotarius der Stiftsregierung war), fand Just nicht beunruhigend. Hier wie dort war sie höchst willkommen. Unterdes gratulierte er sich zu seinem Glück, weil seine Rahel nicht nur als Professorenwitwe die wünschenswerteste unter den deutschen Frauen war, sondern als Neununddreißigjährige auch mit aller Wahrscheinlichkeit jenseits des fruchtbaren Alters stand. Sie würden also ein friedliches Leben zu dritt ohne unwillkommene Veränderungen oder Störungen führen können. In Tennstedt redete man – »Jetzt hat er zwei Frauen unter einem Dach. Wie sagt das Sprichwort ...« – »Wer wird wohl das Kommando übernehmen und das Geld des Kreisamtmanns ausgeben?« – Der erwartete Untermieter – erwartet, weil die Dienstboten über ihn redeten und weil ein Extrabett gekauft worden war – sollte, so erzählte man sich, zweiundzwanzig Jahre alt sein.

Die Professoren an den Universitäten stifteten häufig Ehen zwischen ihren Töchtern und den Studenten mit den besten Aussichten auf eine Karriere. Überall waren Tischler, Drucker- und Bäckermeister zufrieden, wenn einer ihrer Gesellen eine Tochter oder eine Nichte des Hauses heiratete. Der Kreisamtmann war weder Professor noch Handwerksmeister, er war Friedensrichter und Steuerinspektor, und es wäre ihm nie eingefallen, eine Ehe anzubahnen, aber jetzt, da er ein verheirateter Mann war, hatte er wohl jemanden, der das Denken für ihn übernahm – sagte man.

Fritz kam zu Fuß, einen Tag später als erwartet und zu

einer Zeit, da Coelestin Just im Büro war. »Der Langerwartete ist hier«, sagte Rahel zu Karoline. Sie erinnerte sich gut an ihn, noch von Wittenberg her, war aber erschrocken, daß er so zerzaust und abgerissen aussah. »Finden Sie Bewegung im Freien gesund, Hardenberg?« fragte sie besorgt, während sie ihn ins Haus führte. Fritz sah sie mit unbestimmtem, aber strahlendem Blick an: »Ich weiß nicht, Frau Rahel. Ich habe nicht darüber nachgedacht, doch ich werde nachdenken.« Als er im Salon stand, sah er sich um, als habe er eine Erscheinung. »Wie schön, wie wunderschön.«

»Nicht doch«, sagte Rahel. »Seien Sie herzlich willkommen, ich hoffe, Sie lernen viel, und es steht Ihnen natürlich frei, sich Ihre Meinung nach Gutdünken zu bilden, aber schön ist dieser Salon nicht.«

Fritz sah sich weiterhin ungläubig staunend um.

»Die ist meine angeheiratete Nichte, Karoline Just.«

Karoline trug ihr Umschlagtuch und die Küchenschürze.

»Sie sind wunderschön, gnädiges Fräulein«, sagte Fritz.

»Wir haben Sie schon gestern erwartet«, sagte Rahel trocken, »aber wie Sie sehen, sind wir geduldig.« Als Karoline wieder in die Küche ging, was sie sehr bald tat, fügte Rahel hinzu: »Da ich Sie so oft getroffen habe, als Sie noch Student waren und, wie Sie sich erinnern werden, bei unseren Shakespeare-Abenden zu Gast hatte, nehme ich mir die Freiheit, Ihnen einen Rat zu geben: Sie sollten nicht so mit Karoline sprechen. Sie haben es nicht ernst gemeint, und Karoline ist so etwas nicht gewohnt.«

»Aber ich habe es ganz ernst gemeint«, sagte Fritz. »Als ich in Ihr Haus kam, da hatte alles einen Glorienschein: die Weinkaraffe, der Tee, der Zucker, die Stühle, das dunkelgrüne Tischtuch mit seinen üppigen Fransen, alles leuchtete.«

»Sie sehen aus wie immer. Ich habe diese Möbel nicht selbst gekauft, aber –«

Fritz versuchte zu erklären, daß er nicht das alltägliche, sondern das spirituelle Selbst der Dinge gesehen habe. Er könne nicht erklären, wann diese Verklärungen ihm aufschienen. Solche Momente nähmen vorweg, wie die ganze Welt sein werde, wenn der Körper am Ende der Seele diene.

Rahel erkannte, daß der junge Hardenberg zumindest ehrlich war, was auch immer man sonst von ihm hielt. Sie erlaubte sich die Frage, ob er vielleicht auf ärztlichen Rat hin viel Opium nehme? Natürlich meinte sie nicht die paar Tropfen, gegen Zahnschmerzen zum Beispiel, die jeder trank. Doch sie fand schnell heraus, daß er höchstens dreißig Tropfen nahm, als Beruhigungsmittel zur Schlafenszeit, wenn sein Kopf allzu tätig war – und das war nur die Hälfte von dem, was sie selbst gegen die üblichen Frauenschmerzen einnahm.

14. KAPITEL
Fritz in Tennstedt

Fritzens Gepäck kam einen Tag danach mit der Post an. Es bestand zum größten Teil aus Büchern. Da waren die hundertdreiunddreißig Titel, die er unbedingt brauchte, die älteren vor allem aus den Bereichen Poesie, Drama und Märchen, die neueren vorwiegend Fachbücher über Pflanzen, Mineralien, Medizin, Anatomie, Theorien der Wärme, des Klanges und der Elektrizität, Mathematik, Infinitesimalrechnung. Sie alle sind eine Einheit, sagte Fritz laut, während er sich in seinem kalten Tennstedter Dachzimmer die Hände an einer Kerzenflamme wärmte. Alles menschliche Wissen ist eine Einheit. Mathematik ist das verbindende Prinzip, ganz so wie nach Ritters Erkenntnis Elektrizität das Bindeglied zwischen Körper und Geist ist. Mathematik ist Vernunft in einer Form, die jeder erkennen kann. Warum sollten Dichtung, Vernunft und Religion nicht höhere Formen der Mathematik sein? Man brauchte nur eine Grammatik ihrer gemeinsamen Sprache. Und wenn alles Wissen in Symbolen ausgedrückt werden sollte, dann mußte er sich an die Arbeit machen, um jede mögliche Methode zur Durchführung dieser Operation aufzuschreiben.

»Triumph!« rief Fritz in seinem eisigen Zimmer (aber noch nie im Leben hatte er in einem Zimmer geschlafen oder gearbeitet, das nicht eiskalt gewesen war; und er kannte niemanden, dem es anders gegangen wäre).

In der zweiten Bücherkiste lag zuoberst Franz Ludwig Cancrinus' zwölfbändiges Werk: *Erste Gründe der Berg- und Salzwerkskunde*: Erster Teil, welcher die Mineralogie enthält; Anderer Teil, welcher die Probierkunst enthält; Dritter Teil, welcher die oberirdische Erdbeschreibung enthält; Vierter Teil, welcher die unterirdische Erdbeschreibung enthält; Fünfter Teil, welcher die Grubenbaukunst enthält; Sechster Teil, welcher die Markscheidekunst, und zwar Erste Abteilung, welche die Arithmetik, Geometrie und ebene Trigonometrie enthält; Andere Abteilung, welche die eigentliche Markscheidekunst enthält; Siebender Teil, Erste Abteilung, welche die Mechanik, Hydrostatik, Aerometrie und Hydraulik enthält; Siebender Teil, Andere Abteilung, welche den Bau der Bergmaschinen enthält … Elfter Teil, welcher das Berg- und Salzrecht in sich begreift …

Die Dienstboten berichteten Rahel, der junge Freiherr führe in seinem Zimmer laute Selbstgespräche. »Er geht gleich nach dem Frühstück hinauf«, erzählte Rahel ihrem Mann, »und daß er auch nach dem Abendessen studiert, hast du selbst gesehen.« Just fragte Karoline, ob sie nicht einmal am Abend zur Entspannung ein wenig Musik machen könnten. »Hab ein wenig Mitleid mit dem unglücklichen jungen Mann«, legte er ihr nahe.

»Ich weiß nichts von seinen Sorgen«, sagte Karoline. Sie war sehr beschäftigt mit der vorwinterlichen Arbeit; sie mußte Wurst machen, Flachs für das Winterspinnen schlagen, die Gänse schlachten (die schon zweimal am lebendigen Leib gerupft worden waren), um zum dritten und letzten Mal Daunen zu gewinnen. Im Anschluß daran mußte man eine Woche lang Gänsebraten essen. Aber an diesem Abend setzte sie sich im Salon auf ihren Platz, als Fritz auf Rahels Bitte mit einem Buch herunterkam – er hatte sich dazu überreden lassen, ihnen etwas vorzulesen –, oder nein, es war kein Buch, sondern ein Umschlag mit Manuskripten.

»Sie müssen nicht glauben, ich hätte dies für eine bestimmte Person geschrieben. Ich war damals in Jena, und ich war jünger als jetzt.

Nimm meine Bücher, meine kleinen Reime,
Mein Häuschen hin, und sey zufrieden wie ich bin.
Doch willst du mehr, mein Herz und meine Liebe?
Die sind schon lange dein.«

Er blickte auf – »Das könnte man sehr gut einer jungen Dame ins Poesiealbum schreiben«, sagte Rahel. »Ich fürchte nur, daß wir so etwas nicht im Haus haben.«

Fritz riß das Blatt Papier in der Mitte durch. Karoline legte den Kissenbezug, den sie gerade stopfte, beiseite. »Bitte, lesen Sie noch mehr vor, lesen Sie weiter.« Ihr Onkel Coelestin sah ruhig in die Glut des Ofens, dessen Türen ein wenig offenstanden. Man hatte ihm erzählt, der junge Hardenberg sei ein Dichter, aber daß dieser seine Verse tatsächlich laut vorlesen wollte, war ihm eben erst klar geworden. Er konnte nicht so tun, als verstünde er etwas davon. Mit dem Singen war es etwas anderes. Wie alle seine Bekannten sang auch Just selbst, er gehörte zwei Gesangsvereinen an und hörte immer und überall Lieder, im Winter in geschlossenen Räumen und im Sommer im Freien, im Wald, in den Bergen und auf den Straßen. Und eine Freundin Karolines, ein heller Sopran, hatte eine so schöne Stimme, daß Coelestin selbst sich hatte bereden lassen, bei ihrem Hochzeitsmahl, in Anwesenheit aller Tennstedter Honoratioren, als Vogelfänger mit leeren golden angestrichenen Käfigen aufzutreten und ein komisches Volksliedchen zu singen: Darin wurde der Bräutigam angefleht, »ihnen nicht die Nachtigall zu entführen«. Ja, das war Else Wangel gewesen, vor drei Jahren; vor drei Jahren erst hatte sie geheiratet, und jetzt war sie so dick und breit geworden, daß sie kaum noch durch die Tür paßte. Karoline tadelte ihn: »Warum redest du von Else Wangel?«

»Ach, du liebe Zeit, ich habe gar nicht gemerkt, daß ich laut gesprochen habe. Ihr müßt einem alten Mann verzeihen.« Just war sechsundvierzig. Die Melancholie des nahenden Alters und das Bewußtsein der Sterblichkeit war einer seiner Gründe gewesen, erst seine Nichte ins Haus zu holen und dann zu heiraten. »Onkel, du hast nicht zugehört, du verstehst gar nichts.«

15. KAPITEL
Justen

Karoline war zuständig für die Finanzen des Haushalts (Rahel hatte die Verantwortungsbereiche achtsam und taktvoll aufgeteilt), mußte also auch Fritzens wöchentliche Zahlungen für Unterkunft und Verpflegung und für die Versorgung des inzwischen aus Weißenfels eingetroffenen Gauls kassieren. Gleich am ersten Samstag entstand jedoch Verwirrung. »Fräulein Karoline, der Zahlmeister meines Vaters sollte heute nach Tennstedt kommen und mir mein Zehrgeld für November bringen, aber vielleicht hat er einen Fehler gemacht und ist gleich nach Oberwiederstedt durchgefahren. Ich fürchte, ich muß Sie um Zahlungsaufschub bitten.« – »Ich glaube nicht, daß wir warten können«, beschied Karoline ihn, »aber ich werde die Summe vorläufig aus dem Haushaltsgeld vorstrecken.« Der Gedanke, wie peinlich ihm die Bitte sein mußte, trieb ihr die Röte ins Gesicht – und das geschah ihr nur ganz selten. »Wie wird er zurechtkommen?« fragte sie Rahel. Rahel sagte: »Ich habe den Verdacht, daß er trotz seines Studium an drei Universitäten nie gelernt hat zurechtzukommen. Er ist der älteste Sohn und nicht vor sich selbst geschützt.«

Obwohl der Zahlmeister am nächsten Tag kam, hatte Karoline das Gefühl, standhaft geblieben zu sein, doch in Wahrheit konnte sie sich nicht gegen Hardenberg zur Wehr setzen: Seit dem Vorleseabend verlangte er so viel von ihr. Er zog sie ganz und gar ins Vertrauen, belastete sie mit dem Gewicht seiner Bekenntnisse. Sie sei seine Freundin – dem widersprach Karoline nicht –, und er könne zwar ohne Liebe leben, erklärte er ihr, aber nicht ohne Freundschaft. Alles wurde ihr anvertraut, er redete ununterbrochen. Weder ihre Näharbeiten noch das Fleischzerkleinern für die Wurstfüllungen schreckte ihn ab. Karoline schnitt und hackte und lernte dabei, daß die Welt Tag für Tag nicht der Zerstörung, sondern der Unendlichkeit näher komme. Sie erfuhr, daß Fichtes Philosophie zu kurz greife und daß Hardenberg einen Teufel von einem kleinen Bruder hatte, den er sehr liebte, und einen monströsen Onkel, der sich mit seinem Vater stritt, aber das täten sie alle.

»Auch Ihre Mutter?«

»Nein, nein.«

»Es tut mir leid, daß Sie zu Hause nicht glücklich sind«, sagte Karoline.

Fritz war überrascht. »Da muß ich Sie irregeführt haben, bei uns zu Hause findet man Liebe, wir würden einer für den anderen das Leben hergeben.«

Seine Mutter sei auch jung genug, noch mehr Kinder zu bekommen; er habe die unbedingte Pflicht, so schnell wie möglich Geld zu verdienen. Dann kehrte er zum Thema Fichte zurück; er holte die Notizen, die er sich bei der Lektüre gemacht hatte, und zeigte sie Karoline: Seiten über Seiten mit triadischen Schemata. »Ja, das sind einige von Fichtes Triaden, aber ich will Ihnen erklären, was mir plötzlich aufgefallen ist, seit ich in Tennstedt bin. Sie können dies Muster als eine Darstellung von uns beiden sehen. Sie sind die These, still, blaß, eingegrenzt, in sich ruhend. Ich bin die Antithese, unruhig, widersprüchlich, über mich hinausstrebend. Nun müssen wir fragen, ob die Synthese die Harmonie zwischen uns sein wird oder ob sie zu einer neuen Unmöglichkeit führt, die wir uns nicht haben träumen lassen.«

Karoline antwortete, sie träume selten.

Anschließend sprach er von Dr. Brown, von ihm hatte sie

schon gehört, aber sie hatte nicht gewußt, daß der Brownianismus eine Verbesserung aller bisherigen Systeme der Medizin sei, auch nicht, daß Dr. Brown in seinen Vorlesungen ein Glas Whisky und ein Glas Laudanum vor sich stehen hatte und abwechselnd aus dem einen und aus dem anderen Glas einen Schluck trank, um das vollkommene Gleichgewicht zu demonstrieren. Sie wußte nicht einmal, was Whisky ist.

Fritz erklärte ihr auch, daß Frauen geborene Künstlerinnen sind, daß ihre Natur in gewisser Weise die Kunst der Männer und deren Natur ihre Kunst scheine. »Karoline, Sie müssen *Wilhelm Meister* lesen.«

»*Wilhelm Meister* habe ich natürlich gelesen«, sagte sie. Fritz war ein paar Sekunden lang abgelenkt, so daß sie Zeit hatte, noch hinzuzufügen: »Ich fand Mignon sehr ärgerlich.«

»Sie ist nur ein Kind«, schrie Fritz auf, »ein Geist, ein Geisterseher, mehr noch als ein Kind. Sie stirbt, weil die Welt nicht heilig genug ist, sie zu behausen.«

»Sie stirbt, weil Goethe nichts mehr mit ihr anzufangen wußte. Wenn er sie mit Wilhelm Meister verheiratet hätte, das wäre beiden recht geschehen.»

»Sie sind sehr streng in Ihren Urteilen«, sagte Fritz, setzte sich hin und schrieb ein paar Verse zum Thema. Karoline fädelte im Verein mit dem Küchenmächen getrocknete Apfelringe auf lange Schnüre. »Aber Hardenberg, Sie haben ja über meine Augenbrauen geschrieben!«

Karoline Just hat dunkle Brauen.
Und im Zuge ihrer Augenbrauen
Les' ich eher klugen Rath als List

»Ich werde Ihnen einen Kosenamen geben«, sagte er. »Haben Sie schon einen?« Die meisten Carolinen und Karolinen (der gebräuchlichste Name in Norddeutschland) wurden Line, Lili, Lolly oder Karolinchen genannt. Sie schüttelte den Kopf. »Nein, ich hatte nie einen.«

»Ich werde Sie Justen nennen«, sagte er.

16. KAPITEL
Der Jenaer Kreis

Tennstedt hatte in den Augen Justs den Vorteil, daß es über achtzig Kilometer von Jena entfernt war. Der junge Hardenberg hatte dort noch viele Freunde, aber nach Justs Meinung wäre er ohne sie besser zurechtgekommen. Den Physiker Ritter zum Beispiel – wenn er wirklich einer war – sollte man eigentlich zu seinem eigenen Besten in ein Asyl für Nervenkranke einweisen. Doch war Ritter wenigstens ein Unschuldslamm. Wirklich anstößig fand Just das Benehmen der Frauen in Jena. Friedrich Schlegel, einer der ersten Freunde Hardenbergs, war ein großer Bewunderer von Caroline, der Frau seines Bruders August. Von ebendieser Frau ging das Gerücht, sie sei die Geliebte des berühmten Bibliothekars Georg Forster gewesen. Forsters Frau Therese habe ihn wegen eines Journalisten verlassen und sich darüber beklagt, daß Forster, statt sie zu trösten, als ihr Baby an den Pocken gestorben war, nur lästige Anstrengungen unternommen habe, schnell Ersatz zu schaffen. Und Friedrich Schlegel wiederum lebte mit einer Frau, die zehn Jahre älter war als er: Dorothea, eine Tochter des Philosophen Moses Mendelssohn, offenbar eine gütige, mütterliche Frau, aber sie hatte schon einen Ehemann, einen Bankier, dessen Namen Just vergessen hatte. Jedenfalls war dieser Mann aus dem Spiel, wie immer er auch heißen mochte.

Sie waren alle intelligent, alle Revolutionäre, doch da jeder einen anderen Plan hatte, würde nichts aus ihrer Revolution werden. Sie redeten ständig davon, nach Preußen zu gehen, nach Berlin wollten sie, aber sie blieben in Jena. Just glaubte den Grund zu wissen: Jena war soviel billiger.

Fritz war ein Phänomen für den Jenaer Kreis, ein Landkind, vielleicht noch nicht ganz erwachsen, ein langer, ungelenker Schlaks, der in seiner Begeisterung leicht alles mögliche zerbrechen konnte. Friedrich Schlegel glaubte unbeirrt, er sei ein Genie. Dorothea schrieb an einen Freund: »Sie müssen ihn sehen; denn wenn Sie dreißig Bücher von ihm lesen, verstehen Sie ihn nicht so gut, als wenn Sie einmal Tee mit ihm trinken.«

»Wenn du ihm schreibst«, trug die wilde Caroline Schlegel ihrer Schwägerin Dorothea auf, »sag', er soll sofort kommen, dann werden wir fichtisieren und symphilosophieren und sympoetisieren, bis der Tag graut.«

»Ja«, sagte Dorothea, »wir müssen die ganze Schar wieder hier in meinem Wohnzimmer zusammenholen. Ich werde nicht ruhen, bis ich es dahin gebracht habe. Aber warum zieht unser Hardenberg überhaupt wie ein Schreiberling unter dem Kommando irgendeines langweiligen Kreisamtmanns herum?«

»Oh, dieser Kreisamtmann hat immerhin eine Nichte«, sagte Caroline. »Wie alt ist sie?« fragte Dorothea.

17. KAPITEL
Was hat sie zu bedeuten?

Da der Gaul jetzt bei Just im Stall stand, konnte Fritz den Kreisamtmann auf seinen Rundreisen begleiten. Dabei sollte er als dessen Aktuarius arbeiten und die Verwaltungspraxis kennenlernen, wie sein Vater ihm beim Abschied ausdrücklich gesagt hatte. Trotz seiner soliden, gebraucht gekauften Kleidung sah Fritz nicht ganz überzeugend aus; er wirkte nicht wie ein Aktuarius, auch der Gaul fiel aus dem Rahmen. Aber der Kreisamtmann hatte Fritz vom ersten Augenblick an ins Herz geschlossen. Eine Vorsichtsmaßnahme hielt er jedoch vor dem gemeinsamen Aufbruch zu Amtsgeschäften für nötig: Er fragte, ob Fritz noch genauso überzeugt von der Entwicklung der Ereignisse in Frankreich sei, wie er es, wenn Just ihn richtig verstanden habe, früher gewesen sei.

»Die Revolution in Frankreich hat nicht zu den erhofften Ergebnissen geführt«, so drückte er sich aus, »ein goldenes Zeitalter hat sie nicht eingeleitet.«

»Nein, sie haben ein Gemetzel daraus gemacht, das gebe ich Ihnen zu«, sagte Fritz. »Aber der Geist der Revolution, so wie wir ihn zuerst erfahren haben, könnte hier in Deutschland erhalten bleiben. Er könnte in die Welt der Phantasie übertragen und von den Dichtern gehütet werden.«

»Ich habe den Eindruck«, sagte Just, »daß Sie gut daran täten, sich mit Politik zu beschäftigen, sobald Sie in Ihrem Beruf Fuß gefaßt haben.«

»Politik ist das letzte, was wir brauchen. Das jedenfalls habe ich von den Herrnhutern in Neudietendorf gelernt. Der Staat sollte eine große, in Liebe verbundene Familie sein.

»Mit Preußen hat das nicht viel Ähnlichkeit«, sagte der Kreisamtmann.

Dem Freiherrn von Hardenberg schrieb er, sie seien die vertrautesten Freunde geworden, er, Just, und der ihm anvertraute Sohn Hardenbergs. Friedrich zeige viel Eifer. Wer würde es vermutet haben, daß dieser junge Dichter, um sich zum Geschäftsmann zu bilden, die Mühe nicht scheute, dieselbe Arbeit zwei-, dreimal ganz umzuschaffen, daß er sich ganze Seiten von gleichbedeutenden oder abweichenden Wörtern aufzeichnete, um die Abwechslung und Präzision bei Geschäftsaufsätzen in seine Gewalt zu bekommen, und das alles mit ebendem Fleiß, mit dem er seine Dichtung, Wissenschaft und Philosophie las? »Ihr Sohn lernt natürlich in dem vierten Teil des Zeitraums, den wir andere Erdensöhne nötig haben.«

Just schrieb weiter: »Merkwürdig: Ich sollte sein Lehrer und Führer werden; aber er ward mein Lehrer. Er riß mich mit sich fort zu Gegenständen, auf die ich vorher nie geachtet hatte, und befreite mich von den Fesseln der Einseitigkeit und Pedanterei, in die ein vieljähriger Geschäftsmann so leicht eingeschmiedet wird. Er hat mir geraten, *Robinson Crusoe* und *Wilhelm Meister* zu lesen. Ich ließ ihn wissen, daß ich bis zu dieser Zeit noch nie die mindeste Versuchung spürte, ein dichterisches Werk zu lesen.«

»Was sind das für Gegenstände, auf die Sie vorher nie geachtet haben?« fragte der Freiherr zurück. »Haben Sie die Güte, mir ein Beispiel dafür zu nennen.« Der Amtmann antwortete, Hardenberg habe ihm von einem Märchen berichtet, das er, so weit Just sich erinnere, in den Schriften des holländischen Philosophen Franz Hemsterhuis entdeckt habe – darin gehe es um das Thema einer Universalsprache, um die Zeit, da Pflanzen, Sterne und Steine in einer Sprache mit Tieren und Menschen sprechen konnten. »Zum Beispiel teilt sich die Sonne dem Stein mit, indem sie ihn wärmt. Einst kannten wir die Worte dieser Sprache, und wir werden sie wieder wissen, da die Geschichte sich immer wiederholt. – Ich sagte ihm, daß diese Möglichkeit natürlich immer besteht, wenn Gott es so fügt.«

Der Freiherr antwortete, sein Sohn brauche nur Deutsch und sonst keine Sprache, um seine Pflichten als zukünftiger Salinenassessor erfüllen zu können.

Da die Straßen mitten im Winter oft unpassierbar waren, erledigten Coelestin Just und sein Aktuarius so viele Dienstreisen wie möglich noch zu Winteranfang. »Ich habe noch etwas anderes geschrieben; das möchte ich Ihnen vorlesen, solange ich noch Zeit habe«, sagte Fritz zu Karoline. »Es wird nicht wirklich existieren, bevor Sie es gehört haben.«

»Dann ist es also Poesie?«

»Es ist Poesie, aber nicht in Versen.«

»Ist es eine Geschichte?« fragte Karoline, in Angst vor der Wiederkehr von Fichtes Triaden.

»Es ist der Anfang einer Geschichte.«

»Gut, dann warten wir, bis meine Tante Rahel vom Abendgottesdienst wiederkommt.«

»Nein, die Geschichte ist nur für Sie«, sagte Fritz.

»›Die Eltern lagen schon und schliefen, die Wanduhr schlug ihren einförmigen Takt, vor den klappernden Fenstern sauste der Wind; abwechselnd wurde die Stube hell vom Schimmer des Mondes. Der Jüngling lag unruhig auf seinem Lager, und gedachte des Fremden und seiner Erzählungen. Nicht die Schätze sind es, die ein so unaussprechliches Verlangen in mir geweckt haben, sagte er zu sich selbst; fern ab liegt mir alle Habsucht: aber die blaue Blume sehn' ich mich zu erblicken. Sie liegt mir unaufhörlich im Sinn, und ich kann nichts anderes denken und dichten. So ist mir noch nie zu Mute gewesen: es ist, als hätte ich vorhin geträumt, oder ich wäre in eine andere Welt hinübergeschlummert; denn in der Welt, in der ich sonst lebte, wer hätte da sich um Blumen bekümmert, und gar von einer so seltsamen Leidenschaft für eine Blume hab' ich damals nie gehört. Wo eigentlich nur der Fremde herkam? Keiner von uns hat je einen ähnlichen Menschen gesehen; doch weiß ich nicht, warum nur ich von seinen Reden so ergriffen worden bin; die Anderen haben ja das Nämliche gehört, und keinem ist so etwas begegnet.‹«

»Haben Sie dies sonst noch jemandem vorgelesen, Hardenberg?«

»Keinem Menschen. Wie hätte ich das können? Es ist gerade erst geschrieben, aber was macht das schon?«

Er fügte hinzu: »Was bedeutet die Blume?«

Karoline sah, daß er diese Frage nicht selbst beantworten würde. Sie sagte: »Der junge Mann muß von zu Hause fortgehen, um sie zu finden. Er will sie nur sehen, nicht besitzen. Die Blume kann nicht die Dichtung sein, denn was das ist, weiß er schon. Sie kann auch nicht das Glück sein; was das ist, braucht ihm kein Fremder zu erzählen, und wenn ich richtig verstanden habe, dann ist er zu Hause schon glücklich.«

Die unerwartete Auszeichnung des Vorlesens verlor den Glanz, und Karoline wirkte zwar ruhig, wenn auch blaß, aber innerlich erschauerte sie vor Angst. Sie hätte sich lieber eine Hand abgehackt als ihn zu enttäuschen, wie er dort saß und sie mit seinen hellbraunen Augen vertrauensvoll und intensiv anblickte und mit Ungeduld auf ein Zeichen des Verstehens wartete.

Am unglücklichsten war sie darüber, daß er nach einer kleinen Weile das Warten aufgab und ohne ein Zeichen des Bedauerns oder auch nur der Überraschung sein Notizbuch leise zuklappte. »*Liebe Justen*, das macht doch nichts.«

18. KAPITEL
Die Rockenthiens

Im November ließ sich der Kreisamtmann von seinem Aktuarius auf mehreren Ausflügen zu den Steuereinnahmebüros in der Umgebung begleiten; die schläfrigen Beamten in diesen Büros wurden gegen ihren Willen von dem jungen Besucher belebt, der darauf brannte, alles so schnell wie möglich zu lernen. »Die Leitung eines Büros ist nicht so schwer«, erklärte Just ihm. »In der Hauptsache geht es darum, erstens zu wissen, was hereinkommt, zweitens, was noch nicht bearbeitet wurde, drittens, was erledigt ist und hinausgeschickt wurde. Alles muß in einem dieser vier Stadien sein, und dann kann man sich nicht damit entschuldigen, daß ein Dokument verlegt worden sei. Für jede Transaktion muß es eine Eintragung geben, und Sie müssen in der Lage sein, sofort eine Kopie zu bekommen. Die zivilisierte Welt könnte ohne eine Vielzahl von Kopisten nicht bestehen, und diese wiederum könnten nicht bestehen, wenn nicht so viel beschriebenes Papier zur Zivilisation gehörte.«

»Ich könnte das Leben eines Kopisten nicht ertragen«, sagte Fritz. »Solche Berufe dürfte es gar nicht geben.«

»Auch eine Revolution würde sie nicht abschaffen«, sagte Coelestin Just, »Sie werden erfahren, daß zu Füßen der Guillotine Kopisten hockten.«

Als sie ihren Weg langsam weiterzogen, sammelte sich die Nebelnässe und rollte in Tropfen von ihren Hutkrempen, ihren Nasen und den Spitzen der Pferdeohren, die die Tiere im Protest gegen das Wetter an den Kopf angelegt hatten. Erde und Luft waren im Herbstnebel oft kaum zu unterscheiden, und der Morgen schien ohne erkennbare Tagesmitte in den Nachmittag hinüberzudämmern. Um drei Uhr waren die Lampen in den Fenstern schon angezündet.

Es war einer von den dreizehn Landesfeiertagen: In Sachsen und Thüringen wurde nicht einmal Brot gebacken, aber Just hatte den Steuereinnehmer von Geusen gebeten, das Büro für ungefähr eine Stunde am Morgen zu öffnen. Fritz erklärte gerade, wie das Kopieren von Dokumenten mit Hilfe von Chemie vielleicht zu automatisieren wäre. Just seufzte.

»Schlagen Sie hier nur keine Verbesserungen vor.«

»Den Büroleitern sind unsere Besuche vielleicht gar nicht willkommen«, sagte Fritz, dem dieser Gedanke zum ersten Mal kam, da die Herren für ihn noch eine fremde Spezies waren.

Nach Geusen war Grüningen an der Reihe; dort wollten sie, so erklärte Just seinem jungen Aktuarius, eine kleine Erfrischung zu sich nehmen, »wenn eine angeboten würde.« Sie ritten aus der Stadt hinaus und bogen in eine lange, von fröstelnden Bäumen und durchweichten Weiden gesäumte Zufahrt ein, an deren Rändern noch das Feuer vom herbstlichen Abbrennen des Grases schwelte und dünne, würzig riechende Rauchsäulen in den Himmel schickte.

»Dies ist das Herrenhaus von Grüningen. Wir besuchen den Herrn Hauptmann Rockenthien.«

Es war ein sehr großes, erst kürzlich gebautes und mit gelbem Stuck verputztes Haus.

»Wer ist der Hauptmann Rockenthien?«

»Ein Mann, dessen Haus immer offene Türen hat«, sagte der Kreisamtmann.

Fritz spähte nach vorn und sah das Tor zum Kutschenhof unter dem hohen gelben Steinbogen und die großen Eingangstüren an der Südseite des Hauses, die tatsächlich offenstanden. Aus sämtlichen hohen Fenstern schien verschwenderisch das Licht. Vielleicht wurden sie auf Schloß Rockenthien erwartet. Fritz fand nie heraus, ob das so gewesen war oder nicht.

Zwei Männer kamen, um ihre Pferde wegzuführen, und sie gingen die drei Stufen zur Tür hinauf.

»Wenn Rockenthien zu Hause ist, werden Sie ihn lachen hören«, sagte Just, der sich offenbar selbst ein bißchen Mut machen wollte, und im gleichen Augenblick erschien Rokkenthien, rief den Dienstboten zu, sich nicht zu bemühen, streckte ihnen seine kräftigen Arme entgegen und lachte.

»Coelestin Just, mein ältester, mein bester Freund.«

»Ich bin nichts dergleichen«, sagte Just.

»Aber warum haben Sie Ihre Tochter nicht mitgebracht, die hochgeschätzte Karoline?«

»Ich habe diesen jungen Mann in meiner Begleitung, den ich im Verwaltungswesen ausbilde. Herr von Rockenthien, ich darf Ihnen den Freiherrn Georg Philipp Friedrich von Hardenberg vorstellen. – Herr Johann Rudolf von Rockenthien, ehemals Hauptmann in der Armee seiner Durchlaucht, des Fürsten Schwarzburg-Sondershausen.«

»Mein jüngster Freund«, dröhnte von Rockenthien. Das gute Tuch seiner Jacke spannte sich und knackte, als er seine Arme wieder ausbreitete. »Sie werden hier nicht fehl am Platze sein, das versichere ich Ihnen.« Seine Bemerkungen wurden nicht ganz von der Hundemeute übertönt, die sich in der Diele aufhielt für den Fall, daß die Kommenden und Gehenden irgend etwas Eßbares fallen ließen. »*Platz!*« kommandierte ihr Herr.

Nun waren sie im Saal, der von zwei großen Kaminen mit Feuern aus Fichten- und Kiefernscheiten beheizt wurde. Der Raum stand voller Stühle und Tische und hatte deshalb etwas von einem Trödelladen. Wer waren alle diese Leute und alle die Kinder? Rockenthien schien es selbst kaum zu wissen, aber für ihn war es ein Spaß – wie alles, was er bis jetzt gesagt hatte, und er begann, an den Fingern abzuzählen: »Meine Kleinen: Jette, Rudi, Mimi –«

»Wie alt sie sind, wird er nicht mehr wissen«, rief eine friedlich aussehende blonde, nicht mehr junge Frau von ihrem Ruhelager her. »Na ja, ihr Alter ist mehr deine Sache. Dies ist meine liebe Frau Wilhelmine. Und hier haben wir meine Stiefkinder, aber es sind noch nicht alle: Georg von Kühn, Hans von Kühn, und unsere Sophie muß auch irgendwo sein.«

Fritz blickte um sich, von einem zum anderen und verbeugte sich vor Frau von Rockenthien, die lächelte, aber nicht aufstand, während ihr Ehemann jovial weiterredete. Er stellte eine französische Gouvernante vor, die angeblich ihre Muttersprache schon vergessen hatte, und dann eine Reihe Besucher: unser Arzt, Dr. Johann Langermann, »der Pech mit uns hat, weil uns nie etwas fehlt«; Herr Regierungsrat Hermann Müller, seine Gattin, Frau Regierungsrat Müller, zwei ortsansässige Juristen, ein Lehrer vom Luther-Gymnasium – alle die zuletzt Genannten waren offensichtlich ohne bestimmte Einladung nur auf ein Stündchen im Schloß vorbeigekommen. Wahrscheinlich konnte man sonst in Grüningen nirgendwohin gehen.

Der kleine George, der aus dem Raum gestürzt war, sobald die neuen Besucher sich hatten melden lassen, kam jetzt wieder und zupfte Fritz am Ärmel.

»Herr von Hardenberg, ich war im Stall und habe mir Ihr Pferd angesehen. Der Gaul taugt nichts. Warum kaufen Sie sich keinen anderen?«

Fritz achtete weder auf ihn noch auf die Gesellschaft, die sich wie die auflaufende Flut an einem flachen Strand teilte und hinter dem interessanten Neuankömmling wieder zusammenfloß, in der Absicht, ihn zu unterspülen und herauszufinden, aus welchem Stoff er war. Er stand vielmehr wie angenagelt und starrte auf das entfernte Ende des Raums.

›Seine gute Erziehung, wo ist sie geblieben?‹ dachte Coelestin, während er sich mit dem Regierungsrat unterhielt.

Ganz hinten im Raum stand ein sehr junges dunkelhaariges Mädchen am Fenster und klopfte langsam gegen die Scheibe, als wolle sie die Aufmerksamkeit eines draußen Stehenden auf sich lenken.

»Sophie, warum hat dir niemand die Haare aufgesteckt?« rief Frau von Rockenthien vom Sofa her; ihr Ton war nicht befehlend, sondern eher beruhigend. »Und warum siehst du aus dem Fenster?«

»Es soll jetzt schneien, Mutter. Ich will es. Dann hätten wir alle was Lustiges zu tun.«

»Die Zeit soll stillstehen, bis sie sich umdreht«, sagte Fritz laut.

»Wenn die Soldaten vorbeikämen, könnten wir sie mit Schnee bewerfen«, sagte Sophie.

»Söphgen, du bist zwölf Jahre, und in deinem Alter – daß wir Gäste haben, hast du wohl auch nicht gemerkt«, sagte ihre Mutter. Und nun drehte sie sich um, wirbelte um sich selbst, wie verweht von einer Böe, wie Kinder im Wind, »Oh Verzeihung, tut mir leid.«

19. KAPITEL
Eine Viertelstunde

Wie der Herr von Grüningen trat Rockenthien eigentlich nicht auf, in der Rolle des Schloßherrn war er nicht ganz überzeugend. Er war vierzig Jahre alt, groß und beweglich, und wenn er durch die langen Flure von Schloß Grüningen zog, überkamen ihn sprunghafte Regungen, die so gutgemeint und so abwegig waren wie die eines Dachshundes. Freilich war das Herrenhaus schon fünfzig Jahre zuvor vom Vater des ersten Mannes seiner Frau, Johann von Kühn, gebaut worden. Rockenthien bewohnte es erst seit seiner Hochzeit im Jahr 1787. Aber es war kein Mann, der sich dadurch verändert hätte, daß er zu Besitz kam oder Besitz verlor; und es schreckte ihn nicht, die Verantwortung für eine Vielzahl anderer Leben übernehmen zu müssen. Das Bezirkssteueramt befand sich in einem nach vorn gelegenen, relativ kleinen Zimmer links vom Haupteingang. Amtschef war dem Buchstaben nach Rockenthien, als der Erbe des Rittergutes führte er den Vorsitz, aber, obschon er durchaus kein schwächlicher Mann war, hatte er zu viel innere Unruhe, um lange irgendwo auf einem Präsidentenstuhl zu sitzen. Coelestin Just ging also mit einem Schreiber die Geschäfte in aller Eile durch.

Fritz eröffnete Just: »Mit mir ist etwas geschehen.«

Just entgegnete, ganz gleich, was es sei, das Geschehen müsse verschoben werden, denn zuerst habe er die Aufgabe, ja, die Pflicht, sich in dem Büro einzufinden, wo die Grüninger Pächter früher ihr Korn, ihr Brennholz und ihre Gänse abgeliefert hatten und sich heute mit den Zahlungen mühten, die sie zum Ausgleich leisten mußten, da sie für den Kurfürsten von Sachsen keine Arbeit auf den Feldern mehr taten. »Wir sind frühzeitig angekommen, Hardenberg, müssen aber sofort beginnen. Wir brauchen bestimmt den ganzen Morgen, dann dürfen wir ein gutes Essen erwarten, seien Sie unbesorgt, dann gibt es Nachtisch und Tischgespräche, da jeder sagen kann, was er mag, danach Mittagsschlaf, und von vier bis sechs Uhr werden wir wohl wieder an der Arbeit sein.«

»Mit mir ist etwas geschehen«, wiederholte Fritz.

Fritz schrieb umgehend an Erasmus, der in der Forstakademie Hubertusberg war; er gab den Brief dem Postkutscher mit. Erasmus antwortete: »Als ich Deinen lieben Brief erbrach, wunderte ich mich im Anfange, ich bin aber schon zu sehr an außerordentliche Fälle und Begebenheiten in unserem Leben gewöhnt, als daß ich mich nicht bald hätte hineinfinden sollen.

Du schreibst mir, eine Viertelstunde hätte dich bestimmt; wie kannst Du in einer Viertelstunde ein Mädchen durchschauen? Wenn Du mir ›ein Vierteljahr‹ geschrieben hättest, so hätte ich noch Deine Talente in der Kenntnis des weiblichen Herzens bewundert, aber eine Viertelstunde, denke nur selbst an!

Du bist jung und feurig, und das Mädchen ist erst vierzehn und auch feurig. Ihr seid beide sinnliche Menschen, und nun laßt einmal eine zärtliche Stunde kommen und Ihr küßt Euch und herzt Euch, was das Zeug hält, und wenn es vorbei ist, so denkst Du, es ist ein Mädchen wie alle anderen Mädchen! Sei es aber auch, Ihr kommt über diese Klippe hinweg, Ihr heiratet Euch. Dann kannst Du schwelgen wie nie zuvor. Aber Vollgenuß macht Überdruß, und Du kommst dahin, wofür Du Dich immer so gefürchtet hast, nämlich Du frönst der Langeweile.« Fritz mußte seinem

Bruder, vor dem er nie Geheimnisse hatte, nun gestehen, daß Sophie nicht vierzehn, sondern erst zwölf Jahre alt war und daß er keine zärtliche Stunde mit ihr allein, sondern nur die bewußte Viertelstunde gehabt hatte, mitten unter den Leuten, an den großen Fenstern des Saales im Schloß Grüningen.

»Ich bin Fritz von Hardenberg«, hatte er zu ihr gesagt. »Sie sind Fräulein Sophie von Kühn. Sie sind zwölf Jahre alt, ich habe gehört, wie Ihre Frau Mutter es sagte.«

Sophie griff sich mit den Händen ins Haar. »Hochgesteckt müßte es sein.«

»In vier Jahren werden Sie überlegen müssen, welcher Mann der Glückliche wird, der sich Hoffnung auf Ihre Hand machen darf. Sagen Sie nicht, er müsse Ihren Stiefvater fragen! Was sagen Sie selbst?«

»Ich weiß nicht, was ich in vier Jahren sein werde.«

»Sie meinen, Sie wissen nicht, was aus Ihnen werden wird.«

»Ich will nichts werden.«

»Vielleicht haben Sie recht.«

»Ich bin etwas. Das will ich und nicht darüber nachdenken zu müssen.«

»Aber Sie dürfen kein Kind bleiben.«

»Ich bin kein Kind mehr.«

»Sophie, ich bin ein Dichter, aber in vier Jahren werde ich Verwaltungsbeamter sein und ein Gehalt beziehen. Dann werden wir heiraten.«

»Ich kenne Sie nicht!«

»Sie haben mich gesehen. Ich bin, was Sie sehen.«

Sophie lachte.

»Lachen Sie immer über Ihre Gäste?«

»Nein, aber in Grüningen reden wir nicht so.«

»Aber wären Sie zufrieden, mit mir zu leben?«

Sophie zögerte und sagte dann: »Ehrlich, ich mag Sie gern.«

Erasmus war nicht überzeugt. »Wer bürgt Dir davor«, schrieb er, »wenn sie jetzt unverdorben ist, daß sie auch noch in der Folge, wenn sie in die Welt kommt, unverdorben bleiben wird? Ein sehr abgedroschener Gemeinplatz, wirst Du mir antworten, aber ein Gemeinplatz ist nicht allemal ein schlechter Platz. Wer sagt Dir endlich gut, daß dieses Mädchen, wenn sie denn so schön ist und deshalb von vielen anderen fetiert wird, Dich nicht vergessen und Dir untreu werden wird? Denn in diesem Punkte sind die Mädchen so, daß es beinahe Instinkt zu sein scheint, meistenteils im 14. Jahre« (er konnte noch nicht recht glauben, daß sie sogar jünger war) »als wir im 24. Erinnere Dich doch nur an alles das, was Du mir noch vor zwei Monaten in Weißenfels gesagt hast. Hast Du das alles so bald vergessen?«

Erasmus schrieb weiter, das, was ihm am meisten in Fritzens Brief mißfalle, sei das »kalte, entschlossene Wesen«. Wenn er aber nun einmal entschlossen sei, dann könne er sich auf Erasmus' Hilfe verlassen – seine Liebe zu Fritz sei unveränderlich und ihre Grenze nur der Tod. Mit dem Vater werde es sicher Schwierigkeiten geben, »aber über den Ort eines Vaters im System der Dinge haben wir schon oft diskutiert«. »Übrigens«, fragte er dann noch, »was ist eigentlich aus deiner Freundschaft mit Karoline geworden? Leb wohl! Ewig Dein Erasmus.«

20. KAPITEL
Die Natur der Sehnsucht

Fritz fragte, ob er Weihnachten in Tennstedt zubringen dürfe. »Das können Sie ganz bestimmt, wenn Ihre Familie nicht enttäuscht ist«, sagte Karoline. »Mein Onkel und meine Tante werden Sie herzlich willkommen heißen, und natürlich werden wir das Schwein schlachten.«

»Justen, mit mir ist etwas geschehen.«

Er war krank, das hatte sie immer schon gefürchtet. »Erzählen Sie mir, was Ihnen fehlt.«

»Justen, die Leute sagen vielleicht, wir kennten uns noch nicht lange, aber Ihre Freundschaft – ich weiß gar nicht, wie ich es ausdrücken soll – auch wenn ich nicht hier bin, erinnere ich mich Ihrer so lebhaft, daß ich das Gefühl habe, Ihnen immer nah zu sein – wir gehen zusammen fort wie zwei gleich gerichtete Uhren, und wenn wir uns wiedersehen, wird es nur Pause gewesen seyn – der gleiche Takt ist geblieben.«

Sie dachte: Aber als er mir den Anfang seiner Blauen Blume vorlas, wußte ich nichts dazu zu sagen. Gott sei dank weiß er das nicht mehr.

»Justen, ich habe mich verliebt.«

»Doch nicht in Grüningen!«

Sie fühlte sich ganz leer, wie ausgehöhlt.

Fritz war verblüfft. »Aber Sie müssen die Familie ganz gut kennen. Herr von Rockenthien hat Ihren Onkel bei der Begrüßung seinen ältesten Freund genannt.«

»Sicher, ich kenne sie. Aber die Töchter sind zur Zeit alle nicht zu Hause, nur Söphgen.« Diese Überlegung hatte sie schon angestellt, als sie hörte, daß ihr Onkel Fritz nach Grüningen mitnehmen würde.

Fritz sah sie unverwandt an.

»Sophie ist das Herz meines Herzens.«

»Aber Hardenberg, sie kann doch nicht mehr als ...«, sie rang um Fassung: »Und sie *lacht.*«

Er sagte: »Justen, bis jetzt haben Sie immer alles verstanden und immer zugehört. Aber es wäre nicht recht, zu viel von Ihnen zu verlangen. Ich sehe ein, daß Sie eines, unglücklicherweise das Wichtigste, nicht begreifen können, und zwar die Natur der Sehnsucht nach fleischlicher Berührung zwischen Mann und Frau.«

Karoline hätte weder in diesem Augenblick, noch später erklären können, warum sie dies nicht unwidersprochen lassen konnte. Vielleicht aus Eitelkeit – und das wäre eine Sünde –, vielleicht aber auch, weil die Angst, sein Vertrauen für immer zu verlieren, sie mit Eiseskälte ergriff.

»Nicht alle können sagen, was sie leiden«, meinte sie. »Manche sind getrennt von dem einzigen Menschen, den sie lieben, aber ihnen ist Schweigen auferlegt.«

Das war keine Lüge. Sie hatte nicht ausdrücklich von sich selbst gesprochen. Aber Fritzens großmütiges Mitleiden und sein plötzliches Gefühl der Gemeinsamkeit war für sie sehr quälend. Welche Macht hatte mit ihrer Stimme geredet und ihm etwas mitgeteilt, das am Ende doch nur eine Lüge und zwar eine vorsätzliche Lüge war? Als der liebe Fritz immer weiter, leise, aber eindringlich von den Hindernissen redete, die dem Glück im Wege stünden (er wolle natürlich nicht weiter in sie dringen, was sie ihm erzählt habe, sei ihm heilig) – diesen Hindernissen, die sie einander immer näher bringen würden –, sah sie dann, daß sie zu zweit aus dem Nichts eine neue und ganz unwillkommene Einheit geschaffen hatten. Nun waren sie also zu viert: der Dichter, die vielbegehrte Sophie, die sich vor Lachen ausschütten wollte, sie, Karoline, die zuverlässige Nichte/Haushälterin und dazu noch ihr ferner, heimlicher, enttäuschter Liebhaber, zweifellos ein respektabler Beamter in untergeordneter Stellung, wahrscheinlich – Karoline hatte ihn immer deutlicher vor Augen – in schlichten Kleidern aus gediegenem Stoff, fast mit Sicherheit ein verheirateter Mann oder vielleicht ein Pfarrer. Er war so wirklich, daß sie ihn in diesem Augenblick mit Händen hätte greifen können. Und er verdankte sein Dasein ausschließlich der Wunde, die Hardenberg ihr zugefügt hatte, als er sie für unfähig hielt, die Natur der fleischlichen Sehnsucht zu verstehen.

»Worte sind uns gegeben, damit wir einander verstehen, wenn auch nicht vollkommen«, fuhr Fritz in großer Erregung fort.

»Und zum Dichten.«

»Ja, so ist es, Justen, aber Sie dürfen von der Sprache nicht zu viel erwarten. Sprache bezieht sich nur auf sich selbst, sie ist nicht der Schlüssel zu etwas Höherem. Sprache spricht, weil Sprechen ihre Lust ist und weil sie nichts anderes tun kann.«

»In dem Fall kann sie geradesogut Unsinn sein«, wandte Karoline ein.

»Warum nicht? Unsinn ist nur eine andere Sprache.«

21. KAPITEL
Schnee

Aber dann mußte Fritz Weihnachten doch in Weißenfels zubringen. Sidonie schrieb ihm, wenn er nicht käme, würde Bernhard sehr enttäuscht sein, und außerdem müsse er seinen neuen Bruder besichtigen. In der Wärme des großen Weißenfelser Ehebettes mit den schweren Vorhängen und den dicken Daunendecken hatte die Natur weiter das ihre getan, so daß im letzten Jahr Amalie und in diesem Jahr Christoph empfangen und geboren worden waren. Bernhard hatte die Nachricht ohne Begeisterung aufgenommen. »Nun sind schon drei da, die jünger sind als ich, da wird es schwer für mich, genug Aufmerksamkeit auf mich zu ziehen.«

»Aber du hast den kleinen Christoph doch gern«, sagte Sidonie geduldig. »Und du bist doch selbst noch ein Kind, Bernhard, du lebst noch im Stand der Gnade.«

»Eigentlich hasse ich den kleinen Christoph. Wann kommt Fritz denn? Wird er am Heiligen Abend hier sein?«

In Tennstedt kümmerten sich Karoline und Rahel gemeinsam darum, daß die Kohlköpfe im Keller in Sand vergraben und die Kartoffeln im Garten mit Erde zugedeckt wurden. Die überschüssigen Vorräte wurden in einem tiefen Schrank in der Küche zur Verteilung an die Armen bereitgehalten, dazu doppelte Portionen Schnaps, dessen starker tröstlicher Geschmack den Mund bei jedem Schluck mit der Erinnerung an die Sommerhitze füllte.

Von Hardenberg sagten sie nur: Schade, daß er Weihnachten nicht mit uns feiert.

Auf seinem Weg nach Weißenfels wurde Fritz aufgehalten. Er hatte verabredet, die Reise für ein paar Stunden in Schloß Grüningen zu unterbrechen. Aber an jenem Abend fiel im gesamten Verwaltungsbezirk Thüringen und Sachsen Schnee. Der Nordostwind bestäubte alle Zweige, alle Wagendeichseln und alle Kohlstrünke mit einer weißen Kristallschicht. Dann verschwand alles, und nur eine weiße Blindheit blieb, die zugleich aus dem Boden aufzusteigen und vom lastenden Himmel herabzufallen schien.

Als Karoline gerade half, einen Weg zur Pumpe freizuschaufeln, wurde ein Brief von Hardenberg aus Grüningen gebracht. »Weiter ist er also nicht gekommen!« Darin teilte er ihr mit, vielleicht nicht allzu taktvoll, er sei eingeschneit und schlafe und esse im gastfreundlichsten Haus von der Welt. »Es ist hier ein so tiefer Schnee gefallen, daß man ohne Lebensgefahr nicht aus dem Hause kann. Mutwillig sein Leben zu wagen ist nicht Sache eines klugen Mannes – ich will – ich muß, ich darf ich kann hier bleiben – Wer kann wider sein Schicksal – ich gehöre zu den Deterministen – Mein Schicksal ist so complaisant diesmal – ein andermal nicht.«

»In dem großartigen Haus muß doch jemand sein, der die Einfahrt freischaufelt«, sagte Karoline sich. »Aber er hat schon immer viel Unsinn erzählt. Als er zum erstenmal hierherkam, hat er gesagt, meine Hände seien wunderschön, und wunderschön fand er auch das Tischtuch und Teetablett.«

Ein paar Verse hatte er mitgeschickt; die letzten Zeilen lauteten:

Einst, laß mir diesen Blick – wenn nicht Entsagung mehr
Und bange Hoffnungen in unserm Herzen wohnen;
Wenn Lieb und Schicksal uns für manches Opfer lohnen

Und hinter uns nun rauscht der Jugend wildes Meer.
Einst, wenn zum vollen Tisch, am Mittag ihres Lebens,
Vereint ein Doppelpaar von Glücklichen sich setzt –
Dann denken wir zurück den Vormittag – an Jetzt –
»Wer hätte das geträumt? – Nie seufzt das Herz
vergebens!«

Karoline wußte, daß »Nie seufzt das Herz vergebens« ein Spruch war, den man auf Bonbonpapier lesen konnte. Und trotzdem quälte dieser Vers sie. Ihr nicht existenter Verehrer, der ungeliebte Verliebte, aus ihrem Unglück heraufbeschworen, da saß er nun am Tisch mit ihr, nein, alle vier waren da. Aber wenigstens das Gedicht war für sie und nur für sie allein. Die Überschrift hieß: *Antwort an Karoline*. Sie legte es in die Schublade, in der sie solche Dinge aufbewahrte, und drehte den Schlüssel im Schloß. Dann schlang sie die Arme um sich, wie um die Kälte abzuwehren.

22. KAPITEL
Ich muß Sie recht nach Ihren Eigenheiten fragen

Während seiner beiden Tage bei den Rockenthiens staunte Fritz, wie sehr sich das tägliche Leben in Schloß Grüningen vom Alltag in der Weißenfelser Klostergasse unterschied. In Grüningen gab es keine Verhöre, keine Gebetsstunden, keine Sorge, keinen Katechismus, keine Angst. Ärger, wenn er überhaupt aufkam, verflog im Augenblick, und, wie man in Weißenfels sagen würde: Eine Menge Zeit wurde vergeudet. Beim Frühstück schmetterte in Grüningen niemand die Tasse auf den Tisch, und niemand brüllte: »Satt!« Das ständige Kommen und Gehen rund um die seelenruhige Frau Rockenthien (die wie die Freifrau von Hardenberg ein neugeborenes Baby zu versorgen hatte) wirkte wie eine Metapher der ewigen Wiederkehr, so daß die Zeit sich kaum als Feindin zeigte.

In Grüningen konnte man über die Ereignisse in Frankreich sprechen, ohne große Aufregung und Kummer hervorzurufen. Als George mit einer Weste in den Farben der Trikolore auftrat, war nicht einmal ein erstauntes Gemurmel zu hören. Schmerzlich berührt verglich Fritz den leichtlebigen, lärmenden kleinen Teufel George mit Bernhards sonderbarem Wesen. Und weiter: Onkel Wilhelms Besuche in Weißenfels waren immer bedrohliche Angelegenheiten, man betete, daß er wieder abreisen möge, in Grüningen dagegen strömten Verwandte und Freunde ohne Unterschied herein, und alle, auch wenn sie erst gestern dagewesen waren, wurden so herzlich begrüßt, als hätte man sie seit Monaten nicht gesehen.

»Wenn der Sommer kommt, essen wir den Nachtisch draußen bei den Fliederbüschen«, erzählte Frau Rockenthien ihm. »Dann müssen Sie uns vorlesen.« In Weißenfels liefen alle nach dem Essen auseinander, sobald das Dankgebet gesprochen war. Fritz wußte nicht einmal, ob sie Flieder im Garten hatten. Er hielt es eher für unwahrscheinlich.

Da er vermutlich nur ein bis zwei Tage lang eingeschneit sein würde, wußte Fritz, daß er seine Zeit klug nutzen müsse. »Nun ist Ihr Wunsch erfüllt, Fräulein Sophie«, sagte er und betrachtete sie, wie sie am selben Fenster im Saal stand. Ihr rosiger Kindermund öffnete sich gerade, und ohne es selbst zu merken, streckte sie die Zungenspitze ein wenig heraus, weil sie so gern die Schneekristalle außen am

Fenster probiert hätte. Herr Rockenthien stampfte vorbei, mit George und Hans im Schlepptau, und blieb stehen, um Fritz nach seinen Studien zu fragen. Er fragte jeden, der ihm begegnete, mit echtem Interesse nach dem Beruf; das hatte er sich während seiner Militärzeit als Hauptmann im Dienst des Fürsten von Schwarzburg-Sondershausen angewöhnt. Fritz redete eifrig von Chemie, Geologie und Philosophie. Er erwähnte Fichte. »Fichte erklärte uns, daß es nur ein einziges absolutes Selbst, eine Identität für die gesamte Menschheit gibt.«

»Na, dieser Fichte hat aber Glück«, dröhnte Rockenthien. »Ich muß in meinem Haushalt für zweiunddreißig Identitäten sorgen.«

»Papa kümmert sich um nichts auf der Welt«, sagte George. »Als ihn der Gärtner heute verzweifelt suchte, weil er Anweisungen wegen der verstopften Gräben brauchte, da war er zum Jagen in den Schnee hinausgegangen.«

»Ich habe in der Armee Karriere gemacht, nicht im Gemüsebeet«, sagte Rockenthien gutlaunig. »Und das Schießen ist keine Freizeitpassion für mich. Ich bin in aller Herrgottsfrühe mit meiner Flinte aufgebrochen, um meine Familie zu ernähren.« Wie ein Zauberkünstler zog er etwas aus der Tasche, was er offenbar bis zu diesem Augenblick vollkommen vergessen gehabt hatte: eine ganze Kette aus kleinen toten Vögeln, die Kopf an Schwanz auf einer Schnur aufgefädelt waren. Die Prozession schien gar kein Ende nehmen zu wollen – ein oder zwei Vögel verhakten sich, dann mußte er am Faden reißen und zerren.

»Hänflinge! Die reichen nicht weit!« rief George. »Drei auf einmal kann ich mit einem Biß aufessen.«

»Alle meinen, ich hätte nichts zu tun«, sagte Herr Rokkenthien, »obwohl wir in dieser Zeit alle Hände voll zu tun haben; ich muß auch dafür sorgen, daß beim Adventsmarkt Ordnung herrscht.«

»Wo ist dieser Markt?« fragte Fritz – Fichtisieren ist hier nicht am Platz, ermahnte er sich – besser nicht mehr davon sprechen.

»Oh, in Greußen, zwei Meilen von hier«, rief Sophie. »Das einzige, was je hier passiert, außer der Sommer- und Herbstmesse, und die sind auch in Greußen.«

»Waren Sie denn noch nie auf der Leipziger Messe?« fragte Fritz.

Nein, bis Leipzig war Sophie noch nie gekommen. Beim bloßen Gedanken daran strahlten ihre Augen, und die Lippen öffneten sich. Er grübelte: Wem sieht sie ähnlich? Woran erinnert sie mich, mit diesem üppigen Haar und der hübschen langen Nase, die der ihrer Mutter so gar nicht gleicht? Auch die geschwungenen Augenbrauen nicht. Im dritten Band von Lavaters *Physiognomischen Fragmenten* war eine Abbildung, nach einem Kupferstich von Johann Heinrich Lips, von Raffaels Selbstporträt im Alter von dreiundzwanzig Jahren. Dieses Bild gab Sophies Wesen genau wieder. Auch wenn Farbe und Ton der Haut nicht zu sehen waren, konnte man auf dem Kupferstich erkennen, daß der Ausdruck weltabgekehrt, »apostolisch« und menschlich und daß die Augen nachtschwarz waren.

In der ersten Viertelstunde am Fenster des großen Saales hatte Fritz Sophie schon sein Herz geöffnet. Nun möchte ich sie kennenlernen, dachte er. Wie schwierig wird das sein? »Wenn wir unser Leben zusammen zubringen wollen«, sagte er, »dann möchte ich alles von dir erfahren.«

»Ja, aber Sie sollen nicht Du zu mir sagen.«

»Gut, das werde ich nicht tun, bis Sie es mir erlauben.« Er dachte sich, versuchen will ich's, obwohl es gut sein kann, daß sie lieber mit Brüderchen und Schwesterchen spielen würde. Sie waren auf der großen breiten Terrasse zwischen Haus und Garten, die fast ganz schneefrei gefegt war. Mimi und Rudi, jung und aufmüpfig, liefen mit ihren eisenbeschlagenen Reifen neben ihnen her. »Laß das, Baron, du weißt doch nicht, wie man den Reifen treibt«, hatte Rudi gezischt, aber Fritz wußte es wohl, schließlich war er in einem Haus mit vielen Reifen aufgewachsen, und er schlug erst den einen und dann den anderen kräftig und genau, so daß sie sehr weit wegsprangen, man sah sie kaum noch und mußte lange hinterher laufen.

»Nun sagen Sie mir, was Sie sich aus Poesie machen.«

»Ich mache mir nicht viel daraus.«

»Aber Sie wollen doch die Gefühle eines Dichters nicht verletzen.«

»Ich möchte niemandes Gefühle verletzen.«

»Sprechen wir von etwas anderem. Was ist Ihr Lieblingsessen?«

»Kräutersuppe«, teilte Sophie ihm mit, »und ein schöner Räucheraal.«

»Wie halten Sie's mit Wein und Tabak?«

»Wein trinke ich gern.«

»Rauchen Sie auch?«

»Ja, mein Stiefvater hat mir eine Pfeife gegeben.«

»Und Musik?«

»Ah, Musik liebe ich. Vor ein paar Monaten waren Studenten in der Stadt und haben ein Ständchen gebracht.«

»Was haben sie denn gespielt?«

»Sie haben gespielt: ›Wenn die Liebe in deinen blauen Augen‹. Damit konnten sie natürlich nicht mich meinen, meine Augen sind ja dunkel, aber es war sehr schön.«

Singen ja. Tanzen auch, sehr sogar, aber sie durfte noch

nicht zu öffentlichen Bällen gehen, erst wenn sie vierzehn war.

»Wissen Sie noch die Frage, die ich Ihnen gestellt habe, als ich Sie zum erstenmal sah, dort am Fenster?«

»Nein, die weiß ich nicht mehr.«

»Ich habe Sie gefragt, ob Sie schon je an eine Ehe gedacht haben.«

»Nein, ich habe einen Schreck für die Ehe.«

»Das haben Sie nicht gesagt, als wir am Fenster davon sprachen.«

Sie wiederholte: »Ich habe einen Schreck dafür.« Nachdem Rudi und eine weinerliche Mimi in seinem Schlepptau zurückgekommen und wieder weggeschickt worden waren (»Die Armen! Sie kommen ganz außer Atem!« sagte Sophie), fragte er sie nach ihrem Glauben. Sie antwortete bereitwillig. Die Bußtage hielten sie natürlich ein, und sonntags gingen sie in die Kirche, doch sie glaubte nicht alles, was dort gepredigt wurde. An ein Leben nach dem Tod glaubte sie nicht.

»Aber Sophie, Jesus Christus ist auf die Erde zurückgekehrt!«

»Für ihn war das auch nicht so schwer«, sagte Sophie. »Ich achte Christus, aber wenn ich nach meinem Tod wieder laufen und reden sollte, das wäre doch lächerlich.«

»Was sagt Ihr Stiefvater, wenn Sie ihm erklären, daß Sie nicht gläubig sind?«

»Er lacht.«

»Aber was hat Ihr Lehrer Ihnen erklärt, als Sie noch jünger waren? Sie hatten doch wohl einen Lehrer?«

»Ja, bis ich elf wurde.«

»Wer war es?«

»Der Magister Kegel vom Seminar hier in Grüningen.«

»Haben Sie im Unterricht aufgepaßt?«

»Einmal war er böse mit mir.«

»Warum?«

»Er wollte nicht glauben, daß ich so wenig begreifen konnte.«

»Was konnten Sie nicht begreifen?«

»Zahlen und Figuren.«

»Zahlen sind nicht schwerer zu verstehen als Musik.«

»Ach ja, aber Kegel hat mir Schläge gegeben.«

»Aber nicht doch, Sophie.«

»Doch, er hat mich geschlagen.«

»Was hat Ihr Stiefvater dazu gesagt?«

»Ach, das war schwierig für ihn. Man muß dem Lehrer gehorchen.«

»Was machte Magister Kegel?«

»Er trieb das Geld ein, das man ihm schuldete, und verließ das Haus.«

»Aber was hat er gesagt?«

»›On reviendra, mam'zell.‹«

»Aber wiedergekommen ist er nicht?«

»Nein, jetzt bin ich zum Lernen zu alt.«

Sie schaute ihn ein wenig ängstlich an und fügte hinzu: »Vielleicht würde ich mehr glauben, wenn ich wie die Leute in alten Zeiten ein Wunder sähe.«

»Wunder führen Menschen nicht zum Glauben!« rief Fritz. »Der Glaube selbst ist das Wunder.«

Er bemerkte, daß sie, die sich nach besten Kräften bemüht hatte, nun enttäuscht aussah, und redete weiter: »Sophie, hören Sie mir zu. Ich will Ihnen jetzt erzählen, was ich empfand, als ich Sie zum erstenmal am Fenster sah. Wenn wir bestimmte Figuren und Gesichter erblicken... vor allem bestimmte Augen, Bewegungen, einen bestimmten Ausdruck – wenn wir bestimmte Worte hören, bestimmte Stellen lesen, dann werden Gedanken zu Gesetzen ... dann sieht man ein Leben, das sich selbst treu ist, ohne Selbstfremdmachung. Und das Selbst ist einen Augenblick lang befreit vom ständigen Zwang zur Veränderung ... Verstehen Sie mich?«

Sophie nickte. »Ja, ich verstehe. Das habe ich schon gehört. Manche Menschen werden immer wiedergeboren.«

Fritz gab nicht auf. »Das habe ich damit nun nicht gemeint. – Aber Schlegel interessiert Sie doch – Würden Sie denn gern wiedergeboren werden?«

Sophie überlegte einen Augenblick: »Ja, wenn ich dann blonde Haare bekäme.«

Herr von Rockenthien drängte den jungen Hardenberg, noch zu bleiben. Falls er bemerkte, daß dieser Sproß eines alten Adelsgeschlechts seiner Stieftochter den Hof machte, hätte er durchaus nichts dagegen einzuwenden gehabt; allerdings sollte man vielleicht sagen, daß er vom Temperament her dazu neigte, fast alles zu ermutigen. Frau von Rockenthien, heiter und allem Anschein nach bei blühender Gesundheit, aber trotzdem von zahllosen Kissen gestützt, nickte ebenfalls freundlich. Sie erwähnte allerdings, daß Sophies ältere Schwester, Friederike von Mandelsloh, bald auf einen langen Besuch heim nach Grüningen käme und daß Söphgen dann Gesellschaft hätte.

»Laß sie nur alle wieder heimkommen, sage ich«, verkündete Rockenthien. »Scheiden tut weh. Singen sie das nicht immer am Ende des Studienjahres in Jena, wenn die Studenten abreisen?« »So ist es«, sagte Fritz, und Rockenthien stimmte mit einem Baß, der so tief lag wie der dritte Stollen einer Kupfermine, aber in ganz unpassend heiterer Stimmung, ein schwermütiges Lied an: »Scheiden tut weh ...«

»Da ich nun Ihr gastliches Haus verlasse, möchte ich Sie um die Erlaubnis bitten, Ihrer Stieftochter Sophie einen Brief schreiben zu dürfen«, sagte Fritz. Rockenthien brach seinen Gesang ab, raffte die verstreuten Reste seiner Verantwortung wieder zusammen und sagte, dagegen sei nichts einzuwenden, unter der Bedingung, daß die Mutter den Brief zuerst öffne und durchlese.

»Selbstverständlich. Und wenn Sie einverstanden sind, möchte ich darum bitten, daß Sie ihr erlauben, mir zu antworten.«

»Erlaubnis! Wenn Sie sonst nichts brauchen, die können Sie haben: Ich erlaube es!«

23. KAPITEL
Ich kann sie nicht verstehen

Fritz schrieb in sein Tagebuch: »Ich kann sie nicht verstehen; ich kann sie nicht einschätzen. Ich liebe ein Wesen, das ich nicht verstehe. Sie hat mich bekommen, aber sie weiß gar nicht, ob sie mich will. Ihr Stiefvater hat Einfluß auf sie, und ich sehe jetzt, daß ausgelassene Fröhlichkeit genauso erbarmungslos ist wie Frömmigkeit. Sie hat mir sogar erklärt, sie wolle mich immer vergnügt. Er hat ihr natürlich auch eine Tabakpfeife geschenkt. August Schlegel schrieb: ›Form ist mechanisch, wenn sie durch äußere Einwirkung nur als akzidentelle Hinzufügung ohne Bezug auf ihre Eigenschaft verliehen wird: wenn wir zum Beispiel einer weichen Masse eine besondere Gestalt geben, dergestalt, daß sie diese behält, wenn sie hart wird. Organische Form ist angeboren: Sie entfaltet sich von innen und nimmt ihre Bestimmung gleichzeitig mit der vollen Entwicklung des Keims an.‹

Das geschieht ganz sicher mit Sophie. Ich möchte sie nicht ändern, doch ich gebe zu, daß ich es könnte, falls es nötig wäre. Aber in den zwölf Jahren, während derer sie nicht wußte, daß ich auf dieser Erde existiere, hat sie ›ihre Bestimmung angenommen‹. Ich wäre glücklicher, wenn ich einen Ansatz, nur den Schatten eines Ansatzes fände, wie ich mich ein wenig fühlbar machen könnte.

Zu denken, daß sie an kein künftiges Leben glaubt. Welche Insolenz, welche Ungeheuerlichkeit.

Sie sagte: ›Ehrlich, ich habe Sie gern.‹

Sie wünscht allen zu gefallen, will sich aber nicht anpassen. Ihr Gesicht, ihre Figur, ihre Lebenslust, ihre Gesundheit, von der sie gern spricht. Ihre kleinen Hunde. Ist ihr Temperament erwacht? Ihre Gespensterfurcht, ihr Weintrinken. Ihre Hand an ihrer Wange.«

Im Haus an der Klostergasse lag seine Mutter noch im Wochenbett nach der Geburt von Christoph, der nur mäßig gedieh, trotz der üppigen Amme aus einem der umliegenden Dörfer. Wie immer nahm Auguste klaglos hin, was ihr geschah, und machte sich nur um den Säugling und um Bernhard Sorgen. Daß ihm bloß keiner die Illusion zerstörte (das fürchtete sie Weihnachten immer) und ihm aus Versehen den Glauben an Knecht Ruprecht nahm!

»Ich kann mich nicht erinnern, daß Bernhard je an Knecht Ruprecht geglaubt hat«, sagte Fritz zu Sidonie. »Er hat doch immer gewußt, daß es der alte Dumpfin aus der Bäckerei mit einem falschen Bart war.«

Sein Geheimnis hatte er nur Karoline Just, Erasmus und Sidonie anvertraut, die ihm darin zustimmte, daß man die Mutter auf keinen Falle aufregen dürfe, weder jetzt noch irgendwann. Fritz zog Sidonie in sein Zimmer und zeigte ihr die Abbildung im dritten Band seiner Ausgabe von Lavaters

Physiognomie: »Das ist mein Söphgen wie sie leibt und lebt. Es ist natürlich Raffaels Selbstporträt ... Aber wie kann ein zwölfjähriges Mädchen einem Genie von dreiundzwanzig gleichen?«

»Das ist leicht zu beantworten: gar nicht!« sagte Sidonie.

»Aber du hast sie doch noch nicht einmal gesehen.«

»Das stimmt. Aber ich werde sie sehen, nehme ich doch an, und wenn es so weit ist, werde ich dir genau dasselbe sagen.«

Er schloß das Buch. »Ich habe in den Taschen lauter Dinge, die ich gekauft habe.« Er leerte sie aus: Ganze Hände voll Lebkuchen, Nadelbüchsen, Kölnischwasserfläschchen, ein Vogelpfeifchen und eine Schleuder kamen zum Vorschein. »Wohin damit, Sidonie? Du kannst dir nicht vorstellen, wie unbequem das Zeug ist. Eine Plage!«

»In die Bibliothek, da soll die Bescherung sein, so habe ich es geplant.« Sidonie kümmerte sich um die Erfüllung der schüchternen, schwermütigen Bitten, die ihr gelegentlich aus dem Zimmer der Mutter überbracht wurden, und sorgte auch für alles andere. Sie hatte die Stallburschen schon angestellt, Tannenzweige ins Haus zu schaffen und in der Bibliothek anzubringen. Den Schlüssel bewahrte sie selbst. Immer wenn sie die Tür öffnete, flutete ein überwältigend würziger Duft von Tannengrün in den Flur, so als ob der Wald ins Haus marschiert wäre.

»Diese Sachen habe ich alle auf dem Weg hierher in Freyburg gekauft«, sagte Fritz. »Du bist sicher jeden Morgen vor Tagesanbruch aufgestanden, wie immer, und hast mit eigener Hand Sachen gemacht.«

»Nähen hasse ich«, sagte Sidonie, »nähen kann ich nicht und werde ich nie gut können, ja, versucht habe ich es.«

Wo war Erasmus? Karl war angekommen, Anton war da, der Freiherr war nach Artern zu den Salinen gerufen worden, würde aber Heiligabend wieder zu Hause sein. »Das ist ja das Merkwürdige, Fritz, Erasmus hat sich zu Pferd auf den Weg nach Grüningen gemacht, er wollte dich dort treffen.«

»Zu Pferd? Was für ein Pferd hat er denn?«

»Karls Bursche hat ein zweites Kavalleriepferd mitgebracht.«

»Das ist günstig.«

»Für Asmus nicht, denn er wird mit diesem Pferd nicht fertig und ist schon zweimal abgeworfen worden.«

»Irgend jemand wird ihn schon aufsammeln, die Straßen sind ganz belebt, seit der Schnee schmilzt. Aber warum reitet er nach Grüningen? Das ist weiß Gott idiotisch.«

Sidonie schob das Häuflein glänzender Dinge, die Fritz mitgebracht hatte, hin und her.

»Ich glaube, er wollte sich selbst überzeugen, wie deine Sophie aussieht.«

24. KAPITEL
Die Brüder

»Fritz!«

Erasmus holte seinen Bruder auf den Stufen zum Haupteingang ein, rannte hinter ihm die rechte Treppe hinauf und drängte den Hausdiener Lukas mitsamt seinem Besen beiseite.

»Fritz, ich habe sie gesehen, ja, ich war in Grüningen. Ich habe mit deiner Sophie gesprochen und mit ihrer Freundin und mit der Familie.«

Fritz stand wie erstarrt, und Erasmus rief aus: »Bester Bruder, sie ist nicht die Richtige für dich!«

Er schlang die Arme um den viel größeren Bruder. »Sie paßt überhaupt nicht zu dir, mein Fritz. Sie ist gutmütig, das schon, aber im Denken ist sie dir nicht gewachsen. Mein großer Fritz, du bist ein Philosoph, ein Dichter bist du.«

Lukas mit seinem Besen verschwand und lief eilends zur Küchentür, um weiterzuerzählen, was er aufgeschnappt hatte.

»Wer hat dir erlaubt, dich in Grüningen vorzustellen?« fragte Fritz, noch beinahe ruhig.

»Fritz, Sophie ist dumm!«

»Du bist verrückt, Erasmus!«

»Nein, ich bin nicht verrückt, bester Fritz!«

»Ich sagte: Wer hat dir erlaubt –«

»Ihr Kopf ist leer –«

»Sei lieber ruhig, du –!«

»Leer wie ein neuer Krug, Fritz –«

»Schweig still!«

Erasmus klammerte sich an Fritz. Und schon lagen die beiden an der Außentreppe des Hauses in der Klostergasse im Schnee, und wieder einmal waren die Bürger von Weißenfels, die auf dem Gehweg vorbeikamen, schockiert, wie damals bei Bernhards Eskapade unten am Flußufer. Es sah beinahe so aus, als wollten die beiden ältesten Hardenbergsöhne, der Stolz des Freiherrn, übereinander herfallen. Erasmus war außer sich, weit mehr als Fritz. Sein Atem dampfte in der Winterluft wie ein Wasserkessel. Mühelos drückte Fritz ihn gegen das eiserne Geländer und versuchte, wieder Ruhe herzustellen. »Du meinst es gut, Junge, das weiß ich. Du fühlst wie ein Bruder. Du meinst, ein schönes Gesicht habe mich verblendet.«

»Nein, meine ich nicht«, protestierte Erasmus. »Verblendet bist du, aber nicht durch ein schönes Gesicht. Fritz, sie ist nicht schön, sie ist nicht mal hübsch. Ich sage es noch einmal: Im Kopf hat sie nichts, diese Sophie, dafür ein Doppelkinn – jetzt schon, mit zwölf Jahren, –«

»Gnädiges Fräulein, Eure Brüder schlagen sich draußen auf der Treppe gegenseitig die Zähne ein«, meldete Lukas. »Friede und Eintracht sind vergessen, jetzt liegen sie schon längelang in der Klostergasse.«

»Ich komme sofort«, sagte Sidonie.

»Soll ich es der gnädigen Frau sagen?«

»Sei kein Narr, Lukas.«

Erasmus war bei seinem unangemeldeten Besuch in Grüningen warmherzig empfangen worden. Er war seines Bruders wegen willkommen, und Frau Rockenthien wendete ihre Güte besonders gern schmalen, unscheinbaren jungen Leuten zu. Sie war überzeugt, diese könnten sich schnell zu hochgewachsenen kräftigen Menschen entwickeln, wenn sie nur reichlich zu essen bekämen. Aber Sophie, das sah er zu seinem Entsetzen, war nur ein sehr lautes, sehr junges Mädchen und glich seinen eigenen Schwestern gar nicht. Während der knapp zwei Stunden seines Besuches hatten sie und eine Freundin, eine Jette Goldacker, ihn zu einem Spaziergang unten am Uferweg an der Helbe entlang aufgefordert; sie durften nicht ohne Begleiter gehen und wollten die Husaren sehen, die ziemlich betrunken übers Eis torkelten und ausglitten, der Feldwebel war auch dabei, und alles flog durcheinander! Freilich, Jette war diejenige gewesen, die auf einen Korporal gezeigt hatte, als er sich gerade die Hosen aufknöpfte, aber Sophie hatte sie nicht getadelt.

Statt ›morgen‹ sagte Sophie ›morchen‹, ›spät‹ klang bei ihr ›spähd‹ und Hardenberg sprach sie ›Hardenberch‹ aus. Nun war es Erasmus vollkommen gleichgültig, wie sie redete. Er spielte sich nicht als Sprecherzieher auf. Aber er war noch nie einem jungen Mädchen aus gutem Hause begegnet, das so wenig Zurückhaltung übte. Fritz mußte den Verstand verloren haben. »Du bist betrunken. Es ist ein Rausch; so mußt du dich sehen: in einem Rauschzustand. Er wird vergehen, das ist der Lauf der Natur, unweigerlich.«

Wegen der weihnachtlichen Familienversammlung und weil die Heimkehr des Freiherrn jeden Moment zu erwarten war, konnten die Brüder ihre Auseinandersetzung nicht fortsetzen, und schließlich war der Streit ja nicht aus Feindschaft, sondern aus Liebe entstanden, obwohl die Versöhnung dadurch nicht leichter wurde. Man schloß einen Waffenstillstand.

»Ich weiß, daß ich sittliche Grazie empfange. Wie kann das Trunkenheit sein?« schrieb Fritz.

Soll ich getrennt seyn ewig? – ist Vorgefühl
Der künftigen Vereinigung, dessen, was
Wir hier für unser schon erkannten,
Aber noch nicht ganz besitzen konnten –

Ist dies auch Rausch?

Einst wird die Menschheit seyn, was Sophie mir
Jetzt ist – vollendet – sittliche Grazie –
Dann wird ihr höheres Bewußtsein
Nicht mehr verwechselt mit Dunst des Weines.

25. KAPITEL
Weihnachten in Weißenfels

»Was sagen die Jungen da?« fragte die Freifrau beunruhigt. Man hatte ihr erlaubt, mit dem Säugling aus dem großen schäbigen Zimmer mit dem Ehebett umzuziehen in ein viel kleineres, beinahe eine Dachkammer; dort wurden manchmal Äpfel gelagert, so daß es seinen leicht fauligen bittersüßen Apfelduft trotz der Kälte nie ganz verlor. Nur die Amme und eine Kammerzofe, die die Freifrau aus ihrem Elternhaus mit in die Ehe gebracht hatte, keuchten die knarrende Treppe hinauf – und Sidonie kam natürlich, leichtfüßig.

»Ah, Sidonie, Liebes, mir war so, als hätte ich sie mit erhobenen Stimmen sprechen hören, wenn auch nicht so laut wie gestern ... Erzähl mir, wovon redet Fritz?«

»Von sittlicher Grazie, Mutter.«

Bei diesem Losungswort sank die Freifrau erleichtert in ihre gestärkten Kissen zurück.

»Hast du in der Bibliothek alles vorbereitet? Du weißt, dein Vater möchte –«

»Natürlich, natürlich«, sagte Sidonie.

»Schau doch, ob es dem kleinen Christoph etwas besser geht.«

Sidonie schob fachkundig mehrere Lagen Tuch beiseite und sah sich ihren zerbrechlichen Bruder genau an. Er bedachte sie mannhaft mit einem finsteren Blick, ihr Gesicht hellte sich auf. »Ja, es geht ihm wirklich viel besser.«

»Gott sei Dank; ich sollte es eigentlich nicht sagen, sie ist ja auch eine Christenseele, aber ich mag sie gar nicht, diese Amme.«

»Ich werde sofort mit ihr sprechen«, sagte Sidonie, »und sie wieder nach Elsterdorf schicken.«

»Und danach –?« Sidonie glaubte, die Mutter mache sich Sorgen um einen Ersatz, merkte dann aber, daß es nicht so war. »Du denkst daran, wieder hinunter in dein Schlafzimmer zu ziehen. Nein, dazu bist du noch nicht wohl genug. Ich werde nach deinem Kaffee schicken.«

Der Freiherr hielt an dem alten Brauch der Weihnachtsbeichte fest, den die meisten Weißenfelser Haushalte abgeschafft hatten. Dabei sprach die Mutter mit ihren Töchtern, der Vater mit seinen Söhnen, sie erklärten zuerst, was ihnen im Lauf des Jahres am Benehmen der Kinder mißfallen, und dann, was ihnen am besten gefallen hatte. Außerdem waren die jungen Hardenbergs aufgerufen, nun alles frei heraus zu sagen, was sie den Eltern hätten mitteilen müssen, aber verschwiegen hatten. Die Freifrau war nicht gesund genug, diese Aufgabe zu übernehmen, und der Freiherr, so meinte man, käme vielleicht später als geplant aus Artern zurück. Aber er traf genau zur verabredeten Zeit ein.

Der Heilige Abend war hell und windstill. Den ganzen Tag lang hallte der Türklopfer an der Küchenpforte über den Hof. Wer am Hardenbergschen Haus anklopfte und um eine milde Gabe bat, wurde zwar nie mit leeren Händen weggeschickt, doch an diesem Tag durfte man etwas Gehaltvolleres als sonst erwarten. In Oberwiederstedt war der Andrang viel größer gewesen. Das Haus hatte ganz dicht an der Grenze gestanden, und viele, die keine Genehmigung zur Einreise nach Preußen hatten und eigentlich in keinem Staat besonders willkommen waren – Landstreicher, Kriegsveteranen, Wandertheatertruppen, Hausierer –, sammelten sich an der Grenze wie angeschwemmtes Treibgut am Flußufer. In Weißenfels kamen nur die Armen und die Irren aus der Stadt und später die Mädchen mit den unerwünschten Schwangerschaften, die sich keine Engelmacherin leisten konnten. Diese Mädchen wagten sich erst bei tiefer Dunkelheit an die Küchentür.

In der Bibliothek waren an allen Tannenzweigen Kerzen befestigt, die darauf warteten, angezündet zu werden. Die Tische waren mit weißem Leinen gedeckt, für jeden in der Familie ein Tisch. Auf jedem Tisch lag ein Name aus gebakkenen Marzipanbuchstaben. Die Geschenke trugen keine Schildchen. Man mußte raten oder erfuhr vielleicht nie, wer der Geber war.

»Was sollen wir Heiligabend singen?« fragte Karl. »Ich weiß nicht«, sagte Sidonie. »Vater liebt Reichardts ›Willkommen in diesem Jammertal‹.«

»Bernhard«, sagte Karl, »iß ja nicht die Marzipanbuchstaben auf.« Bernhard war gekränkt. Schon seit beinahe zwei Jahren machte er sich nichts mehr aus Süßigkeiten.

»Dies wird das letzte Mal sein, daß man mich zum Sopransolo holen kann, das sage ich euch. Der Stimmbruch will sich schon melden«, erklärte er.

»Eins möchte ich wohl wissen«, rief Erasmus laut. »Von dir, mein Fritz, möchte ich wissen, was du sagst, wenn Vater uns aufruft, zu bekennen, was wir während des Jahres getan haben. Du weißt ja, ich habe es dir geschrieben: Auf mich kannst du dich ganz und gar verlassen. Aber willst du ihm erzählen, so wie du es mir erzählt hast, nicht daß du verliebt bist, dafür muß man sich so wenig entschuldigen wie der Vogel fürs Fliegen, nein, aber daß du dich an ein kleines zwölfjähriges Mädchen gebunden hast, ein Kind, das sich ausschüttet vor Lachen, wenn es einen Betrunkenen im Schnee sieht?«

»Mir hast du davon nichts erzählt«, sagte Karl vorwurfsvoll.

Bernhard war, bei aller Anhänglichkeit an Fritz, hell begeistert über die Aussicht, nun die schönsten Peinlichkeiten aller Arten mit ansehen zu können.

»Ich werde ihm nichts mitteilen, das Sophies nicht würdig wäre«, verkündete Fritz. »Ihr Name bedeutet Weisheit. Sophie ist meine Weisheit und meine Wahrheit.«

Lukas kam eilig herein und sagte: »Gnädiges Fräulein, die Lichter. Ihr gnädiger Herr Vater kommt herunter.«

»Also dann, hilf mir, Lukas.« Er hatte die Tür offenstehen lassen, und sie sahen, daß draußen alle Dienstboten versammelt waren, ihre Schürzen leuchteten als weiße Flecken aus den Schatten der Diele hervor. In Gruningen wären an einem solchen Feiertag alle in freudigem Aufruhr gewesen, aber nicht in der Klostergasse. In der Bibliothek warfen Myriaden Lichtpunkte breitgefächerte Schatten von Tannenzweigen auf die hohen Wände und sogar gegen die Decke. In der Wärme entfaltete der Raum noch stärkeren, harzigeren Tannenduft. Auf den Tischen brach sich das Licht funkelnd in vergoldeten Walnüssen, Vögeln in Käfigen, Haselmäusen in Nestern, es fiel auf Püppchen aus Brotteig, Gesangbücher, Fritzens Nadelbüchsen und Fläschchen mit Kölnischwasser, Sidonies Stickereien, Bastelarbeiten aus Weide und Birke, Taschenmesser, Scheren, Pfeifen, Holzlöffel mit so seltsamen Griffen, daß sie kaum benutzbar waren, und fromme Bildchen auf glänzendem Blech. Dann kam der Freiherr herein – und welcher Gegensatz: Wie abgespannt, wie verhärmt sah sein rundes Gesicht aus in all dem Funkeln und festlichen Gepränge. Als er an der Tür innehielt, um Lukas ein paar Aufträge zu geben, sagte Fritz zu Karl: »Er ist alt, aber ich kann mich nicht dazu überwinden, ihm alles leichter zu machen.« Der Freiherr trat ein und setzte sich ganz gegen alle Erwartung in seinen Lehnstuhl. Seine Familie sah ihn bestürzt an. Sonst hatte er am Heiligabend immer genau in der Mitte der Bibliothek hinter seinem großen, lederbezogenen Schreibtisch gestanden, dessen Fläche niemals mit Geschenken und Kerzen dekoriert wurde.

»Warum tut er das?« murmelte Erasmus.

»Ich weiß nicht«, sagte Fritz. »Schlegel berichtet mir, daß Goethe sich einen solchen Lehnstuhl gekauft hat, aber, wenn er darin sitzt, nicht mehr denken kann.«

Als der Vater zu sprechen begann, schlug er mit der Hand rhythmisch auf die Stuhllehne.

»Ihr erwartet von mir, daß ich nun euer Benehmen im vergangenen Jahr betrachte, und zwar die Fortschritte, die ihr gemacht habt, und die Rückfälle ebenfalls. Ihr erwartet von mir, daß ich euch frage, was ihr vor mir verborgen habt. Ihr haltet euch bereit – was allerdings eure Pflicht wäre –, mir ehrlich zu antworten. Das alles erwartet ihr, aber ihr irrt euch. An diesem Weihnachtsabend, Heiligabend 1794, werde ich keine Bekenntnisse verlangen und keine Befragungen anstellen. Aus welchem Grund? Nun, es verhält sich so: In Artern bekam ich einen Brief von einem sehr alten Freund, dem Altprediger der Brüdergemeine Neudietendorf. Einen Weihnachtsbrief, der mich mahnte, daß ich nun, im Alter von sechsundfünfzig Jahren, nach der Natur der Dinge nur noch einige wenige Jahre auf Erden zu erwarten habe. Der Prediger hieß mich, ausnahmsweise einmal nicht zu tadeln, sondern nur daran zu denken, daß dies ein Tag unsäglicher Freude sei, ein Tag, an dem alle Männer und Frauen nur Kinder sein sollen, nicht mehr und nicht weniger. Und deshalb«, fügte er hinzu, während er langsam den Blick über die lichtfunkelnden Tische, die Holzlöffel, die goldenen Nüsse schweifen ließ, »deshalb bin ich in dieser heiligen Zeit ganz zum Kind geworden.«

Dieses ledrige, zerfurchte, breite, nackte Freiherrn-Gesicht mit den fast entsetzt ratlosen Augen unter schweren Brauen sah so wenig kindlich aus wie man sich nur vorstellen konnte. Der Prediger hatte wohl kaum den Versuch gemacht, sich dieses Antlitz vorzustellen. Die Herrnhuter Brüder waren gut geübt in der Freude und vergaßen deshalb vielleicht gelegentlich, was für ein schwieriges Gefühl sie ist und wie vielen Menschen sie fremd bleibt. Schwerfällig hob der Freiherr den Kopf und blickte vom Schreibtisch auf.

»Hören wir keine Musik?«

Der Bernhard war zwar enttäuscht von der befremdlichen Milde seines Vaters, weidete sich aber an der Verstörtheit seiner älteren Geschwister, kletterte auf die Leiter, die man für die obersten Borde der Regale brauchte, und fing an, mit seiner noch vollkommen reinen Knabenstimme zu singen: »Ein Kindelein so löbelich ist uns geboren heute.« Die engelhafte Stimme war das Signal für die geduldig wartenden Dienstleute: Nun kamen sie herein und brachten die zweijährige Amalia, die zielstrebig auf alles Glänzende zulief, und ein verschnürtes Bündel, den Säugling Christoph. Die Kerzen brannten nieder und zündeten die Tannennadeln an. Es zischte und knackte und kleine würzig duftende Rauchfahnen stiegen auf, als Sidonie die Flämmchen ruhig löschte. Als jetzt alle auf die Suche nach ihren Gabentischen gingen, zeigte der Raum immer noch schimmernde Lichtinseln und tiefe Schatten im Wechsel. Erasmus stand neben Fritz: »Was wirst du dem Vater nun sagen?«

26. KAPITEL
Die Mandelsloh

Nichts. Fritz würde hinnehmen, was Schicksal und Zufall ihm boten, und die Gelegenheit nutzen, nichts zu sagen. Die Ferne zwischen ihm und Erasmus bekümmerte ihn viel mehr als jeder Streit mit seinem Vater.

In Neudietendorf hatte er, obwohl er meinte, das Lernen verweigert zu haben, doch den Mährischen Brüdern die Achtung vor dem Zufall abgeschaut. Auch im Zufall äußert sich Gottes Wille. Wenn er in der Brüdergemeine geblieben wäre, dann hätte man ihm sogar seine Ehefrau im Losverfahren ausgesucht. Der Zufall hatte den Brief des Predigers schneller als erwartbar nach Artern gebracht und damit eine Möglichkeit geschaffen, die Auseinandersetzung über seine geplante Heirat mit Sophie noch etwas hinauszuschieben und näher an die Zeit heranzurücken, zu der er selbst Geld verdienen würde. Aber der Zufall konnte jeden Moment bewirken, daß sein Vater wieder in seine übliche zornige Ungeduld zurückfiel. Er hatte schließlich nur davon gesprochen, daß man einen Tag lang freudevoll sein solle.

Am Silvesterabend, also sechs Tage nach Weihnachten, bekam Fritz einen Brief von Sophie.

Lieber Hardenberg

Erstlich dank ich Ihnen recht sehr für Ihren Brief zweidens für Ihr Haar und dritens für das niedliche Etwie welges mir sehr fihlen Spas gemacht hatt. Sie fragen mich ob Sie an mich schreiben dürfen? Sie können versichert sein daß es mir allemahl sehr angenehm ist von Ihnen einen Brief zu lessen. Sie wissen lieber Hardenberg ich darf nicht lange schreiben.

Sophie von Kühn

»Sie ist meine Weisheit«, sagte Fritz.

Als er zu Neujahr 1795 wieder auf Besuch in Grüningen war, fragte Fritz den Hausherrn Rockenthien: »Warum darf sie nicht lange schreiben? Bin ich denn gefährlich?«

»Mein lieber Hardenberg, lange darf sie nicht schreiben, weil sie kaum schreiben kann. Lassen Sie ihren Schulmeister kommen und fragen Sie ihn! Sicherlich hätte sie mehr lernen sollen, ha! ha! Dann hätte sie einen korrekten Liebesbrief schreiben können.«

»Ich will keine Korrektheit, aber ich hätte gern viel längere Briefe«, sagte Fritz.

Der nächste Brief von Sophie an ihn klang so:

Nun muß ich Sie mein Anliegen klagen stelln Sie sich nur ein mahl vor, wie Sie mier die Hare gaben so wickelde ich sie sauber in ein Papiergen ein und legde sie auf Hanßen seinen Tisch. Den andern Tag wolde ich sie weg nehmen ja da waren weder Hare noch Papiergen zu sehn nun bittet noch mahls Sich schären zu laßen (nehmlich den Kopf)

Sophie von Kühn

Als er wieder in Grüningen war, kam eine kräftige blonde junge Frau mit einem Eimer ins Zimmer. »Gott helfe mir, aber ich habe vergessen, was ich damit wollte«, sagte sie und setzte den Eimer heftig auf den angestrichenen Holzfußboden.

»Das ist meine ältere Schwester Friederike«, sagte Sophie eifrig. »Die Frau Leutnant Mandelsloh.«

Sie ist ihrer Mutter nicht ähnlich, dachte Fritz, und ihrer Schwester auch nicht.

»Frieke, er will, daß ich ihm noch einen Brief schreibe.«

Fritz sagte: »Nein, Frau Leutnant, ich möchte, daß sie viele hundert Briefe schreibt.«

»Na ja, einen Versuch kann man ja machen«, sagte die Mandelsloh. »Aber dazu braucht sie Tinte.«

»Ist keine im Haus?« fragte Fritz. »Bei uns ist es genauso, uns geht oft die Seife aus oder anderes, was man täglich braucht.«

»Hier ist von allem mehr als genug da«, sagte die Mandelsloh. »Und Tinte gibt es im Studierzimmer meines Stiefvaters und in anderen Zimmern auch. Wir können uns überall nehmen, was wir möchten, aber Söphgen benutzt nicht jeden Tag Tinte.«

Sophie war gegangen. Allein mit diesem schwerknochigen blonden Wesen, gehorchte Fritz seinem Instinkt und fragte sie sogleich um Rat. »Frau Leutnant, würden Sie mir raten, Ihren Stiefvater zu fragen, ob er mit einer Verlobung von mir und –«

»Da kann ich Ihnen überhaupt nicht raten«, sagte sie ruhig. »Sie müssen herausfinden, wieviel Mut Sie haben. Das Problem ist nicht, was, sondern, wann man Leute fragen soll. Ich nehme an, Ihr Vater muß auch mit berücksichtigt werden.«

»So ist es«, sagte Fritz.

»Nun, vielleicht werden sich die beiden gemütlich zusammensetzen und ein Pfeifchen miteinander rauchen.« Fritz versuchte vergeblich, sich das vorzustellen. »Auf diese Weise läßt sich womöglich alles ohne Tränen regeln. Mein Mann war Waise. Als er die Sache mit meinem Stiefvater besprach, brauchte er auf niemanden Rücksicht zu nehmen, nur seine unverheiratete Schwester muß er selbstverständlich unterstützen.«

»Ich danke Ihnen für den Rat«, sagte Fritz. »Ich meine,

daß Frauen sich mit dem Leben besser auskennen als wir Männer. Gewöhnlich sind wir besser, aber sie sind vollendeter als wir. Und das, obwohl sie individualisieren, wir aber universalisieren.«

»Das habe ich doch schon mal gehört. Was ist gegen Individuelles einzuwenden? Jemand muß sich darum kümmern.«

Fritz wanderte durch das Zimmer. Konversation wirkte auf ihn wie Musik.

»Dazu kommt, daß alle Frauen, meine ich, eine schöne Seele haben. Aber sie bleibt so oft verborgen.«

»Das kommt mir auch so vor«, sagte die Mandelsloh. »Wie steht es mit meiner, was glauben Sie?«

Als sie das gesagt hatte, sah sie sehr überrascht aus, so als habe eine andere gesprochen. Fritz, der auf seiner Wanderung dicht bei ihr und ihrem Eimer angekommen war, blieb stehen und fixierte sie mit seinem strahlenden, halbwilden Blick.

»Schauen Sie mich nicht so erwartungsvoll an«, rief sie. »Ich bin ganz langweilig. Mein Mann ebenso. Wir sind zwei langweilige Leute. Ich hätte überhaupt nicht von uns sprechen sollen. Beim bloßen Gedanken an uns werden Sie vor Langeweile weinen.«

»Aber ich finde nicht –«

Sie hielt sich die Ohren zu.

»Nein, sagen Sie es nicht. Wir, die Langweiligen, sind ganz damit einverstanden, daß geistvolle Menschen die Welt regieren und daß wir sechs Tage in der Woche arbeiten müssen, um sie bei Kräften zu halten, nur müßte sich zeigen, daß sie wissen, was sie tun.«

»Wir sprechen doch nicht von mir«, rief Fritz. »Wir sprechen von Ihrer Seele, Frau Leutnant.«

Sophie erschien wieder, aber ohne Feder, Papier und Tinte. Offenbar hatte sie in der Mädchenkammer mit den neugeborenen Kätzchen gespielt.

»Also da stecken sie«, sagte die Mandelsloh. Ihr fiel jetzt wieder ein, daß sie den Eimer Wasser geholt hatte, um diese Kätzchen zu ertränken. Die Dienstmädchen waren zu zimperlich, um ihrer diesbezüglichen Pflicht nachzukommen.

Friederike von Mandelsloh hatte mit ihrem Mann, einem Leutnant vom Regiment Prinz Clemens, in der Garnisonstadt Langensalza gewohnt. Sie war wieder nach Hause in das fünfzehn Kilometer entfernte Grüningen gekommen, weil er mit dem Expeditionscorps Rheinfeld nach Frankreich geschickt worden war. Sie klagte, nie habe sie lange genug an einem Ort gewohnt, um auch nur einen Teppich ordentlich ausrollen zu können (und sie besaß tatsächlich einen großen türkischen Teppich). Aber sie sei eben eine Soldatenfrau. Obwohl sie natürlich keine wirkliche Verwandte des Hausherrn Rockenthien war, zog er sie allen anderen von der jüngeren Generation vor. Trotz des brüsken, halb militärischen Gehabes, das sie sich seit ihrer Heirat als Sechzehnjährige zugelegt hatte, sprach aus ihren porzellanblauen Augen die Zuversicht und die Gelassenheit ihrer Mutter. »Du bist die beste von dem ganzen Haufen«, erklärte er Friederike. »Du hättest nie aus dem Haus gehen dürfen. Das war die reine Grausamkeit gegen mich.« Jeder Mann, fand Rockenthien, verdiene einen solchen guten Geist im Haus. Die Mandelsloh wachte über den Wein im Keller, über seine Rechnungen, ertränkte die Katzenjungen, hielt, wo nötig, ein Auge auf Söphgen. Und Friederike übernahm die Haushaltsführung, nicht (wie Sidonie in Weißenfels) aus Mitleid und quälender Sorge, sondern einfach, weil ihre Mutter sie freundlich lächelnd ausnutzte. Seit Gunther geboren war und Hardenberg Sophie den Hof machte, hatte Frau von Rockenthien sich nur zu einer einzigen eigenen Handlung aufgerafft: Sie hatte Friederike nach Hause zurückgerufen. Aber mehr war eigentlich auch nicht nötig.

27. KAPITEL
Erasmus besucht Karoline Just

Karoline Just war Erasmus nie begegnet, aber schon an der Tür, schon bevor das Dienstmädchen ihn meldete, wußte sie, wer er sein müsse. Er war klein und schmal, sein Gesicht rund, seine Augen weder groß noch leuchtend, aber er war Fritzens Bruder. Nach allem, was man ihr von ihm erzählt hatte, wußte sie auch, daß es höchste Zeit oder vielleicht schon über die Zeit für ihn war, zum nächsten Semester nach Hubertusburg zurückzukehren.

Coelestin und Rahel Just waren ausgegangen. Im Augenblick waren sie sehr beschäftigt mit dem Kauf eines Gartengrundstücks, das sie zu Fuß von ihrer Straße aus erreichen konnten. Sie wollten dort Spargel anpflanzen und Melonen, und ein Gartenhaus wollten sie bauen; ein Paradies auf Erden! Sie waren zum Kaffee zu den Nachbarn gegangen, um noch einmal den Plan zu besprechen, den schon jeder in allen Einzelheiten kannte. Karoline war natürlich auch eingeladen. Doch sie ging zur Zeit nicht oft aus.

»Ich fürchte, außer mir ist keiner zu Ihrem Empfang da«, sagte sie. »Ihr Bruder wohnt natürlich noch bei uns, aber er ist zu einem Besuch nach Grüningen gefahren.«

Erasmus war in einer Anwandlung von liebevoller Freundlichkeit gekommen; zu Karoline, genauer gesagt, zu der Karoline seiner Vorstellung hatte ihn eine plötzliche Regung seines Gewissens getrieben, die eigentlich Fritz hätte spüren sollen. Auch war Erasmus so bestürzt über das Eindringen dieser Person, dieser Sophie in sein Leben, daß er sich einem Menschen mitteilen mußte, der ihn bestimmt verstehen würde. Er hoffte außerdem, mehr über Sophie zu erfahren, da er nach dem Streit das Thema mit dem Bruder nicht mehr erörtern konnte, nicht einmal in einem Brief.

»Mein Fräulein, ich rede ganz offen mit Ihnen.«

Er solle sie Karoline nennen, sagte sie.

»Sie müssen Schloß Grüningen doch ganz gut kennen, meine ich. Ihr Onkel Just verkehrt dort und hat Sie sicherlich manchmal mitgenommen.«

»Ja, das hat er«, sagte Karoline. »Was möchten Sie über das Schloß wissen?« Aber schon sprudelte Erasmus: »Was halten Sie von ihr? Wer ist sie, ganz ehrlich?«

»Ich war selbstverständlich mehr mit ihrer älteren Schwester befreundet, die jetzt geheiratet hat und aus dem Haus ist.«

»Sprechen Sie offen mit mir, Karoline.«

Sie fragte ihn: »Haben Sie Sophie von Kühn nie gesehen?«

»Doch. Ich war in Schloß Grüningen und habe an der Tür geklopft, wie ich jetzt bei Ihnen angeklopft habe. Ich habe kein Benehmen mehr und keine Erklärung für mein Verhalten. Vielleicht werde ich wahnsinnig.«

»So, Sie haben sie gesehen. Sie ist reif für ihr Alter, in gewisser Weise. Sie hat einen anmutigen Gang. Sie hat hübsches Haar, dunkles Haar, das ist ein Pluspunkt.« Zum erstenmal sah sie Erasmus offen an. »Wie konnte er nur?«

»Ich hoffte, daß Sie die Antwort darauf wüßten. Ich kam in der Hoffnung, Sie könnten es mir erklären, und auch weil –«

Karoline faßte sich so weit, daß sie nach der Klingel greifen konnte. »Ich werde uns ein paar Erfrischungen bringen lassen, die wir gar nicht haben wollen.«

»Natürlich nicht«, sagte Erasmus, verzehrte aber, als sie auf den Tisch kamen, große Mengen Zwieback und trank Wein dazu.

Er ist erst zwanzig Jahre alt, dachte sie. Er hat Mitleid mit mir. Nie wieder wird er soviel Mitgefühl mit einem anderen Menschen haben, den er nicht einmal kennt. Aber sie wollte nicht bemitleidet werden. »Warten Sie einen Augenblick.« Sie ließ ihn allein, und er wußte nicht recht, was er machen sollte – allein weiter essen, solange sie nicht im Zimmer war, wollte er nicht –, dann kam sie mit den Versen wieder, die Hardenberg ihr geschickt hatte:

Einst, wenn zum vollen Tisch, am Mittag ihres Lebens,
Vereint ein Doppelpaar von Glücklichen sich setzt –
Dann denken wir zurück den Vormittag – an Jetzt –
»Wer hätte das geträumt? – Nie seufzt das Herz vergebens!«

Erasmus saß da, so gedemütigt und beschämt, daß er kaum noch Worte fand. »Also vier von euch, Karoline. Ich verstehe, vier von euch sitzen rund um diesen Tisch. Dann ist da noch ein anderer, den Sie kennen und der Ihnen wichtig ist.«

»So heißt es in dem Gedicht«, teilte ihm Karoline vorsichtig mit. »Sie können es selbst lesen, wenn Sie möchten.«

Sie gab ihm das Gedicht, schwungvoll auf zwei ganze Blätter geschrieben.

»So eine Verschwendung! Die Rückseite des Bogens nicht benutzt!«

»Er schreibt immer so.«

»Haben Sie geglaubt, ich sei verliebt in Hardenberg?«

»Gott verzeih mir, das habe ich«, sagte Erasmus endlich. »Er hat so oft von Ihnen gesprochen. Ich bewundere meinen Bruder wohl zu sehr. Ich rede mir ein, jeder müsse dasselbe für ihn empfinden wie ich. Ich bin wirklich froh, daß ich mich getäuscht habe – aber wir beide sind uns doch weiter einig über – Sie dürfen nicht denken, ich sei ungerecht gegen ein junges Mädchen, und Sie müssen verstehen, daß ich wohl immer an Fritzens Leben teilgenommen habe, er war mir alles, aber ich wußte auch, daß die Zeit kommen muß, da ich die große Hälfte von ihm verlieren werde, und ich habe immer gehofft, wenn es so weit ist, genug Kraft zu haben, um mich mit dem zufrieden zu geben, was mir dann noch bleibt – aber Karoline, Enttäuschung muß ihre Grenzen haben – wir beide haben doch sicher weiterhin dasselbe Gefühl wegen –«

Karoline schlug die Hände vors Gesicht: »Wie konnte er, wie konnte er nur?«

28. KAPITEL
Aus Sophies Tagebuch, 1795

8. Januar

Heude waren wir wieder allein und es viel auch nichts weider vor.

9. Januar

Heude waren wir wieder allein und es viel auch wieder nichts vor.

10. Januar

Hardenberch kam Nachmittags.

13. Januar

Heute fuhren wir fort Hardenberch fuhr mit und ich war gar nicht vergnügt.

8. März (Sonntag)

Heude haden wir uns alle vorgenommen in die Kierge zu gehn aber das Weter hilt uns alle ab.

11. März

Wir waren heude gans allein und es viel gar nichts vor.

12. März

Es war heute so wie gestern es viel gar nichts vor.

13. März (Karfreitag)

Es war heute Bußtag und Hertenb. war da.

14. März

Heute war Hertenb. noch da er grichte einen Briev von seinem Bruder.

29. KAPITEL
Was hat sie zu bedeuten?

Am 17. März 1795 war Sophies dreizehnter Geburtstag. Zwei Tage davor hatte sie Fritz versprochen, daß sie ihn heiraten werde. Am 16. Juni schickte der immer gefällige Karl seinem Bruder zwei goldene Ringe aus Lützen (wo er stationiert war) nach Tennstedt. Am 21. August schrieb er wieder aus Lützen, wo er seit dem Baseler Frieden »so fort vegetire«. In seinem Brief stand: »Du erhältst hierdurch die Steigbügel nebst Riemen, die beiden Strohhüte, wovon ich den einen nach der neusten Mode habe mit Band aufsetzen lassen. Der andere kann nach Gefallen getragen werden.« Einen sollte Erasmus Karoline geben, der andere war für Sophie; die Austeilung überlasse er Fritz. In der Sendung war auch ein Nähkästchen für die Mutter und zum zweitenmal der goldene Ring von Fritz, der nach Lützen zurückgeschickte, der nun, wie gewünscht, ein eingraviertes S. hatte. Kein Juwelier in Tennstedt hätte die Gravur machen können – der Ort war so klein, daß man sich dort offenbar weder mit der Mode in Strohhüten auskannte noch diesen Modeartikel verkaufte – und in Weißenfels erst recht nicht, denn dort hätte der Auftrag sich herumgesprochen und Kommentare nach sich gezogen. Der Freiherr von Hardenberg war noch nicht um Erlaubnis gefragt worden. Nicht einmal der Name Sophie von Kühns war vor seinen Ohren erwähnt worden.

Die Rockenthiens dagegen brauchten kaum gefragt zu werden. Sie waren überglücklich, allein schon wegen der neuen Freude im Haus. Fritz wurde gebeten, die Patenschaft für den kleinen Gunther zu übernehmen. George erklärte ihm, wenn er ans Heiraten denke, dann müsse er unbedingt ein neues Pferd kaufen. Den Gaul könne man als Katzenfutter verwenden.

Der Hausherr empfand es anscheinend nicht als Kränkung, daß die Rockenthiens den Hardenbergs vielleicht nicht gut genug vorkamen. »Sie ist jetzt noch zu jung zum Heiraten. Ich weiß nicht einmal, ob ihre Perioden schon regelmäßig sind. Wenn sie erst einmal fünfzehn ist, werden wir einen Weg aus unseren Problemen finden.«

Fritz hatte überlegt, Coelestin Just, den guten Freund seines Vaters, ins Vertrauen zu ziehen, so daß er als Mittler zwischen Weißenfels und Grüningen fungieren könne. »Oh, ich glaube, das hätte keinen Zweck«, sagte Herr Rokkenthien liebenswürdig. »Der Kreisamtmann, das haben Sie sicher bemerkt, hält mich für einen Dummkopf.«

Kaum hatte er Sophie ihren Ring gegeben und zugesehen, wie sie ihn am Bändchen um ihren Hals hängte – offen durfte sie ihn noch nicht tragen –, da fragte Fritz schon, ob er ihr das Anfangskapitel der »blauen Blume« vorlesen dürfe. Er erklärte ihr: »Es ist die Einleitung zu einer Geschichte, die ich noch nicht schreiben kann. Ich weiß noch nicht einmal, was sie enthalten wird. Ich habe eine Liste von Berufen und Beschäftigungen und psychologischen Typen gemacht. Aber vielleicht wird es am Ende gar kein Roman. In Volksmärchen liegt vielleicht mehr Wahrheit.«

»Märchen hab ich gern«, sagte Sophie, »aber nicht, wenn Menschen in Kröten verwandelt werden, denn das ist nicht komisch.«

»Ich lese meine Einleitung vor, und Sie müssen mir sagen, was sie zu bedeuten hat.«

Sophie war offensichtlich ganz bedrückt von dieser Verantwortung.

»Wissen Sie es denn selbst nicht?« fragte sie zweifelnd.

»Manchmal meine ich: doch.«

»Aber hat sie denn sonst niemand gelesen?«

Fritz kramte in seinem Gedächtnis.

»Doch, Karoline Just.«

»Ah, sie ist klug.«

Die Mandelsloh kam herein, sagte, sie wolle auch zuhören, und gab Sophie die Näharbeit für den Tag. Sogar in diesem wohlhabenden Haushalt wendete man Bettlaken und Kissenbezüge, so daß die Mitte an die Seite kam; dann hielten sie zehn Jahre länger. Sophie war einen Augenblick durch ihr Nadelbüchschen abgelenkt. – »Das haben Sie mir geschenkt, lieber Hardenberg!« – versank dann aber in Schweigen.

»›Die Eltern lagen schon und schliefen, die Wanduhr

schlug ihren einförmigen Takt, vor den klappernden Fenstern sauste der Wind; abwechselnd wurde die Stube hell vom Schimmer des Mondes. Der Jüngling lag unruhig auf seinem Lager, und gedachte des Fremden und seiner Erzählungen. Nicht die Schätze sind es, die ein so unaussprechliches Verlangen in mir geweckt haben, sagte er zu sich selbst; fernab liegt mir alle Habsucht: aber die blaue Blume sehn' ich mich zu erblicken. Sie liegt mir unaufhörlich im Sinn, und ich kann nichts anderes denken und dichten. So ist mir noch nie zu Muthe gewesen: es ist, als hätt' ich vorhin geträumt, oder ich wäre in eine andere Welt hinübergeschlummert; denn in der Welt, in der ich sonst lebte, wer hätte da sich um Blumen gekümmert, und gar von einer so seltsamen Leidenschaft für eine Blume hab' ich damals nie gehört. Wo eigentlich nur der Fremde herkam? Keiner von uns hat je einen ähnlichen Menschen gesehen; doch weiß ich nicht, warum nur ich von seinen Reden so ergriffen worden bin; die Anderen haben ja das Nämliche gehört, und Keinem ist so etwas begegnet.‹«

Die beiden Frauen wußten nicht recht, wieviel er noch vorlesen würde, und saßen wortlos mit ihren Näharbeiten im Schoß. Sophie war blaß, ihr Mund ganz zart rosa. Die Farbabstufung zwischen Gesicht und dem leicht geöffneten, weichen, frischen vollen blassen Mund war kaum angedeutet. So, als ob noch nichts bis zur eigentlichen Farbe oder vollen Kraft gekommen sei – immer abgesehen vom dunklen Haar.

Die Mandelsloh, die mit ungeteilter Aufmerksamkeit zugehört hatte, sagte: »Dies ist erst der Anfang der Geschichte. Wie wird sie enden?«

»Ich wünschte mir, daß Sie mir das sagen«, antwortete Fritz.

»Bis jetzt ist es nur ein Kindermärchen.«

»Dagegen ist doch nichts zu sagen!« rief Sophie.

»Warum kann der junge Mann nicht schlafen? Was meinen Sie?« fragte er sie drängend. »Ist es der Mond? Ist es das Ticken der Uhr?«

»Oh nein, das hält ihn nicht wach. Er bemerkt es nur, weil er nicht schläft.«

»Das ist wahr«, sagte die Mandelsloh.

»Aber hätte er gut geschlafen, wenn der Fremde nicht von der blauen Blume erzählt hätte?«

»Warum sollte ihm eine Blume wichtig sein?« fragte Sophie. »Er ist doch keine Frau, und ein Gärtner ist er auch nicht.«

»Oh, weil sie blau ist, und so etwas hat er noch nie gesehen«, sagte die Mandelsloh. »Flachs wohl und Leinenblüten, Vergißmeinnicht und Kornblumen, aber das sind gewöhnliche Blumen; sie haben mit der Sache nichts zu tun; die blaue Blume ist ganz anders.«

»Bitte, Hardenberg, wie heißt die Blume?« fragte Sophie.

»Einst wußte er das«, sagte Fritz. »Man hat ihm den Namen genannt, aber er hat ihn vergessen. Er würde sein Leben geben, wenn er sich nur erinnern könnte.«

»Er kann nicht schlafen, weil er allein ist«, fuhr die Mandelsloh fort.

»Aber im Haus sind doch viele«, sagte Sophie.

»Aber in seinem Zimmer ist er allein. Er sehnt sich nach einem lieben Gesicht auf dem Kissen.«

»Meinen Sie das auch?« wendete Fritz sich an Sophie.

»Sicher würde ich gern wissen, wie es weitergeht«, sagte sie zögernd.

Er sagte: »Wenn eine Geschichte damit anfängt, daß man

etwas findet, muß sie damit aufhören, daß man etwas sucht.«

Sophie hatte nicht viele Bücher. Sie besaß ein Gesangbuch, ein Neues Testament und eine mit einer Schleife zusammengebundene Liste aller Hunde, die die Familie je besessen hatte; manche davon waren allerdings schon so lange tot, daß sie sich nicht mehr an die Tiere erinnern konnte. Nun stellte sie das Einleitungskapitel der Geschichte von der blauen Blume dazu. Es trug Karoline Justs Handschrift, denn sie machte alle Abschriften für Fritz.

»Söphgen hört gern erzählen«, schrieb Fritz in sein Notizbuch. »Sie will sich nicht durch meine Liebe geniren lassen. Meine Liebe drückt sie oft. Sie denkt mehr über andre, als über sich nach. Aber sie ist kalt durchgehends.«

»Was ich über sie geschrieben habe, ergibt keinen Sinn«, sagte er zur Mandelsloh. »Eines widerspricht dem anderen. Ich möchte Sie bitten, eine Schilderung Sophies zu schreiben, da Sie sie ihr Leben lang schon kennen – ein Porträt von ihr, gesehen mit den Augen der Schwester.«

»Ausgeschlossen!« sagte die Mandelsloh.

»Verlange ich zu viel von Ihnen?«

»Viel zu viel.«

»Führen Sie kein Tagebuch?«

»Und wenn schon? Sie führen Tagebuch, aber könnten Sie Ihren Bruder Erasmus beschreiben?«

»Der beschreibt sich selbst«, sagte Fritz. Sein Kummer blieb. Im ganzen Haus gab es kein auch nur annehmbares Bild von Sophie, nur eine jammervolle Miniatur, auf der ihre Augen hervorquollen wie Froschaugen oder wie Fichtes Augen. Nur das Haar, das widerspenstig über ein weißes Musselinkleid fiel, war sehenswert. Diese Miniatur brachte die ganze Familie, Sophie allen voran, zu schallendem Lachen.

Fritz fragte den Hausherrn, ob er einen Maler suchen dürfe, der ins Haus käme und auf seine, Fritzens, Kosten ein Bild von Sophie male, wie sie wirklich sei. Er müsse wohl ein paar Tage bleiben, um Skizzen zu machen, aber das Porträt würde er in seinem Studio malen.

»Ich sehe voraus, daß das Ganze am Ende auf meine Kosten geht«, sagte Rockenthien am Abend zu seiner Frau. »Ich bin mir nicht sicher, ob Hardenberg im Augenblick überhaupt etwas verdient.« Er selbst hatte auch nie Geld verdient, außer seinem unregelmäßig gezahlten Sold als Infanteriehauptmann. Aber er war natürlich mit einer Frau verheiratet, die über ein ansehnliches Vermögen verfügte.

30. KAPITEL
Sophies Bildnis

Fritz wollte einen jungen Maler finden. Er brauchte einen, der mit dem Herzen malte, und entschied sich für den von Severin empfohlenen Joseph Hoffmann aus Köln.

Hoffmann kam im Spätsommer nach Grüningen, als die Straßen und das Abendlicht noch gut waren; er trug seinen Rucksack, ein Necessaire, Reisetasche, Pinsel und Zeichenmappe. Sechs Thaler Honorar sollte er bekommen, die Fritz sich durch den Verkauf einiger seiner Bücher verschaffen wollte. Fritz selbst war nicht in Grüningen, da er sich unmäßig harte Arbeit aufgeladen hatte, wollte aber so bald wie möglich kommen. Der Maler war nicht pünktlich, weil die Extrapost Verspätung hatte. Die Familie Rockenthien saß schon beim Essen. Alle wurden vorgestellt, aber es war ihnen nicht eingefallen, mit dem Essen auf ihn zu warten.

Die Suppen waren schon serviert worden: eine aus Bier, Zucker und Eiern, eine aus Hochrippe und Zwiebeln, eine aus Brot und Krautwasser, eine aus Kuheuter mit Muskat. Es gab Pfannkuchen mit Bucheckernöl, eingelegte Heringe und Gänse in Sirupsoße, hartgekochte Eier und viele Klöße. Gefährlich wäre es – darin wenigstens wußten sich alle Ärzte in Deutschland einig –, nicht jederzeit einen gefüllten Magen haben.

Guten Appetit!

Ein hochgetürmter Berg Pellkartoffeln, die lange Dampfschwaden hinter sich herzogen, wurde mitten auf den Tisch gestellt, so daß jeder von seinem Platz aus mit der silbernen Gabel zustechen und Kartoffeln aufspießen konnte. Der Berg wurde schnell zur Ruine, wie von einer Lawine überrollt.

»Ich will nicht, daß Sie mich jetzt ansehen, Herr Maler«, rief Sophie über den Tisch. »Mustern Sie mich jetzt nicht, ich will mir gerade den Mund vollstopfen.«

»Gnädiges Fräulein, so etwas würde ich niemals in den ersten Minuten einer Bekanntschaft tun«, sagte Hoffmann ruhig. »Jetzt schaue ich nur in die Runde und schätze die Anwesenheit oder Abwesenheit von echter Beseelung im Ausdruck aller hier am Tisch Sitzenden ein.«

»Ach Gott, Sie werden wohl auch nicht oft ein zweites Mal zum Essen eingeladen, denke ich mir«, sagte die Mandelsloh.

»Merken Sie sich meinen Rat«, sagte Herr Rockenthien, während er sich vorbeugte, um sich Kartoffeln zu holen. »Dies ist meine ältere Stieftochter. Geben Sie ihr nie Widerworte, auch wenn Sie sich durch etwas, was sie sagt, gekränkt fühlen.«

»Warum sollte ich gekränkt sein? Ich kann mir denken, daß die Frau Leutnant sehr wahrscheinlich Künstler nicht gewohnt ist.«

»Wir kennen Hardenberg«, sagte die Mandelsloh. »Er ist Dichter, was ziemlich dasselbe wie Künstler ist. Und es stimmt: An ihn haben wir uns noch nicht gewöhnt.«

Der Hausherr und seine Frau stammten beide vom Land. Der Maler Joseph Hoffmann war in Köln in einer engen Gasse geboren und aufgewachsen. Sein Vater war Damenschuster gewesen, aber dem Alkohol verfallen, und hatte all sein früheres handwerkliches Geschick verloren. Hoffmann war als ganz armer Student an die Dresdner Akademie gekommen, und viel mehr war er immer noch nicht; seinen Lebensunterhalt verdiente er sich mit Sepiazeichnungen von Fernsichten und Flußbiegungen mit brav grasenden Kühen. Nach seinen Ausflügen aufs Land ging er immer schleunigst wieder zurück in die vertraute, drangvolle, klebrige Enge seiner Heimatstadt. Hier auf Schloß Grüningen fühlte er sich fremd. Solche Riesenportionen konnte er nicht vertilgen, er hatte sich das nie angewöhnt, und er konnte sich von den meisten Leuten am Tisch kein Bild machen. Aber er ließ sich dadurch nicht verdrießen. Jetzt ist meine Zeit gekommen, dachte er, und ich werde meine Chance wahrnehmen. Die Welt wird sehen, was ich schaffen kann.

Er hatte beschlossen, Fräulein Sophie zu malen, wie sie in der Sonne stand, gerade am Ende der Kindheit, an der Schwelle zu Glück und Erfüllung des Frauenlebens; die Mandelsloh, ihre Schwester, eine Soldatenfrau und wahrscheinlich bald Witwe, sollte auch auf dem Bild erscheinen, im Schatten sitzend, Opfer des Frauenloses. Er wollte die beiden bitten, ihm neben einem der vielen kleinen Gedenksteine für einheimische Grundbesitzer und Wohltäter Modell zu stehen; er hatte auf seinem Weg nach Grüningen gesehen, daß solche Steine überall am Wegrand standen. Sie dienten als Grenzmarkierungen, und das Vieh rieb sich an ihnen. Die Buchstaben auf dem Denkmal würden zu sehen sein, aber das Licht sollte sie so treffen, daß man sie nur undeutlich erkennen konnte. Diese Ideen stürmten mit der Gewalt einer dichterischen Vision auf ihn ein, so daß er Messer und Gabel beiseite legen mußte und ganz deutlich, ohne die mindeste Beziehung auf die lauten Stimmen rings um ihn, sagte:

»Ja, hier, genau hier.«

»Wo?« fragte Frau Rockenthien, die in ihm noch ein weiteres Objekt ihres Mitgefühls sah.

»Ich würde Ihre beiden Töchter gern neben einer Quelle malen – auf Steinstufen sitzend – auf zerbrochenen, verwitterten Steinen. In der Ferne ahnt man das Meer.«

»Wir sind ziemlich weit vom Meer entfernt«, sagte Rockenthien skeptisch. »Fast dreihundert Kilometer, würde ich schätzen. Strategisch gesehen ist das immer ein Problem für uns gewesen.«

»Strategie interessiert mich nicht«, sagte der junge Maler. »Blutvergießen interessiert mich nicht. Davon abgesehen, was fällt Ihnen noch zum Meer ein?«

Aber keinem der Anwesenden fiel irgend etwas ein, außer vielleicht Salzwasser. Allerdings hatte auch niemand von ihnen das Meer mit eigenen Augen gesehen, bis auf Rockenthien, der einmal mit dem Hannoveraner Regiment in Ratzeburg stationiert gewesen war. Frau Rockenthien sagte friedfertig, als sie jung gewesen sei, habe die Seeluft als sehr ungesund gegolten, aber was die Doktoren heute dazu meinten, das wisse sie nicht genau.

31. KAPITEL
Ich konnte sie nicht malen

Der gesamte Haushalt fragte sich, wie man Sophie dazu bringen solle, so lange wie nötig stillzusitzen. Dem Miniaturmaler, einem ältlichen Verwandten, hatte sie gar nicht sitzen müssen, er hatte sich damit begnügt, ihren Schatten auf einem weißen Karton zu umreißen. Hoffmann dagegen machte nur ein paar flüchtige Skizzen – Fräulein von Kühn in schnellem Lauf, Fräulein von Kühn, Milch aus einem Krug gießend. Im Anschluß daran schien er in eine Art Trance zu fallen und verbrachte viel Zeit in seinem Zimmer.

»Ich wünsche mir von Herzen, Hardenberg wäre hier«, sagte Rockenthien. »Dieser Maler ist uns willkommen, und ich meinte, wir hätten gut daran getan, ihm einen der Trokkenräume im Dachgeschoß als Studio zu geben, und doch kommt er mir nicht so vor, als ob er sich zu Hause fühlte. Aber für diese Dinge sind die Frauen zuständig.« Mit den »Frauen« meinte er natürlich die Mandelsloh, doch sie hatte wenig Geduld mit Hoffmann. »Ich nehme an, er hat sein Handwerk gelernt, so wie ein Flickschuster gelernt hat, Schuhe auszubessern und ein Soldat, seine Feinde zu erschießen. Soll er doch seine Stifte und Pinsel auspacken und an die Arbeit gehen.«

»Ja, aber vielleicht kann er keine Ähnlichkeit zustande bringen«, sagte Rockenthien. »Da ist ein Kniff dabei, weißt du. Das kann man nicht lernen, dazu muß man geboren sein. Damit haben diese Kerle – Dürer, Raffael, alle die Kerle eben – damit haben die ihr Geld gemacht.«

»Bis jetzt hat Hoffman noch nicht viel Geld gemacht, glaube ich«, sagte die Mandelsloh skeptisch.

»Das ist ja der Kniff. Sie haben viel mehr Geld, als sie zugeben, das heißt, wenn sie die Ähnlichkeit zustande bringen.«

Sophie hatte Mitleid mit Hoffmann, und da sie wie ihre Mutter von Natur aus dazu neigte, Trost zu spenden, ließ sie sich alle Zeichnungen zeigen, die er in seiner Mappe mitgebracht hatte, und lobte eine nach der anderen, denn sie hielt die Zeichnungen wirklich für Wunderwerke. Schließlich seufzte Hoffmann: »Sie haben sicherlich auch Zeichnen gelernt, gnädiges Fräulein. Sie müssen mir zeigen, was Sie gemacht haben.«

»Nein, das werde ich nicht tun«, sagte Sophie. »Ich habe alles zerrissen, sowie der Zeichenlehrer fort war.«

So dumm ist sie gar nicht, dachte Hoffmann.

Sophies Tagebuch:

Dienstag, 11. August

Heude morchen kam der Maler nicht zum Frühstück. Meine Mutter schickte ihm einen Hausdiener mit dem Kaffee hinauf, aber er sagte durch die Tür, nämlich er bitte um Erlaubis zum Denken.

Mittwoch, 12. August

Wir haben angefangen, Himbeeren einzumachen.

Donnerstag, 13. August

Heude war heiß und Donner und nichts viel vor und Hardenberch kam nicht.

Freitag, 14. August

Heude kam niemand und es viel gar nichts vor.

Samstag, 15. August

Der Maler kam nich herunter und trank nicht Schnaps mit uns.

Sonntag, 16. August

Der Maler ging nicht mit uns in die Kierge.

Montag, 17. August

Mein Stiefvater sagte, ist der Maler der Kerl noch oben, wollen wir hoffen, daß er keine von den Mägden bei sich im Bett hat.

Begierig, zu sehen, ob das der Fall war, verschaffte George sich eine Leiter aus den Ställen und legte sie unter dem Fenster des Malers an, das offenstand, um jeden etwaigen Windhauch einzulassen. So etwas wäre in Weißenfels unvorstellbar gewesen. Andererseits hätte George, im Gegensatz zum Bernhard, niemals das Gepäck eines Gastes durchsucht.

Ein Stallbursche bekam den Auftrag, die Leiter zu halten, und George kletterte hinauf. »Kannst du was sehen?« brüllte der Bursche, mit dem George meistens gemeinsame Sache machte.

»Ich weiß nicht, es ist dunkel da drin. Halt fest, Hansel, ich glaube, ich kann die Bettfedern quietschen hören.«

Aber Hänsel verlor die Nerven und hielt die Leiter nicht fest. Sie kippte seitwärts, zuerst langsam, dann aber beängstigend schnell. George schrie um Hilfe, sprang geistesgegenwärtig ab, fiel jedoch mit dem Hinterkopf aufs Pflaster. Die Messingknöpfe an seinen Rockschößen klirrten auf den Steinen, und einen Moment später prallte sein Kopf heftig auf wie ein nicht bestelltes Paket. Er hatte Glück und brach sich nur das Schlüsselbein, aber er war nicht dabei, als der Maler am nächsten Tag Schloß Grüningen verließ. Als Hoffmann ganz verloren in der Diele wartete, wieder mit Reisetasche, Zeichenmappe, Pinseln und Necessaire, wurde er von Rockenthien mit ungekünstelter Freundlichkeit verabschiedet. Dieser sagte: »Es tut mir leid, daß Sie es unmöglich fanden, mehr zu tun, Herr Maler. Sie müssen mir gestatten, Sie für den Zeitaufwand zu entschädigen.«

»Nein, nein, mein Auftrag kam von Hardenberg, und ich werde ihm alles erklären. Wie auch immer«, fügte er energisch hinzu, »Sie dürfen nicht denken, ich sei mittellos.«

Damit sah Rockenthien sich in seiner Überzeugung bestätigt, daß Maler den einen oder anderen Kniff wissen, und ihm war wieder wohler. »Es tut mir leid, daß Sie so häufig droben bleiben mußten. Aber man hat Ihnen alles hinauf geschickt, was Sie brauchten, he? Man hat Sie beköstigt, he?«

»Ich habe alle erdenkliche Gastfreundschaft genossen«, sagte Hoffmann. »Ich möchte dem jungen Herrn George eine baldige Genesung wünschen.«

George war bald wieder wohlauf, aber wütend, daß, während er im Bett liegen mußte, Hänsel vom Oberkutscher ausgiebige Prügel bezogen hatte und entlassen werden sollte. Gegen die Entscheidungen des Oberkutschers wagte niemand, und der Hausherr schon gar nicht, Einwände zu erheben. »In diesem Haus herrscht keine Gerechtigkeit!« schrie George. »Dieser Künstler hat überhaupt kein Bild von meiner Schwester zustande gebracht, und trotzdem hört er nichts als Komplimente. Und Hänsel hat doch nur getan, was ihm befohlen war.«

»Niemand hat ihm befohlen, die Leiter loszulassen«, sagte der Hausherr.

Weißenfels lag auf Hoffmanns Heimweg nach Dresden. Obwohl er kein Freund des Alkohols war, spürte er zu diesem

Zeitpunkt das Bedürfnis nach einem stärkenden Trunk, und als die Extrapost hielt, stieg er aus und ging in den Wilden Mann, wo er Fritz vorfand. Das habe ich eigentlich nicht gewollt, dachte er, aber irgendwann muß ich wohl eine Erklärung abgeben. Fritz umarmte ihn. »Der Porträtmaler!«

»Ich kam hierher, weil ich glaubte, Sie würden sich, wenn Sie überhaupt in Weißenfels wären, in Ihrem Haus aufhalten, aber nicht hier; ich hätte es nicht fertiggebracht, Ihnen gegenüberzutreten.«

»Machen Sie kein so unglückliches Gesicht, Hoffmann, Sophie selbst, niemand Geringerer, hat mir schon eine Nachricht geschickt, und ich weiß, daß Sie das Porträt nicht vollendet, nicht einmal begonnen haben. Soll ich Schnaps holen lassen?«

»Nein, nein, ein Glas einfaches Bier, wenn Sie so gütig sein wollen.« Hoffmann trank nie etwas Starkes, aus Angst, so zu enden wie sein Vater.

»Also, reden wir. Sie haben sicherlich ein paar Skizzen gemacht?«

»Das habe ich, und sie gehören Ihnen, wenn Sie wollen, aber zufrieden bin ich nicht.«

»Offenbar ist es nicht leicht, meine Sophie zu zeichnen. Aber kennen Sie den Kupferstich von Raffaels Selbstporträt im dritten Band von Lavaters *Physiognomie*?«

»Ja, den kenne ich.«

»Und finden Sie nicht, daß Raffael ein Abbild meiner Sophie ist?«

»Nein«, sagte Hoffmann. »Mit Ausnahme der Augen, die in beiden Fällen dunkel sind, gibt es kaum Ähnlichkeiten.« Seine Gedanken beruhigten sich, als er sein fades Einfaches trank, das wie Kochwasser von Bohnen schmeckte.

»Hardenberg, ich hoffe, Sie zweifeln nicht an meinem

Können. Ich habe acht Jahre in Dresden studieren müssen, bevor ich in die Klasse aufgenommen wurde, in der man nach dem Leben malt. Aber die Wahrheit ist, daß ich an Fräulein von Kühn gescheitert bin. Zuerst habe ich mich mit der Szenerie, dem Hintergrund, beschäftigt, aber der war mir sehr bald nicht mehr wichtig. Das gnädige Fräulein gab mir Rätsel auf.«

»Den Künstler rechtfertigt seine Empfindung«, sagte Fritz. »Das muß immer wahr sein, denn Kunst und Natur gehorchen denselben Gesetzen.«

»So ist es. Reine Empfindungen können nie im Widerspruch zur Natur stehen. Nie!«

»Ich selbst verstehe Söphgen auch nicht ganz«, fuhr Fritz fort. »Deshalb brauchte ich ja ein gutes Porträt von ihr. Aber vielleicht hätten wir nicht erwarten sollen, daß Sie –«

»Oh, ich sehe sofort, was sie ist«, fiel Hoffmann ihm rücksichtslos ins Wort. »Eine anständige, gutherzige sächsische Jungfer, genährt von Kartoffeln, im Blütenschimmer ihrer dreizehn Sommer und der derberen Glut ihrer dreizehn Winter.« Er ließ Fritz, der zum Protest ansetzte, gar nicht zu Wort kommen oder überhörte ihn vielleicht einfach, weil er wie besessen war von dem Wunsch, verstanden zu werden. »Hardenberg, in jeder Kreatur, ob sie nun lebendig ist oder unbeseelt, wie wir üblicherweise sagen, wohnt ein Streben, sich mitzuteilen, auch bei den vollkommen stummen Dingen ist es so. Da wird eine Frage gestellt, von jeder Entität eine andere, eine Frage, die von den meisten nicht in Worte gefaßt wird, selbst dann nicht, wenn sie sprechen können. Diese Frage wird unaufhörlich gestellt, meist allerdings kaum merklich, ganz schwach nur, wie eine Kirchenglocke von fern her über Wiesen und Felder läutet. Der Maler tut am besten daran, nach einem Blick die Augen zu schließen, die körperlichen, nicht die Augen des Geistes, damit er diese Frage deutlicher hören kann. Sie müssen gelauscht haben, Hardenberg, um Fräulein Sophies Frage zu hören, Sie müssen sich angestrengt haben, sie zu verstehen, auch wenn sie selbst ihre eigene Frage nicht kennt, was ich fast annehme.«

»Ich versuche, Sie zu verstehen«, sagte Fritz.

Hoffmann legte die Hand ans Ohr, für einen jungen Mann eine sehr merkwürdige Gebärde.

»Ich konnte ihre Frage nicht hören, und deshalb konnte ich sie nicht malen.«

32. KAPITEL
Nach Innen geht der Weg

Fritz wagte es nicht, den Maler in die Klostergasse mitzunehmen, denn dort würde dieser mit Sicherheit den Eltern etwas über Sophie sagen. Es blieb nichts anderes übrig, er mußte ihn im Wilden Mann verabschieden, als die Extrapost nach Köln abfuhr.

Er wollte nicht sofort nach Hause gehen, sondern wanderte ein Stück aus der Stadt hinaus und ging auf den Kirchhof, den er gut kannte. Inzwischen war der Spätnachmittag dem Ende nah, ein zartes Blau über lichtem Gelb in der leuchtenden Klarheit des nördlichen Himmels, dessen Durchsichtigkeit sich steigerte, als wolle sie in Offenbarung enden.

Das Tor zum Kirchhof war eine große eiserne Pforte mit verschnörkelten Goldbuchstaben. Die Gemeinde Weißenfels hatte sich dazu aufschwingen wollen, auch eine eiserne Umzäunung anzuschaffen, aber vorläufig war das Tor an

Holzlatten befestigt, die schlecht und recht den Zweck erfüllten, die Kühe im Garten des Pfarrers von den Gräbern fernzuhalten. Knietief im pastoralen Misthaufen stehend, betrachteten sie die Passanten ohne Neugier. Fritz ging zwischen den Grashügeln, die jetzt mitsamt den grünen, von Bäumen gesäumten Friedhofspfaden im aufsteigenden Nebel fast verschwanden. Wie auf den meisten Friedhöfen lagen vergessene Gegenstände herum – eine eiserne Leiter, ein Picknickkorb, sogar ein Spaten, so als ob an einem solchen Ort die Arbeit nie aufhörte und immer unterbrochen werden könnte. Die Kreuze aus Eisen und Stein schienen aus der Erde herauszuwachsen, und die kleineren sahen aus, als strengten sie sich an, so groß zu werden wie die anderen. Daß der Friedhof, ein Ziel für Sonntagsspaziergänge mit der Familie, ganz verwahrlost wäre, konnte man nicht sagen; aber gut gepflegt war er auch nicht. Es gab Unkraut und ein paar Gänse. Stechmücken von den Misthaufen und vom Gottesacker vereinten sich in der schweren stickigen Luft zu gewaltigen Wolken.

Das Stampfen und Schmatzen der Pfarrkühe war noch in den fernsten Ecken des Friedhofs zu hören, dort, wo die Gräber und die noch ungenutzten Plätze zwischen ihnen, nun durch den Nebel voneinander abgetrennt, zu dunkelgrünen Inseln, dunkelgrünen Meditations-Kammern geworden waren. An einer solchen Stelle, ziemlich dicht vor Fritz, stand im Halbdunkel ein junger Mann, fast ein Knabe noch, mit gesenktem Kopf, weiß, still und sprachlos wie ein Grabmal. Sein Anblick war tröstlich für Fritz, denn er wußte, daß der junge Mann lebendig und doch kein menschliches Wesen war, und er wußte auch, daß im Augenblick keine Schranke zwischen ihnen stand.

Er sagte laut: »Die Außenwelt ist die Schattenwelt. Sie

wirft ihren Schatten in das Lichtreich. Wie ganz anders wird es uns dünken, wenn diese Verfinsterung vorbei und der Schattenkörper hinweggerückt ist. Ist denn das Weltall nicht *in uns*? Nach Innen geht der Weg, immer nach Innen.«

Als er wieder in der Klostergasse war und unbedingt jemandem erzählen wollte, was er gesehen hatte, fragte Sidonie ihn sofort, wer der Mann gewesen sei, der im Wilden Mann mit so viel Emphase auf ihn eingeredet habe – Gottfried habe es gesehen – ach so, der arme Maler war das! – Warum arm? fragte Fritz. Gottfried glaubte Tränen in seinen Augen gesehen zu haben. »Und, hat er das Porträt gemalt?« fragte Erasmus. »Nein«, sagte Fritz, »er hat es nicht geschafft.« Fritz hatte sich nach Kräften bemüht, Erasmus zu verzeihen. Unter normalen Umständen sprachen sie nicht mehr über Sophie. Er betrachtete seinen Bruder als einen hartnäckigen Heiden.

»Gibt es keine Skizzen?« fragte Sidonie.

»Doch, ein paar«, teilte Fritz mit. »Aber sie sind nur wie flüchtige Notizen – ein paar Linien, eine Haarwolke. Er erklärt, sie sei nicht zu zeichnen. Was mir Kummer macht, ist mein Ring, der sollte doch eine verkleinerte Kopie des fertigen Porträts in sich tragen. Jetzt muß ich mich mit der verunglückten Miniatur zufrieden geben.«

»Du kannst diesen Ring wohl nicht in Ruhe lassen«, sagte Bernhard, der nach der Schule auf leisen Sohlen hereingekommen war. »Immer graviert und neu graviert. Schlicht wäre er viel besser.«

»Du hast ihn doch gar nicht gesehen«, sagte Sidonie. »Niemand von uns hat ihn gesehen.« Sie lächelte ihren ältesten Bruder an. »Ich habe das Gefühl, eigentlich bist du gar nicht so traurig, daß deine Sophie nicht zu zeichnen ist.«

Sidonie dachte besorgt über Gottfried nach. Es konnte sein, daß man ihn nach dem Fremden im Wilden Mann fragte, und wenn das geschah, wäre es ihm unmöglich, dem Freiherrn etwas anderes als die Wahrheit zu sagen. Aber schließlich wußte Gottfried nicht, daß der Mann, den er gesehen hatte, ein Maler war; und Sidonie beruhigte sich auch mit der Überlegung, daß ihr Vater sich nie auf zwei verschiedene Dinge gleichzeitig konzentrieren konnte. Kürzlich hatte er, zur Erleichterung der Mutter, die *Leipziger Zeitung* wieder im Haus zugelassen. Im Augenblick war er begierig zu hören, wieviel Fritz bei seinen Besichtigungen der Salinen und Salzsiedereien von Artern gelernt hatte; danach wollte er über Buonaparte diskutieren oder eigentlich seine Meinung sagen: Er war der Ansicht, daß der Korse im großen und ganzen Anzeichen von Sachverstand verriet. Diese Vorhaben mußten mindestens die Zeit bis morgen ausfüllen.

Fritz ging durch das schäbige, dunkel glänzende Haus; die Klänge der abendlichen Kirchenlieder tönten trotz geschlossener Türen aus dem Küchentrakt. Erst zu seiner Mutter und dem kleinen, vom Sommerfieber schattenhaft schmalen Christoph. »Geht es dir gut, Fritz? Brauchst du irgend etwas? Bist du glücklich?« Er hätte sie gern gebeten, ihm etwas zu geben oder zu erzählen, aber ihm fiel nichts ein. Sie fragte ganz unvermutet: »Verbirgst du deinem Vater etwas?« Fritz nahm ihre Hand. »Du mußt mir vertrauen, Mutter! Ich werde ihm alles erzählen – das heißt, alles, was –« Mit ganz ungewohnter Energie rief sie aus: »Nein, um Himmels willen, tu das nicht, was es auch sei!«

33. KAPITEL
In Jena

Bevor er ernsthaft mit der Arbeit begann, und nachdem er sich in Artern vergewissert hatte, was ihn erwartete, besuchte Fritz seine Freunde in Jena. Die knapp fünfzig Kilometer bis dorthin konnte der Gaul bewältigen, wenn auch ohne Begeisterung. Er habe sich ja schon seit Jahrhunderten nicht mehr sehen lassen, hatte Caroline Schlegel gesagt.

»Wir wollen hoffen, daß wir ihn so wie früher schon reden hören, bevor er um die Ecke kommt und in die Grammaischestraße einbiegt, daß er etwas über das Absolute sagt«, meinte Dorothea.

Johann Ritter, wieder wie so häufig Gast in ihrem Haus, erinnerte sie daran, daß man Hardenberg nicht mit gewöhnlichen Maßstäben messen könne, auch nicht mit denen Jenas, wo angeblich fünfzehn von zwanzig Einwohnern Professoren waren. »Für ihn gibt es keine Schranken zwischen dem Gesehenen und dem Ungesehenen. Die gesamte Existenz löst sich in Mythos auf.«

»Aber das ist ja das Problem«, unterbrach Caroline ihn. »Natürlich hat er immer gesagt, daß die Welt mit jedem Tag der Unendlichkeit näher komme. Und jetzt hören wir, daß er sich für Salzgewinnung, Salzraffinerien und Braunkohle interessiert, aber die läßt sich nicht in Mythos auflösen – und wenn er sich noch so viel Mühe gibt.«

»Sogar Goethe hat es verstanden, ein Silberbergwerk für den Herzog von Sachsen-Weimar zu verwalten«, sagte der Ehemann.

»Mit sehr wenig Erfolg. Goethes Bergwerk ging bankrott. Ich glaube allerdings, daß Hardenberg das seine geschickt leiten wird, und das kann ich ihm nicht verzeihen.

Enfin wird er ganz und gar merkantilistisch werden. Er wird die Nichte des Kreisamtmanns heiraten und eines Tages selbst Kreisamtmann sein.«

»Es tut mir leid, daß er sich zum Gespött macht«, sagte Ritter.

»Das hängt nicht mit seiner Philosophie, nicht einmal mit seiner Salz-Manie zusammen. Das kommt nur, weil er so große Hände und Füße hat«, sagte Caroline. »Wir alle lieben ihn.«

»Von Herzen lieben wir ihn«, sagte Dorothea.

In Jena wandelten die Freunde im Herbst in den Kiefernwäldern oberhalb der kleinen Stadt oder im Paradies, wie man in Jena den Treidelpfad am Saaleufer nannte. Manchmal konnte man Goethe, der häufig den Sommer hier verbrachte, traumverloren im Paradies spazieren sehen, die Hände auf dem Rücken. Er war nun sechsundvierzig Jahre alt und wurde von den Damen Schlegel »die alte göttliche Excellenz« genannt. Goethe wich großen Gesellschaften gern aus. Sobald er näher kam, teilten Gruppen sich geschickt auf, bevor er sie begrüßen mußte. Fritz hielt sich im Hintergrund, er wollte die Aufmerksamkeit eines so großen Mannes nicht auf sich lenken.

»Und dabei haben Sie so viel zu sagen«, erklärte Caroline ihm. »Sie könnten sich als ein junger Mensch, ein kommender Dichter, an ihn wenden, an diesen Mann, der fast unzerstörbar scheint.«

»Ich kann ihm nichts zeigen, was gut genug wäre.«

»Macht nichts«, sagte sie. »Sie können sich mit mir unterhalten, Hardenberg. Erzählen Sie mir vom Salz.«

Die musikalischen Abende und die *conversazione* in Jena zogen viele Leute an, aber nicht jeder sagte brillante Dinge oder auch nur irgend etwas. Manche Gäste standen verlegen herum, sie wußten zwar genau, daß sie eingeladen waren, aber nicht, ob man sich nun, da sie der Einladung gefolgt waren, ihrer Namen erinnerte.

»Dietmahler!«

»Hardenberg! Ich habe dich gleich daran erkannt, wie du ins Zimmer kamst.«

»Wie komme ich denn in ein Zimmer?«

Dietmahler hatte wenig Lust zu sagen: Du siehst immer noch zum Lachen aus, und immer noch freuen sich alle, dich zu sehen. Die unüberwindbare Kluft zwischen Studententagen und den Zeiten, die ihnen folgen, war ihm schmerzhaft bewußt wie eine Wunde.

»Bist du jetzt Chirurg?« fragte Fritz ihn.

»Noch nicht ganz, aber bald. Du siehst, ich bin nicht aus Jena weggegangen. Meine Mutter lebt noch, aber ich habe keine jüngeren Brüder mehr und keine Schwestern.«

»Gott sei Dank, ich habe viele«, rief Fritz impulsiv aus. »Komm doch mit nach Weißenfels. Lieber Freund, komm zu Besuch zu uns.«

So traf es sich, daß Dietmahler die große Wäsche in Weißenfels mitansah und dem Freiherrn von Hardenberg ganz ehrlich erklärte, er wisse nichts davon, daß dessen Sohn sich mit einer jungen Frau aus der Mittelschicht oder überhaupt mit irgend einer Frau eingelassen habe.

34. KAPITEL
Das Gartenhaus

In Tennstedt hörte Karoline Just, daß die Rockenthiens Fritz zum Paten für Günther, das neue Baby, gebeten hatten. Sie dachte bei sich: »Sie versuchen, ihn mit eisernen Ketten zu binden.«

Erasmus, der ihr aus Hubertusburg schrieb, war ihr einziger Verbündeter. »Wie ich schon gesagt habe, will ich's zufrieden sein, daß ich mich mit viel weniger Raum in Fritzens Leben begnügen muß«, erklärte er ihr. »Jedenfalls rede ich mir ein, daß ich mich damit abgefunden habe. Aber nicht damit, daß er uns von einem gierigen Kleinkind weggenommen wird. Wenn Sophie von Kühn aber noch ein Kind ist, dann wird sie nicht treu, sondern veränderlich sein. Und doch gefällt mir auch dieser Gedanke nicht.«

Fritz kam wieder nach Tennstedt und ging in die Küche; er sagte, er sei nach dem Ritt über die sommerlichen Straßen zu staubig für das Vorderzimmer. »Wo ist der Kreisamtmann? Wo ist Frau Rahel?«

Ist es nicht ganz gleichgültig, wo sie sind? hätte Karoline am liebsten gefragt. So lange waren Sie fort, jetzt haben Sie Gelegenheit, mit jemandem zu sprechen, der Sie wirklich versteht. Haben Sie nicht gesagt, wir sind wie zwei gleich gerichtete Uhren? Laut sagte sie: »Die beiden sind in ihrem Gartenhaus. Ja! Es ist endlich fertig geworden.«

»Das muß ich sehen«, sagte Fritz. Er wusch sich Gesicht und Hände unter der Pumpe, aber als sie ihren Schal umlegte, fügte er mit großer Zartheit hinzu: »Liebe Justen, Sie dürfen nicht denken, ich hätte vergessen, worüber wir vor gar nicht so langer Zeit gesprochen haben.« Karoline dachte sehr wohl, er hätte alles oder das meiste davon vergessen.

Während er sich trockenrieb, wiederholte er dann: »Nie seufzt das Herz vergebens, Justen«, und sie wußte kaum, ob sie unglücklich sein sollte oder nicht. Im Mund hatte sie einen bitteren Geschmack, wie von den Wassern des Todes. Zwanzig Minuten würde sie ihn für sich haben auf dem Weg zum Garten, der am Stadtrand in »der Runde« lag. Er würde ihr seinen Arm reichen. Unterwegs würden sie immer wieder stehenbleiben und mit vielen Nachbarn und Bekannten ein paar Worte wechseln müssen. Alle würden sagen: »Ah, Herr Baron, wieder da aus Jena?« – »Ja, ich bin wieder da.« – »Wir freuen uns, daß Sie gesund geblieben sind; schön, daß Sie wieder hier sind.« Viele von diesen Leuten standen in Tennstedt morgens auf und gingen am Ende des Tages in Tennstedt zu Bett, und das ungefähr achtzehntausendmal alles in allem.

»Das tut gut«, sagten etliche von ihnen, »bei so schönem Wetter am Leben zu sein.«

Das Gartengrundstück der Justs war klein, aber schon bepflanzt, als sie es kauften, und jetzt voller Gemüse, Geißblatt und Centifolia-Rosen. Das Gartenhaus war von der üblichen Art, die man bei einem der beiden Zimmermeister in Tennstedt in Auftrag geben konnte; es war hübsch mit geschnitzten und vergoldeten Leisten verziert und trug einen anspruchsvollen Namen: *Der Garten Eden.*

Die beiden Justs saßen in einer Rauchwolke aus der Pfeife des Amtmanns Seite an Seite auf einer neuen Bank vor dem neuen Eingang. Für niemanden sonst war Platz. Auch das gehörte zum üblichen Bauplan eines Gartenhauses. Glücklich und halb erstickt vor lauter Hopfen-, Geißblatt- und Tabakaroma sahen sie auf die Runde hinaus.

»Heil, glückseliges Paar!« rief Fritz ihnen schon von fern entgegen.

Just war, wie er selbst wohl wußte, in der letzten Zeit fast vollständig in den Einzelheiten der Planung und Einrichtung aufgegangen. Er hatte Fritz nach Artern mitgenommen – das gehörte zur Ausbildung –, damit er beiden Parteien in einer Meinungsverschiedenheit zwischen zwei Vereinigungen von Salinenarbeitern zuhören konnte. Aber obwohl er Fritz eingeschärft hatte, sich sorgfältig Notizen zu machen, war er selbst voller Ungeduld immer wieder zur Frage der genauen Planung des Vorbaus zum Gartenhaus zurückgekehrt. In welchem Winkel würde er die meiste Morgensonne abbekommen? Nachmittagssonne mußte vermieden werden.

Sogar jetzt, als Rahel sich nach alten Freunden in Jena erkundigte (aber ganz ohne ihren früheren scharfen Unterton, wie Fritz fand), schnitt der Kreisamtmann wieder die Frage des Vorbaus an. Fritz hatte immer den Eindruck gehabt, Coelestin Just wisse, was Zufriedenheit, nicht aber, was Leidenschaft sei, und könne deshalb als ein glücklicher Mensch gelten. Nun sah er, wie sehr er sich geirrt hatte. Am Ende war gerade Unzufriedenheit das, was Just wirklich glücklich machte. Obwohl an dem Vorbau nun nichts mehr zu ändern war, wenn man nicht das ganze Gartenhaus abreißen und neu aufbauen wollte, würde er doch nie ganz zufrieden damit sein, nie aufhören, ihn im Kopf ständig umzubauen. Das Weltall ist eben in uns.

35. KAPITEL
Sophie ist kalt durchgehends

Sophie an Fritz – »... Ich habe Husten und Schnupfen aber mir scheint, es geht mir wieder gans gut, wenn ich Sie im Sinn habe. Ihre Sophie.«

Im Herbst 1795 stapfte Fritz nach Grüningen hinüber und fand Sophie ohne Beschwerden. Sie spielte mit Günther, der fürs erste offenbar nur glückliche Erfahrungen mit dem Leben gemacht hatte, denn er lachte alles an, was Menschengestalt hatte. »Er ist viel kräftiger als unser Christoph«, sagte Fritz in einem Anfall von Neid.

Günther tat nichts halb. Er hatte den Husten erwischt, der im Haushalt umging, aber er hob ihn für die Nacht auf, und dann hustete er bellend wie ein großer Hund, so daß es durch alle Korridore schallte.

»Ja, er lacht und hustet uns alle ohne Unterschied an«, sagte Fritz. »Und trotzdem fühle ich mich geschmeichelt, wenn ich an der Reihe bin. Es ist so sehr angenehm, sich selbst zu täuschen.«

»Hardenberg, warum haben Sie mir nicht geschrieben?« fragte Sophie.

»Liebes, liebes Söphgen, ich habe Ihnen diese Woche jeden Tag geschrieben. Am Montag schrieb ich, Ihnen zu erklären, warum die Welt, obschon sie von Gott geschaffen ist, doch keine reale Existenz hat, bis wir sie begreifen.«

»Dann ist das ganze heillose Durcheinander unser eigenes Werk«, sagte die Mandelsloh. »Wie kann man so etwas einem jungen Mädchen erzählen.«

»Was mit dem Körper zu tun hat, ist nicht unser Werk«,

sagte Sophie. »Ich habe Schmerzen in der linken Seite, und die sind nicht mein Werk.«

»Nun gut, klagen wir uns gegenseitig etwas vor«, sagte Fritz, aber die Mandelsloh erklärte, ihr gehe es immer gut. »Wußten Sie das? Hier sind sich alle einig, daß ich zum Gesundsein geboren bin. Mein Mann ist sich dessen ganz gewiß und alle hier im Haus ebenfalls.«

»Warum sind Sie nicht eher gekommen, Hardenberg?« fragte Sophie.

»Ich muß jetzt sehr hart arbeiten«, erklärte er ihr. »Wenn wir je heiraten wollen, muß ich mich anstrengen. Ich sitze jede Nacht über meinen Büchern.«

»Aber warum lesen Sie so viel? Sie sind doch kein Student mehr.«

»Wenn er einer wäre, würde er nicht lesen«, sagte die Mandelsloh. »Studenten lesen nicht, Studenten trinken.«

»Warum trinken sie?« fragte Sophie.

»Weil sie sich nach der ganzen Wahrheit sehnen«, sagte Fritz, »und das bringt sie zur Verzweiflung.«

Günther, der fast eingeschlafen war, wurde wieder ganz wach und erhob Protest.

»Was würde es sie kosten, die ganze Wahrheit zu wissen?« fragte Sophie.

»Das können sie nicht abschätzen«, sagte Fritz, »aber sie wissen, daß sie Trunkenheit für drei Groschen haben können.«

Sie ist dreizehn, sie wird vierzehn, fünfzehn, sechzehn werden. Das braucht Zeit. Man könnte sagen, Gott habe seine Uhr angehalten. Aber sie ist so kalt, *kalt* durchgehends.

36. KAPITEL
Hofrat Dr. Ebhard

In Grüningen fragte die Mandelsloh, als Fritz gegangen war, warum Sophie die Schmerzen in ihrer linken Seite erwähnt habe.

»Du hast mir doch gesagt, du würdest nichts davon erzählen.«

»Er soll es nicht wissen«, sagte Sophie ernst.

»Und warum hast du dann davon angefangen?«

»Nur weil es mir Freude machte, davon zu reden, solange er da war. Er hat nicht darauf geachtet, weißt du, Frieke, ich habe gelacht, und deshalb hat er nichts gemerkt.«

Anfang November hatten die Schmerzen sich noch nicht gebessert. Es war Sophies erste ernste Krankheit, sogar ihre erste Krankheit überhaupt. Zuerst meinten sie, es sei besser, Fritz nicht zu benachrichtigen, aber als er am 14. November mittags zu Justs kam, brachte ihm das Dienstmädchen Christel den Kaffee und die Nachricht, daß draußen ein Bote auf ihn warte. Der Bote kam aus Grüningen. Christel sah das mit gemischten Gefühlen, denn sie wollte den jungen Freiherrn um jeden Preis im Haus behalten. Er war zu ihnen gekommen, und nun, fand sie, gehöre er ihnen, oder eigentlich ihr.

»Zuerst erschrak ich nicht sonderlich«, schrieb Fritz an Karl, »aber als ich hörte, sie wäre krank – meine Philosophie wäre krank –, da gab ich Just Nachricht (wir waren gerade bei der Rechnungsabnahme) und ohne mich weiter zu erkundigen, lief ich fort und zur Stadt hinaus nach Grüningen.«

»Was soll ich denn Fräulein Karoline sagen?« hatte Christel gefragt. »Sie ist auf den Markt gegangen.«

»Sag ihr dasselbe wie mir, sie wird genau wie ich empfinden«, hatte er gesagt.

Sophies Schmerz war das erste Symptom eines tuberkulösen Tumors an der Hüfte. Solche Schmerzen können von selbst wieder vergehen, heißt es. Der Arzt, Hofrat Friedrich Ebhard, baute sehr auf diese Möglichkeit und verließ sich auf seine Erfahrung. Er hatte nie Gelegenheit gehabt, sich mit dem Brownianismus zu befassen. In seinen *Elementae Medicinae* stellt Brown für die häufigsten Krankheiten eine Tabelle der Irritabilität auf und bezeichnet Gesundheit, den mittleren Zustand zwischen zu hoher und zu geringer Erregbarkeit, mit der Zahl 40. Phthisis, das Frühstadium der Schwindsucht, liegt nach dieser Tabelle deutlich unter 40. Deshalb verschrieb Brown im Fall einer Phthisis elektrische Schocks, Alkohol, Kampfer und fette Suppen zur Unterstützung des Lebenswillens.

An keines von diesen Mitteln dachte Ebhard, aber mit seiner Diagnose irrte er sich nicht. Das war nicht überraschend, denn von seinen Patienten starb jeder vierte an der Schwindsucht. Fräulein von Kühn war jung, aber Jugend sprach in diesen Fällen nicht immer zugunsten des Patienten. Ebhard hatte nicht das Glück gehabt, den Anfang der »blauen Blume« zu hören, aber wenn er ihn gehört hätte, dann wäre ihm sofort eingefallen, was sie wohl bedeutete.

37. KAPITEL
Was ist Schmerz?

Sophies Husten stellte Günthers Bellen bald in den Schatten. Er brach hervor mit einem tiefen rasselnden Atemzug, der sie an Lachen erinnerte, so daß sie sich das Lachen tatsächlich kaum hätte verbeißen können, wäre nicht der Schmerz gewesen.

Was wäre, wenn es keinen Schmerz gäbe? Als sie alle noch Kinder in Grüningen waren, versammelte Friederike, damals noch nicht die Mandelsloh, aber schon in der Pflicht, die Geschwister nach dem Abendgebet um sich und erzählte ihnen eine Sonntagsgeschichte. »Es war einmal ein ehrlicher Kaufmann«, sagte sie, »dem ging es nicht wie uns: Er spürte nie Schmerzen. Von Geburt an hatte er keine Schmerzen gehabt, und so merkte er als Fünfundvierzigjähriger nicht, daß er sehr krank war, und dachte gar nicht daran, den Arzt zu rufen, bis er eines Nachts hörte, wie sich die Zimmertür öffnete, und als er sich im Bett aufsetzte, sah er im hellen Mondlicht, daß jemand, den er nicht kannte, in sein Zimmer gekommen war, und das war der Tod.«

Sophie hatte damals den Sinn der Geschichte nicht verstanden. »Der hatte aber Glück, Frieke.«

»Nein, gar nicht. Der Schmerz hätte ihn vor der Krankheit gewarnt, aber so war er nicht vorgewarnt.«

»Wir wollen keine Vorwarnungen«, erklärten ihr die Kinder. »Wir haben sowie schon genug Ärger.«

»Aber ihm blieb keine Zeit zum Nachdenken, was er mit seinem Leben angefangen hatte, und er konnte nicht bereuen.«

»Reue ist für alte Weiber und Arschlöcher«, brüllte George.

»George, es ist nicht zum Aushalten mit dir«, sagte Friederike. »Du müßtest in der Schule Prügel bekommen.«

»Ich bekomme ja Prügel«, sagte George.

Der Hofrat verordnete für Sophies Hüfte Leinsamenumschläge, die so siedend heiß waren, daß sie die Haut für alle Zeiten verbrühten. Der Leinsamen roch nach Wald, nach soliden Möbeln, nach den schweren Stiefeln des Nachtwächters, die der Stadtrat ihm eigens zugebilligt hatte, weil er seine Runde bei jedem Wetter gehen mußte, nach Kiefern und grünen Fichten. Ganz unverkennbar ging es Sophie wieder besser.

»Liebster bester Freund«, schrieb Rockenthien an Fritz, »Was machen Sie? Bei uns geht es nämlich auf dieselbe alte Leier noch so fort. Söphgen tanzt, springt, singt, fährt nach Geußen zum Jahrmarkt, frißt wie ein Scheunendrescher, schläft wie eine Ratz, geht gerade wie eine Tanne, hat Molken und alle Arzney abgedankt, muß noch zweimal baden und ist übrigens wieder so gesund wie der Fisch im Wasser.«

»Manchmal wünschte ich, ich wäre der Hausherr«, schrieb Fritz aus Grüningen an Karl. »Für ihn ist die Welt kein Problem, und doch sagt er diesmal die Wahrheit. Meine über alles geliebte Sophie hatte schlaflose Nächte hinter sich und brennendes Fieber, ihr war zweimal zur Ader gelassen, sie war sehr matt, konnte sich nicht rühren. Der Hofrat – es kann übrigens sein, daß er ein Dummkopf ist – declarierte die Leber für stark entzündet. Jetzt, den 20. November, da ich dir schreibe, hören wir und sehen es auch mit eigenen Augen, daß alle Gefahr vorüber ist.« Er bat Karl, ihm durch einen sicheren Boten zweihundert Austern nach Grüningen zu schicken, als Delikatesse für die Genesende. Nach Tennstedt sollte Karl ihm Hosen, Stiefel, die Santés (das wärmende Leibchen, das unter der Weste getragen wurde) und die wollenen Strümpfe schicken, »dazu feines grünes Tuch zu einem Rocke, weißen Casimir zu Weste und Hose«, einen Hut; und schließlich erbat Fritz sich – leihweise – Karls goldene Epauletten. Warum er diese Sachen brauchte, wollte er später mündlich erklären, er käme bald nach Weißenfels und würde dann alles bezahlen, wenn »der Alte«, wie jedes Jahr einmal, in Dresden auf der Messe sei und sich mit langjährigen Freunden treffe.

38. KAPITEL
Karoline in Grüningen

Sogar Tennstedt hatte einen Jahrmarkt, dessen Spezialität Kesselfleisch war: Schweinsrüssel, Schweinsohren und Fettstreifen aus dem Schweinenacken mit Pfefferminzschnaps gekocht. Aus großen Eisenkesseln stieg der Dunst von Schweinestall und Pfefferminze. Es gab auch so etwas wie Musik, und die Standbesitzer, die vom Land gekommen waren, tanzten miteinander, um sich warm zu halten. Karoline war es gewohnt, auf den Jahrmarkt zu gehen, zuerst mit ihrem Onkel, dann mit Onkel und Stieftante; also ging sie auch dieses Jahr mit den beiden. – Immer noch eine ansehnliche junge Frau, nur schade, daß sie keinen Verlobten hat, der sie zu einem Schweinsrüssel einlädt!

Ihr Onkel sagte: »Du wirst sicher einen Besuch in Schloß Grüningen machen und deine Glückwünsche zur Wiedergenesung der Tochter bringen wollen. Warum begleitest du mich nicht nächste Woche, wenn ich Geschäftliches mit Rockenthien zu regeln habe?«

Karoline hatte ihn nie gefragt und fragte auch jetzt nicht,

was er von Hardenbergs Verlobung halte, obwohl er eigentlich davon wissen mußte; sie fragte auch nicht, wie er es finde, daß der Freiherr so lange in Unkenntnis gehalten wurde. Sie war sich gewiß, daß er darunter litt, vor seinem alten Freund etwas verbergen zu müssen, zumal ihm der Freiherr seinen ältesten Sohn zur Ausbildung anvertraut hatte. Aber sie wußte, daß ihr Onkel, wie so viele Männer, glaubte, was nicht in Worte, und zwar in geschriebene Worte, gefaßt sei, könne nicht sehr wichtig sein. Für den Besuch bei Rockenthiens hatte der Onkel ein Pferd und einen zweirädrigen Wagen gemietet. Sie unterbrachen die Fahrt in Gebesee; er erzählte Karoline, daß das Herrenhaus dieses Ortes der Familie von Oldershausen gehörte, aus der die vor langer Zeit verstorbene erste Frau des Freiherrn stammte. »Der Besitz ist jetzt ruiniert. Sie hatten kein Glück.«

Im Wilden Mann ließ er Schnaps kommen und betrachtete seine Nichte zum erstenmal seit Monaten aufmerksam, nicht weil er sie weniger gern hatte als früher, sondern weil er meinte, Gesundheit und Wohlergehen seiner Nichte könnten nun mit Fug und Recht Rahel überlassen bleiben. Er hatte das Gefühl, daß ihm vielleicht irgend etwas leid tun müßte.

»Liebes Kind, du bist es sicherlich müde, daß ich ständig von meinem Garten und dem Gartenhaus rede.«

Sie lächelte. Das war es also nicht, dachte Just bei sich. Er mußte es noch einmal versuchen. Frauen in verschiedenem Alter hatten verschiedene Probleme, aber irgendwas war da immer. »Ich wollte dir schon lange erzählen, daß ich vor ein paar Wochen in Treffurt deinen Vetter Carl August getroffen habe.«

Sie lächelte wieder auf die gleiche Art.

»Und meine Schwester, deine Tante Luise, und ich ...«

»Ihr meint, wir beide könnten ein stattliches Paar abgeben. Aber du weißt doch, ich habe Carl August seit Jahren nicht mehr gesehen, und er ist jünger als ich.«

»Das würde man nicht glauben, Karolinchen. Du bist immer ziemlich blaß, aber ...«

Karoline füllte ein Stück Zucker und etwas heißes Wasser in ihr Glas. »Du und Tante Luise, ihr sollt keine Pläne für mich schmieden, Onkel. Warte, bis alle Hoffnung dahin ist und hinter mir dann rauscht der Jugend wildes Meer.«

»Ist das etwa aus einem Gedicht?« fragte der Onkel zweifelnd.

»Ja, das ist aus einem Gedicht. Ehrlich gesagt, mag ich meinen Vetter nicht.«

»Mein Kind, du hast selbst erklärt, daß du ihn schon länger nicht mehr gesehen hast. Ich kann dir genau sagen, wann zum letztenmal.«

Just trug in einer Innentasche seines Wintermantels einen Taschenkalender mit den genauen Aufzeichnungen aus den letzten fünf Jahren, und jetzt fing er an, von außen gegen die Tasche zu klopfen, als ob er erwartete, daß sein Taschenkalender ihm das fragliche Datum zuriefe.

»Mein Vetter war damals sehr lästig, und jetzt wird er wieder sehr lästig sein«, fuhr Karoline fort. »Und er wird sich noch etwas auf seine Beständigkeit einbilden, da bin ich mir sicher.«

»Paß auf, daß du nicht zu schwierig wirst, meine Karoline«, sagte der Onkel ziemlich bekümmert, und sie überlegte sich, daß er ohne Zweifel unverblümter sprach, als er eigentlich vorgehabt hatte; wahrscheinlich würde er sich nun gleich besorgt fragen, ob er sie gekränkt habe. Dahin durfte sie es nicht kommen lassen. Zum Glück ließ er sich immer leicht ablenken. »Es kann gut sein, daß Hardenberg mich verwöhnt hat«, sagte sie. »Das Reden mit einem Dichter hat mir wahrscheinlich den Kopf verdreht.«

In Schloß Grüningen stellte sie mit Erleichterung fest, daß Rockenthien schon in sein Büro gegangen war. Der Kreisamtmann folgte ihm. Karoline machte der seelenruhigen Dame des Hauses ihre Aufwartung und bewunderte Günther, dem sie einen Beißring aus Elfenbein mitgebracht hatte, dazu eine Pralinendose aus Porzellan für Sophie, Marzipan und Pfefferkuchen für Mimi und Rudi und zwei Hasen für den Haushalt.

»Sie sind ein liebes großzügiges Mädchen«, sagte Frau Rockenthien. »Ihr Untermieter, Hardenberg, ist hier, wissen Sie, und sein Bruder Erasmus, ja, diesmal Erasmus. Er bringt oft einen seiner Brüder mit.«

Karolines Herz schien sich zu öffnen und wieder zu schließen. »Ich nehme an, Hardenberg wird heute abend mit uns nach Tennstedt zurückfahren«, sagte sie.

»Ach, sie sind gerade alle im Frühstückszimmer. Alle sind willkommen, es macht keinen Unterschied und keine Mühe, ganz gleich, wer kommt«, sagte Frau Rockenthien, und ihr machte es freilich keine Mühe. »Ich weiß aber nicht, warum Hardenberg so viele Austern geschickt hat. Essen Sie gern Austern, meine Liebe? Natürlich halten sie sich nicht ewig.«

Das Frühstückszimmer. Hardenberg, Erasmus, Friederike Mandelsloh, George, der sich als Flötenspieler versuchte, offenbar zum erstenmal, ein Rudel kleine Hunde, Sophie in einem blaßrosa Gewand. Bei ihrem letzten Besuch hatte Karoline sie zu den Kindern gezählt. Sie hielt Sophie immer noch für ein Kind. Jede Nacht betete sie, es möge ihr vergönnt sein, eigene Kinder zu haben, wenn auch vielleicht nicht gerade Kinder von der Art Sophies.

Hardenberg blieb bei seiner Philosophia sitzen, die großen Füße unter seinem Stuhl verstaut. Erasmus ging sofort auf Karoline zu, ganz entzückt, weil er nicht erwartet hatte, sie zu sehen. Sophie war von dem Pralinendöschen hell begeistert; sie wollte das Tabakkauen auf der Stelle aufgeben, von nun an sollten es nur noch Pralinen sein.

»Davon wirst du Koliken bekommen«, sagte die Mandelsloh.

»Ach, Koliken habe ich schon. Hardenberch muß zu mir sagen: mein kleiner Windsack.«

Karoline hielt sich an Erasmus wie an einen, der auch vor dem Ertrinken gerettet war. »Das ist wirklich alles, was ich brauche«, dachte sie, »nur einen Moment mit einem Menschen, der fühlt wie ich.« Und Erasmus umschloß mit seiner warmen Hand ihre Hand und schien etwas sagen zu wollen, aber im nächsten Augenblick drehte er sich wieder zu Sophie um, im Gesicht ein weiches Lächeln, als sei er nicht ganz bei sich, sondern berauscht.

Karoline begriff, daß auch Erasmus sich in Sophie von Kühn verliebt hatte.

39. KAPITEL
Der Streit

In seinem Gedicht zu ihrem dreizehnten Geburtstag schrieb Fritz, er könne kaum glauben, daß es eine Zeit gegeben habe, da er Sophie nicht kannte und der »Mann von gestern« gewesen sei, leichtsinnig, verantwortungslos und so weiter. Jetzt sei der Mann von gestern ein für allemal auf dem rechten Pfad. »Aber er war gemein zu mir«, erzählte Sophie der Mandelsloh, »wir haben uns gestritten, alles ist aus.«

Das war ungerecht, zumal da sie sich auf den ersten Streit gefreut hatte, nachdem ihre Freundin, Jette Goldacker, ihr klar gemacht hatte, daß sie und Hardenberg unbedingt einmal streiten müßten. Das sei genau das Richtige für Liebesleute, hatte die Goldacker gesagt, danach würden die Bande zwischen ihnen um so fester sein. Aber worüber sollen wir denn streiten? hatte Sophie gefragt. Offenbar war der Anlaß beliebig, je unwichtiger, um so besser. Aber nachdem sie ungefähr eine halbe Stunde, vielleicht auch nicht ganz so lang, zusammengesessen und sich unterhalten hatten, platzte Hardenberg plötzlich heraus, so als ob in ihm eine Feder überspannt worden und gebrochen sei: »Sophie, Sie sind nun dreizehn Jahre alt. Wie haben Sie Ihr Leben bisher zugebracht? Das erste Jahr wahrscheinlich mit Lächeln und Saugen wie der kleine Günther jetzt. Im zweiten Jahr haben Sie, weil Mädchen aufgeweckter sind als Jungen, sprechen gelernt. Was waren Ihre ersten Worte? ›Ich will!‹ Mit drei Jahren wurden Sie jedoch gieriger, und Sie haben die Neige vom süßen Wein aus den Gläsern der Erwachsenen getrunken. Mit vier Jahren begannen Sie zu lachen, und weil Sie entdeckten, daß das angenehm ist, lachten Sie über alles und alle. Als Sie fünf Jahre waren, fing man an, Sie zu unterrichten. Mit elf Jahren hatten Sie nichts gelernt und entdeckten, daß Sie eine Frau geworden waren. Sie waren erschrocken, denke ich mir, und gingen zu Ihrer lieben Mutter, die Ihnen riet, sich nicht zu beunruhigen. Dann kam Ihnen in den Sinn, daß Sie bei Ihrem blühenden Aussehen, nicht ganz blond, nicht ganz brünett, gar nicht nötig hätten, etwas Vernünftiges zu wissen oder gar zu sagen. Und nun weinen

Sie natürlich, die Vernunft in Person, nehme ich an, mal sehen, wie lange Sie für mich weinen können, meine Philosophia –«

Er habe kein Benehmen, hatte Sophie geschluchzt. Das sagten sie nämlich zu ihr, wenn sie in Ungnade gefallen war, das war der schärfste Tadel, den sie kannte. Fritz antwortete, er sei an den Universitäten Jena, Leipzig und Wittenberg gewesen, und von gutem Benehmen verstehe er einiges mehr als ein junges Ding von dreizehn Jahren.

»Ein Ding von dreizehn Jahren, Frieke! Kannst du das glauben, kannst du dir das erklären?«

»Wie hat er es denn selbst erklärt?«

»Er sagte, ich sei eine Qual für ihn.«

In seinen nächsten Briefen an Sophie klagte Fritz sich an; er sei unverzeihlich, unkultiviert, undankbar, unhöflich, unerträglich, impertinent und unmenschlich.

Die Mandelsloh riet ihm, damit aufzuhören. »Was immer die Ursache des ganzen Kummers war, sie hat sie vergessen.«

»Er hatte keine Ursache«, erklärte Fritz.

»Das macht es schwieriger, aber trotzdem hat sie vergessen, worum es ging.«

Er setzte ein Gesuch an den Kurfürsten Friedrich August III. von Sachsen auf und bat um eine Anstellung als Assessor bei der Local Salinendirection.

40. KAPITEL

Wie leitet man eine Saline?

Noch war es Fritzens Aufgabe, während der Sitzungen des Salinendirektoriums, die im Salinenamt in Weißenfels stattfanden, Protokoll zu führen und schweigend zu lernen, so viel ihm möglich war. Freiherr von Hardenberg leitete die Sitzungen, assistiert von Salinendirektor Bergrath Heun und Salineninspektor Bergrath Senf. Bernhard fand den Namen köstlich – Salineninspektor Mostrich! – und nahm sich als einziger heraus, offen von dem unseligen Zwischenfall zu sprechen, den alle kannten: Senf war »wegen verfälschter Baubelege und unbewilligter Privatbauten« zu zwei Jahren Zuchthaus verurteilt und dann zu acht Wochen Gefängnis begnadigt worden. »Ein Jammer«, sagte Bernhard. »Darüber hätten wir mit ihm schwatzen können, ich wüßte gern, wie das ist, wenn man nur von Brot und Wasser lebt. – »Das Experiment kannst du gern hier zu Hause machen, jederzeit, wann du willst«, sagte Sidonie.

Heun war ganz anders als Senf. Obwohl nur wenige Jahre älter als seine Kollegen, erschien er greisenhaft und nannte sich selbst den »alten Heun, das wandelnde Salinenarchiv«. In seinem langen Rock aus grobem Tuch, in das der Staub eingewebt schien, wirkte er wie die Verkörperung eines jener Elemente aus den Höhlen und Stollen im Erdinnern, die sich nur widerstrebend und ohne günstige Vorzeichen ans Tageslicht fördern lassen. Auf diese Idee kam man nicht zuletzt, weil seine Haut so fahl war und weil er ständig blinzelte und ächzte. »Das wandelnde Archiv hat vielleicht eine Spur Rheumatismus.« Wenn man Heun genug Zeit ließ, wußte er auf alle Fragen Antwort. Die Akten studierte er nur, um zu prüfen, ob sie die Einzelheiten und Zahlen bestätigten, die er im Kopf hatte. »Sie würden es gar nicht wagen, ihn nicht zu bestätigen«, dachte Fritz.

In Senf dagegen schwelte die unterdrückte Energie eines hochintelligenten Mannes, der wegen einer törichten Fehlkalkulation wohl nie mehr Nutzen aus seiner Intelligenz würde ziehen können. In bestimmten, genau festgelegten Abständen durften alle Angestellten der Salinen und Salzsiedereien schriftliche Verbesserungsvorschläge einreichen. In einem ausgeklügelten Plan, der, wie er noch immer hoffte, eines Tages seinen Namen tragen würde, hatte Senf vorgeschlagen, das Salz von Thüringen und Sachsen nicht mehr durch Verdampfung in Eisenpfannen über Holzfeuern bei 80 Grad Wärme zu gewinnen, sondern nur durch Einwirkung der Sonne. Dadurch würde man viele Arbeitskräfte einsparen, und die Arbeiter würden nicht mehr auf dem Salinengelände wohnen müssen. Als seine Pläne für die Verwendung von Solarenergie keine Billigung fanden, reichte Senf einen neuen Vorschlag ein, der doppelt so viele Rollen wie üblich an den Flaschenzügen vorsah, die die Sole zutage förderten. Fritz schrieb in seinem Protokoll: »Als der Direktor, Freiherr von Hardenberg, sich diesen Plan angesehen hatte, sagte er: *Quod potest fieri per pauca, non debet fieri per plura* (sieh zu, mit möglichst wenig Mitteln auszukommen).« Salineninspektor Senf entgegnete hitzig, so könne man dem Fortschritt nicht den Weg bereiten, und diese knauserige Ökonomie führe nur zu Trägheit und Stagnation. Auf alle Fälle werde mit Anbruch des 19. Jahrhunderts, dann, wenn nach Kants Voraussage Menschen endlich die Selbstbestimmung gelernt hätten, die Zeit der Flaschenzüge und Tretmühlen mit aller Wahrscheinlichkeit vorbei sein. Salinendirektor Heun äußerte, wenn das so sei, könnten sie sich die Mühe weiterer Diskussion über diese Geräte sparen. Inspektor Senf sagte, er müsse die Entscheidung des Direktors akzeptieren, könne jedoch nicht behaupten, damit zufrieden zu sein.

»Ich habe mich um all das bemüht, was du von mir verlangt hast«, erklärte Fritz seinem Vater, »und ich werde mich in Zukunft noch ernsthafter bemühen. Du kannst nicht erwarten, daß ich innerhalb weniger Monate werde wie der alte Heun.«

»Das kann ich nicht, und das werde ich nicht – leider«, sagte der Freiherr. »Ich glaube, selbst wenn dir ein langes Leben vergönnt ist, wirst du nie Wilhelm Heun ähneln.«

Früher hatte Fritz bei seinen Ritten über Land die altehrwürdigen Berge bewundert. Jetzt betrachtete er die Gebirgsausläufer und Kohleflöze mit dem Auge des Erzsuchers, der Kupfer-, Silber- und Lignitvorkommen zu entdecken hofft. Er wollte Bergingenieur werden und fuhr, so oft er es einrichten konnte, bekleidet mit der grauen Hose und Jacke eines Bergmanns in die Schächte der Bergwerke ein.

»Ihr Sohn würde am liebsten unter der Erde leben«, erzählte Just dem Freiherrn. »Nur widerstrebend kommt er wieder ans Tageslicht... ich habe ihn natürlich ermahnt, die Bergleute ja nicht mit Handschlag zu begrüßen, weil sie überzeugt sind, daß das Unglück bringt. Das hat ihn enttäuscht.«

Fritz bedeckte viele Blätter Papier mit Planzeichnungen zur Entdeckung neuer Lignitadern und zur Verbesserung der Kontrolle von Ziegel- und Kalköfen, mit meteorologischen Berichten, die helfen sollten, einen höheren Reinheitsgrad des Solesalzes zu erreichen, und mit Notizen zu juristischen Aspekten der Salzfabrikation. Er sah sich aber auch als einen Geognosten, einen Naturforscher, der, wie er sagte, »zu einem ganz neuen Land und dunklen Sternen«

gefunden habe. Der Bergbau schien ihm keine Wissenschaft, sondern eine Kunst zu sein. Wer, außer dem Künstler, dem Dichter, könne die Sympathie zwischen Steinen und Sternkonstellationen verstehen? Gebirgsketten und Ausläufer mit ihrer Last von kostbaren Metallen, Kohle und Steinsalz waren vielleicht nur Spuren der ehemaligen Straßen von Sternen und Planeten, die einstmals auf dieser Erde wandelten.

»Was war, muß wieder sein«, schrieb er. »An welchem Punkt der Geschichte werden sie wieder unter uns wandeln wie einst?«

Geduldig lauschte Karoline Just allem, was er gelernt hatte und an einen anderen intelligenten Menschen weitergeben wollte. Sie nähte weiter, während Fritz sich durch eine *Fortsetzung des Berichts über den Ankauf von Kohlengrundstücken zu Mertendorf* arbeitete. »Wenn man diese Data zusammennimmt, so kann man über den künftigen Acquisitionsplan nicht im Zweifel bleiben... wobey wir freylich gestehen müssen, daß die Bauern dem Vernehmen nach in Verhältniß des alten Preises ziemlich hohe Forderungen machen werden...«

»Natürlich werden sie das«, sagte Karoline. »Aber wann haben Sie diesen Bericht geschrieben?«

»Ich habe ihn nicht gemacht, er wurde vor einer ganzen Weile abgefaßt. Ich muß mich darin üben, über Berichte zu berichten. Darin hat mich Ihr Onkel schließlich unterrichtet.«

»Sie sind sein bester Schüler. Ich kann mir nicht vorstellen, daß er je einen anderen haben möchte.«

»Und doch glaube ich, mein Vater nimmt mich immer noch nicht ernst.«

»Sie nehmen ihn nicht ernst«, sagte Karoline.

»Immerhin muß mein Vater bei der Verwaltung den Antrag stellen, mich für eine bezahlte Stellung in Betracht zu ziehen. Dabei darf ich zunächst auf 400 Thaler Gehalt hoffen.« Sie hatte innegehalten, weil sie die Nadel wieder einfädeln mußte. »Justen, wie oft müssen Sie hin und her gerechnet haben, ob *Sie* und *er* mit einer solchen Summe einen Haushalt gründen könnten!«

Sie begriff, daß seine Phantasie der ihren weit vorauseilte und daß die quälende Trennung zwischen ihr und dem Ungewollten inzwischen eine Frage des Geldes war. Der Ungewollte hatte offensichtlich keine bezahlte Stellung. Das schmerzte sie. So bitter sie die ganze Erfindung vom ersten Augenblick an bereut hatte, es war dennoch *ihre* Erfindung. *Sie* hatte den Ungewollten erschaffen, wenn auch unbeabsichtigt, und nun mißfiel es ihr, daß er zum Versager gestempelt wurde (denn er mußte schon über dreißig sein) und nicht in der Lage sein sollte, eine Ehefrau, sie, Karoline, zu ernähren. Dadurch fühlte sie sich gekränkt. Plötzlich drängte es sie, Hardenberg zu beunruhigen.

Normalerweise war das sehr leicht. Jetzt erklärte sie ihm – ganz der Wahrheit entsprechend –, sie wünsche ihm zwar von Herzen alles Gute für seine Stellungssuche, aber sie müsse gestehen, daß sie einige Zweifel an dem erstrebten Beruf habe. Erasmus sollte Forstbeamter werden, schön und gut, wenn er je die Ausbildung in Hubertusburg abschlösse. Karl und Anton sollten Soldaten werden, da kenne sie sich nicht aus, und dazu habe sie nichts zu sagen. Aber Bergbau bedeute, der Erde Minerale und Salze zu entreißen –, sie sei mehr als einmal in den Salzraffinerien Halle und Artern gewesen, sie habe die dunkelgelben Qualmwolken über den Amalgamwerken in der Nähe von Freiberg gesehen und gerochen, und sie könne nicht umhin, das als eine

Beleidigung der Natur zu verstehen; die Natur könne solche Häßlichkeit bestimmt nicht hervorbringen. »Hardenberg, wie oft haben wir von der Natur gesprochen. Erst am Mittwoch abend haben Sie bei Tisch gesagt: Auch wenn menschliche Kultur und Industrie noch so sehr wachsen, wird die Natur doch immer gleich bleiben, und unsere erste Pflicht ist es, zu beachten, was sie von uns verlangt.« Und dann ging sie ein Risiko ein, das sie sich selbst verboten hatte, und fügte hinzu: »Sie haben geäußert, Sophie sei die Natur selbst.«

Karoline schloß einen Moment lang die Augen, während sie dies sagte, denn sie war nicht allzu erpicht darauf, die Wirkung ihrer Worte zu sehen. Fritz rief: »Nein, Justen, Sie haben es nicht verstanden. Der Bergbau ist keine Verletzung, sondern eine Freisetzung der Naturgeheimnisse. Sie müssen sich vorstellen, daß man im Bergwerk die erstgeborenen Söhne der Mutter Erde findet, das uralte Leben, das im Boden unter Ihren Füßen wie in festen Gefängnissen eingesperrt ist. Mir kam es vor, als sei das eine Begegnung mit dem König der Metalle, als glänze er freundlich dem Bergmann entgegen, der mit so viel Gefahren und Mühseligkeiten sich den Weg zu ihm durch starke Mauern gebrochen, um ihn an das Licht des Tages zu fördern. Justen! Was muß der König der Metalle empfinden, wenn er zum erstenmal sein Gesicht dem Sonnenlicht zuwendet?«

Sie wollte schon sagen: »Ich frage mich, ob Sie diese Ideen dem Direktorium vorgetragen haben« –, aber sie brachte es nicht übers Herz. Seine Stimme hatte wieder geklungen wie damals, als er ihr das Anfangskapitel der *blauen Blume* vorgelesen hatte. Mittlerweile hatte er seine Akte wieder aufgeschlagen und ein weiteres, mit seiner gestochen feinen Handschrift bedecktes Blatt herausgenommen, noch einen

Bericht über einen Bericht; diesmal handelte es sich um eine Tabelle der Siedepunkte von Kochsalz und Düngesalz.

41. KAPITEL
Sophie mit vierzehn

Zwei Tage vor Sophies vierzehntem Geburtstag, am 15. März 1796, dem Jahrestag der Verlobung – die Autorisation durch den Vater fehlte immer noch, die Sache war nicht einmal mit ihm besprochen worden –, ging Fritz zu den Tennstedter Juwelieren, um seinen Ring erneut umarbeiten zu lassen. Er erklärte, in den Ring solle ein winziges Porträt Sophies eingelassen werden, nach der Miniatur, von der alle enttäuscht gewesen waren – aber das war nicht zu ändern. Immerhin war ihr überraschter, erwartungsvoller Ausdruck eingefangen und ihre Mischung aus Dunkelheit und Helle. Innen in den Reif sollten die Worte eingraviert werden: *Sophie sey mein Schuz Geist*. In seinem Gedicht zu ihrem Geburtstag schrieb er:

Was ich gesucht, hab ich gefunden,
Was ich fand, das fand auch mich.

Im Juni 1796 schrieb Fritz an seinen Vater und ebenfalls an seine Mutter.

Lieber Vater,
Nicht ohne heftige Beunruhigung wage ich einen lange gefürchteten Schritt. Längst schon würde ich ihn getan haben, wenn nicht mehrere ungünstige Umstände sich dagegen vereint hätten. All meine Hoffnung beruht auf Deiner

Freundschaft und Theilnahme. Es ist nichts unrechtes, was mir auf dem Herzen liegt; aber etwas, worüber Eltern und Kinder so oft nicht übereinstimmen. Ich weiß, daß Du ganz herablassender Freund Deiner Kinder seyn willst – aber Du bist Vater und oft widerspricht selbst die väterliche Liebe der Neigung des Sohnes.

Ich habe mir ein Mädchen gewählt. Sie hat wenig Vermögen und ob sie gleich von Adel ist, so ist sie doch nicht stiftsfähig. Es ist eine Fräulein von Kühn. Ihre Eltern, von denen nur die Mutter die Rechte ist, wohnen in Grüningen. Ich habe sie bei einer Expedition in ihrem väterlichen Hause kennen gelernt. Ich genieße das Zutraun und die Freundschaft der ganzen Familie. Aber die gegenseitige Wahl blieb mir lange zweifelhaft.

Längst schon würde ich Dein Zutraun und Deine Einwilligung gesucht haben; aber seit Anfang November ist Sofie gefährlich krank gewesen. Und noch jetzt siecht sie und erholt sich nur langsam. Du kannst mir meine Ruhe wiedergeben. Ich flehe nur um Deine Einwilligung und Autorisation meiner Wahl.

Mündlich mehr. Es hängt von Dir ab, diese Periode zur Glücklichsten meines Lebens zu machen. Es ist wahr, mein Wirkungskreis wird durch diese Parthie äußerlich eingeschränkt – aber ich rechne für die Zukunft ein wenig auf meinen Kopf und meinen Ehrgeiz – und für die erste Zeit auf Sofiens Verstand und gute Wirtschaft. Sie ist nicht groß erzogen – Sie wird mit wenigem zufrieden seyn – ich bedarf nur, was Sie bedarf. Gott segne diese wichtige, so ängstlich durchharrte Stunde. Was Du meynst, wird gut seyn, aber freuen kann mich nur Deine freundliche, einwilligende Vaterstimme. *Fritz.*

Liebes Mütterchen:
Ich erwarte Dich um 9 Uhr allein in unserm Garten in Weißenfels. Keine Bitte brauche ich hinzuzusetzen, da ich Dein zärtliches Herz kenne. *Fritz*

Es stimmte, daß Hofrat Ebhard keine klare Vorstellung hatte, was als nächstes zu tun sei, aber daran war er gewöhnt. Es fiel ihm auf, daß seine Patientin in Schloß Grüningen zu viel Gesellschaft hatte, zu viel Aufregung, zu viele kleine Hunde und Käfige mit Vögeln, zu viele Besuche von dem wild drauflos redenden Hardenberg. Er schickte sie für ein paar Tage in ein Erholungsheim in Weißensee, das ihr teilweise gehörte. Das Gebäude war leider feuchter und weniger luftig als Schloß Grüningen. »Das Haus ist ganz verödet«, klagte Rockenthien, denn auch George sollte nach Leipzig auf die Schule geschickt werden, gerade jetzt, da er allmählich ein guter Kumpan wurde. Nur noch sechsundzwanzig Personen blieben dann im Haus übrig. Rockenthien schob seine Sorgen in den hintersten Winkel seines Gedächtnisses, wie man eine Rattenfalle im Regal ganz nach hinten rückt, wenn sie vorläufig nicht mehr gebraucht wird.

»Nun, was meint er, der Freiherr?« fragte die Mandelsloh.

»Ich habe ihm geschrieben«, sagte Fritz, »meiner Mutter auch, und ich habe ihnen erklärt –«

»Was sie mit Sicherheit längst wissen. Sie haben mir erzählt, daß Ihr Vater sogar Ihren Freund aus Jena, den Assistenzarzt Dietmahler, als er zu Besuch nach Weißenfels kam, zum Thema befragt hat. Es kann höchstens sein, daß er Söphgens Namen noch nicht weiß, bevor er Ihren Brief bekommt.«

»Ich muß Sie etwas fragen«, sagte Fritz eindringlich. »Sprechen wir ganz offen. Angenommen, mein Vater würde seine Einwilligung verweigern. Angenommen, er versucht, mich von meiner Philosophie, meinem Herzblut, zu trennen. Sie leben hier in einem Paradies, Sie können nicht wissen, was ungerechte Autorität bedeutet.«

»Ich weiß, was Trennung bedeutet«, sagte die Mandelsloh.

»Mein Vater ist zum zweitenmal verheiratet. Ich bin vierundzwanzig Jahre alt, und es gibt kein Gesetz im Kurfürstentum Sachsen, das mir verbietet, ohne seine Einwilligung zu heiraten; auch meine Sophie kann selbst entscheiden, sobald sie vierzehn Jahre alt ist. Würde sie mit mir kommen, Friederike, glauben Sie, sie würde der Welt die Stirn bieten und nichts mehr von ihr wollen, nur um mit mir zusammen zu sein?«

»Wovon wollen Sie denn leben?«

»Ich würde das wenige, das wir brauchen, verdienen, ich kann Soldat werden, Schreiber, Zeitungsmann oder Nachtwächter.«

»All diese Berufe sind dem Adel verboten.«

»Unter einem anderen Namen –«

»– und in einem anderen Land, denke ich mir, falls Sie Ihre Papiere bekommen – möchten Sie nicht am liebsten in den Süden gehen?«

»Ach, Frieke, der Süden, kennen Sie ihn?«

»Weit gefehlt«, sagte die Mandelsloh. »Wer würde mich denn je dorthin bringen? Ich muß wohl warten, bis das Regiment in jenes Land versetzt wird, wo die Zitronen blühen.«

»Nun ja, aber Sie haben mir meine Frage noch nicht beantwortet.«

»Sie wollen, daß sie ihr Heim verläßt, das Haus, in dem sie gelebt, so lange sie zurückdenken kann – um Gottes willen...«

»Sie glauben, ihr fehlt der Mut dazu?«

»Mut, wenn man nicht versteht, worauf man sich einläßt, ist auch nicht besser als Dummheit.«

»Eine Täuschung, Frieke! Mut ist mehr als Ausdauer, er ist die Kraft, das eigene Leben selbst zu erschaffen, ganz gleich, was Mensch oder Gott uns in den Weg stellen, so zu erschaffen, daß jeder Tag und jede Nacht das sind, was wir uns erträumen. Mut macht Träumer, Mut macht Dichter aus uns.«

»Aber keine erfahrene Hausfrau aus Söphgen«, sagte die Mandelsloh.

Fritz überhörte den Einwand und wiederholte feurig: »Würde sie mit mir kommen? Könnte sie die Trennung ertragen? – Meine Liebe würde ihr das leicht machen – würde sie mitkommen?«

»Gott verzeih mir, ich habe Angst, dazu wäre sie imstande.«

»Warum haben Sie Angst?«

»Ich verbiete Ihnen, sie zu fragen.«

»Sie verbieten –«

»– wenn ich es nicht tue, wird es ein anderer verbieten.«

»Aber wer kann das sein?«

»Wissen Sie es am Ende wirklich nicht?«

42. KAPITEL
Die Freifrau im Garten

Freiherr von Hardenberg schrieb an Kreisamtmann Just:

Wer war dieser Kühn, der leibliche Vater dieser Sophie? Man sagt mir, er sei der Sohn von Wilhelm Kühn, der 1743, ungefähr vor fünfzig Jahren also, Grüningen und Nieder-Topfstedt erwarb und sich danach irgendwie ein Adelspatent verschaffte. Nach einer Weile läßt sich dann sein Sohn, der Vater dieser Sophie, in Grüningen nieder. Seine erste Frau ist eine geborene Schmidt; sie stirbt. Seine zweite Frau heißt Schaller, dann stirbt er. Die Witwe läßt sich mit einem gewissen, ich glaube, fürstlich schwarzburgischen, Hauptmann Rockenthien ein, der nun seinerseits Herr auf Grüningen und Nieder-Topfstedt wird. Ich kann mir nicht denken, daß man ihm schon zu verstehen gegeben hat, er dürfe sich um ein Adelspatent bewerben.

Kreisamtmann Just antwortete dem Freiherrn von Hardenberg.

Ich kann nur wiederholen, was ich bereits gesagt habe, daß ich Ihren Sohn in die tägliche Routine des Beamtenlebens eingeführt habe und im Gespräch mit ihm ganz neue Horizonte erahnen durfte.

Der Freiherr von Hardenberg an Kreisamtmann Just:

Erahnen Sie Horizonte nach Belieben, aber warum um Gottes willen haben Sie ihn bei den Rockenthiens eingeführt?

Er nahm Fritzens Brief mit nach Leipzig, wo er sich mit alten Freunden in dem Adelsclub traf, der im Sommer zum Ersticken war, weil die Clubmitglieder den Kellnern verboten, die qualmverhangenen Fenster zur Straße zu öffnen. Dort beriet er sich mit Freunden, wie er seinem ältesten Sohn antworten solle. Er stellte den alten Grafen Julius Schweinitz und den kaum jüngeren Grafen Loeben zur Rede und fragte sie, was sie tun würden, wenn ihr ältester Sohn darauf bestehen sollte, die Tochter eines Krämers zu heiraten. Vielleicht hatte sein Verstand schon etwas Schaden genommen.

Fritz hatte seine Mutter gebeten, sich im Garten mit ihm zu treffen, einfach, weil sein Vater sie dort nicht sehen würde; aber er hatte sich nicht überlegt, welch außergewöhnliches Unternehmen das für die Mutter sein mußte. Auguste ging neuerdings kaum noch aus und nie allein, schon gar nicht bei Nacht, und ganz bestimmt nicht, ohne die Erlaubnis des Freiherrn eingeholt zu haben. Als sie ihrer Kammerzofe befahl, ihr den schwarzen Schal zu holen, weil sie allein in den Garten gehen wolle, fing die Alte an zu beten. Dennoch: Als die Freifrau sich über die für sie ungewohnte Hintertreppe hinabgetastet hatte, war jeder in Küche und Hof auf dem Posten. Am Fuß der Treppe, die in den oberen Teil des Gartens führte, stand der Hauptgärtner mit einer Laterne in der Dämmerung, um ihr das Gartentor zu öffnen. Das war nur gut, denn sie besaß keinen Schlüssel und hatte sich nicht überlegt, wie sie hineinkommen würde.

Unter normalen Bedingungen hätte sie sich dafür entschuldigt oder eine Erklärung abgegeben, nicht so in dieser Nacht. Sie war ganz erfüllt, von Besorgnis um Fritz nicht so sehr wie von Dankbarkeit dafür, daß sie erwünscht war und gebraucht wurde und daß er sie gebeten hatte, sich mit ihm im Garten zu treffen. Sie blieb am Tor stehen und lauschte dem Schwanken und Knacken und den seltsamen, ständig wiederkehrenden scharrenden Lauten, die Vögel in ihrem unruhigen Halbschlaf die ganze Nacht lang von sich geben. Sie nisteten in dem großen Kirschbaum, der in einem guten Sommer zweihundert Pfund Kirschen trug, so daß sie sich im ersten Morgenlicht vollfressen konnten, bevor der Gärtnerjunge kam. Die Kirschen waren fast schwarz, hoben sich aber doch vom Blättergewirr ab, das sich leicht bewegte, obwohl kein Windhauch zu gehen schien.

Fritz war schon da und kam ihr auf dem Weg vom unteren Garten aus entgegen.

»Mutter, du weißt, daß ich dich nicht warten lasse.« Die unzähligen Male, die er sie sehr wohl hatte warten lassen, waren wie ausgelöscht. »Lieber Fritz, bist du schon bei deinem Vater gewesen?«

»Noch nicht.«

Sie setzten sich auf zwei von den alten Holzstühlen, die den ganzen Sommer unter dem Kirschbaum standen. Als Fritz nach seiner Geburt kränklich und von schwachem Verstand war, hatte man ihr die Schuld daran gegeben, und sie hatte sie auf sich genommen. Als er nach monatelangem Fieber groß und dünn und, wie alle sagten, ein Genie geworden war, hatte man ihr kein Verdienst daran eingeräumt, aber das hatte sie auch nicht erwartet. Er fragte sie, warum sie ihren Winterschal umgelegt habe.

»Es ist Juni, Mutter. Sonst hätte ich dich nie gebeten, dich im Freien mit mir zu treffen.«

Auguste begriff nun selbst, daß der Schal lächerlich war. »Aber Fritz, ich fühle mich darin sicher.« Er lächelte und mußte nicht sagen: »Bei mir bist du sicher.«

Ein ganz außergewöhnlicher Einfall kam der Freifrau: Wenn sie nun diesen besonderen Augenblick nutzte, der ihr in seinem halben Dunkel und Duft fast heilig erschien, wenn sie die Gelegenheit ergriffe, um einmal mit ihrem ältesten Sohn von dem zu sprechen, was in ihr vorging? Sie konnte es kurz machen, es gab nur wenig zu sagen: Sie war fünfundvierzig, und sie wußte nicht, woher sie die Kraft für den Rest ihres Lebens nehmen solle. Abrupt neigte Fritz sich zu ihr und sagte: »Du weißt, daß ich dich nur eines fragen will. Hat er meinen Brief gelesen?«

Sofort wachte sie auf. »Fritz, das hat er bestimmt getan, aber ich kann nichts dazu sagen. Er hat mir seine Briefe nie gezeigt, aber Gott verzeih mir, ich habe ihm deine Briefe an mich auch nicht gegeben. Jedoch morgen abend soll sich der gesamte Haushalt zum Abendgebet versammeln und eine wichtige Familienfrage bedenken.«

»Aber, Mutter, du bist auf meiner Seite, sag', daß es so ist. Du billigst doch, was ich getan habe und tun werde. Ich folge meinem Herzen und meiner Seele, und du kannst nicht gegen mich sein.«

Sie rief: »Nein, nein!« aber als er fortfuhr: »Wenn das so ist, warum sagst du meinem Vater nicht, was du fühlst?« antwortete sie: »Ich muß ihm doch gehorchen, das ist ganz natürlich.«

»Unsinn, in der Welt der Natur ist das Weibliche oft stärker als das Männliche und beherrscht es.«

»Du meinst, bei den Vögeln und Insekten ist es so«, sagte die Freifrau scheu. »Aber Fritz, die wissen es eben nicht besser.«

Er achtete nur auf ihre unverständige Zärtlichkeit für ihn und sagte: »Du mußt meinem Vater klarmachen, daß es nicht genug ist, wenn er nur seine Einwilligung zu meiner Verlobung gibt. Wir müssen auch irgendwo einen Ort zum Leben haben, Sophie und ich, wir beide, allein und zusammen. Du verstehst mich doch, du bist nicht zu jung, um vergessen zu haben.«

Auguste gestattete sich die Erinnerung an das, was sie empfunden hatte, als sie zum erstenmal mit dem Freiherrn allein und zusammen gewesen war. Aber darauf kam es jetzt nicht an, sondern nur auf ihren Sohn, der in diesem Augenblick, in dieser überwältigenden Sommernacht, fast ein Fremder war. »Aber ja, Fritz, natürlich.« Man konnte sehen, daß sie sich mühte, ein kleines Päckchen hervorzuziehen, das sie in der Tasche ihres obersten Unterrocks versteckt hatte.

»Fritz, Lieber, das hier ist mein goldenes Armband. Ich habe wohl noch andere, aber dies gehört mir wirklich, nicht dein Vater hat es mir gegeben, sondern ich habe es von meiner Patin zur Konfirmation bekommen, als ich zwölf war. Seither ist es erweitert worden, aber nur wenig, ich möchte, daß du es ändern und eure Verlobungsringe daraus arbeiten läßt.«

»Die Ringe habe ich schon, Mutter. Schau!«

Sophie sey mein Schuz Geist.

»Wirklich, Mutter, ich darf dir dein Armband nicht nehmen, ich brauche es nicht, steck' es weg, denk' an dich selbst, oder heb' es wenigstens für Sidonie auf.«

Fürsorglichkeit kann mehr schmerzen als Mißachtung. Die Freifrau hatte freilich nur sehr selten Gelegenheit gehabt, das zu erfahren.

Als sie wieder in ihrem Zimmer war, immer noch dem Raum unter dem Dach, gab sie sich ihren Gedanken hin: Wenn Fritz doch immer zu Hause sein könnte, auch mit einer jungen Frau, das wäre alles irdische Glück, das sie sich wünschen wollte. Dann betete sie um Vergebung, weil sie offenbar Bernhards Wohlergehen vergessen hatte, wenn auch nur für einen Moment.

Bernhard selbst dagegen dachte ununterbrochen daran. »Was wird denn aus uns, Sidonie?« fragte er elegisch. »Wen wirst du denn heiraten? Du bist schwierig, du hast gar nichts für diesen Kerl empfunden, den Mediziner, der am Waschtag gekommen ist, nichts, obwohl er seine Augen nicht von dir lassen konnte. Gut möglich, daß du eine alte Jungfer wirst. Karl und Anton sind schon versorgt, das weiß ich, und Asmus soll angeblich seine ersten Examen als Forstbeamter gemacht haben...«

»Ich *habe* sie gemacht«, sagte Erasmus. »Der Direktor hat mir gratuliert, mein Vater auch und Fritz ebenfalls. Er hat mir ein Exemplar von *Robinson Crusoe* geschickt.«

»Ach bitte, leih' es mir.«

»Es ist englisch«, sagte Erasmus. »Englisch kannst du nicht lesen.«

»Das stimmt«, sagte Bernhard mit einem tiefen Seufzer. »In diesem wilden Wortgestrüpp bin ich ganz verloren.«

»Ein Buch oder eine Frau soll man sowieso niemals verleihen. In beiden Fällen besteht keine Rückgabepflicht.«

»Anton, du versuchst zu reden wie Karl«, sagte Sidonie. »Aber du kannst es nicht so ganz.«

»Ich spüre eben einfach, daß die Zeit naht, da eine Entscheidung über mich getroffen wird«, sagte Bernhard und hatte das Bild vor Augen, das über seinem Bett hing: Es zeigte den Jesusknaben unter den Ältesten. Genauso kam Bernhard sich jetzt inmitten seiner Geschwister vor.

»Du weißt doch, daß du Page wirst«, sagte Anton. »Die Kurfürstlichen Höfe von Sachsen und Thüringen ahnen nicht, was ihnen blüht.«

»Ich flehe euch alle an«, schrie der Bernhard. »Kann ein

Mensch, der bei Sinnen ist, sich vorstellen, daß ich Page werde? Was immer ein Page tun muß, ich weiß, daß ich es nicht tun könnte.«

Die Tränen liefen ihm übers Gesicht, und trotzdem fühlten die Hardenbergs sich eigentlich ganz wohl. Fritz war nach dem Gespräch mit seiner Mutter nicht einmal über Nacht geblieben. Der Freiherr war für ein paar Tage verreist und hatte den frommen Gottfried als Leibdiener mitgenommen. Überall im Haus war eine andere Stimmung spürbar, wie in einem Musikstück, wenn nicht das Thema, sondern die Tonart wechselt; die Konzentration auf die Seele hatte ein wenig nachgelassen, und man war eine Spur aufmerksamer auf den Leib. Heute hatten alle um halb neun Uhr morgens noch beim Frühstück gesessen. Die Freifrau war nicht heruntergekommen. Erasmus und Anton flegelten sich auf ihren Stühlen. Die Fenster zum Garten standen offen, die Luft trug den Duft der Kirschbäume herein – sogar das Aroma der Amarellen, aus denen man Kirsch machte, die aber erst im Herbst reif wurden –, und von den Wiesen hinter Weißenfels kam der Geruch von frischem Heu. Alle vier, sogar Bernhard, wußten, daß sie an diesem Morgen nicht unglücklich waren, hatten aber genug gesunden Menschenverstand, das nicht laut zu sagen, nicht einmal zu sich selbst.

Der Freiherr war zu den Herrnhuter Brüdern nach Neudietendorf gefahren, um den Prediger um Rat zu fragen. Auf die Gefahr hin, der Weltlichkeit bezichtigt zu werden, hatte er von seinem Familienbesitz gesprochen – das bankrotte Oberwiederstedt, die vier verlorenen, an Fremde verkauften Güter und Schlöben bei Jena mit seinen Pappeln und dem Mühlbach, wo er hoffte, seinen Ruhestand verleben zu können; es sollte ein Treffpunkt für einige von den älteren Brüdern werden.

»Derweil setzt sich mein ältester Sohn über meine Wünsche hinweg. Ich weiß nicht, was er tun würde, wenn Oberwiederstedt und Schlöben ihm überschrieben werden sollten. Es wäre nur recht und billig, wenn er in eine Adelsfamilie einheiraten und eine Frau mit entsprechendem Vermögen finden würde. Werft mir nicht vor, ich dächte immer nur an das Geld, es ist genau umgekehrt: Ich möchte überhaupt nicht daran denken müssen. Aber seit den jüngsten Ereignissen in Frankreich steht die Welt auf dem Kopf, und den Söhnen bedeuten die Bedürfnisse eines Vaters nichts mehr.«

Der Prediger nickte und sagte, er wolle einen Rat erteilen, falls Hardenberg bereit sei, ihn zu befolgen. Der Freiherr gab sein Wort darauf. Am nächsten Tag ritt er mit Gottfried zurück nach Weißenfels. Sie hielten an keinem Gasthaus an und sprachen nur wenige Worte miteinander. Zwischen ihnen war Schweigen beredter.

Leipziger Zeitung, 13. Juli 1796.
Ihre Verlobung zeigen an
Christiane Wilhelmine Sophie v. Kühn
Georg Philipp Friedrich v. Hardenberg
Grüningen und Weißenfels

43. KAPITEL
Das Verlobungsfest

Diener strömten aus dem Hoftor des Hauses in die Klostergasse hinaus. Das Möbelfuhrwerk hatte ein vom Freiherrn in Leipzig bestelltes Pianoforte angeliefert.

Jedermann weiß, wie man ein Pianoforte transportiert, oder besser gesagt, wie man es eigentlich transportieren sollte. Nicht die Vordertreppe hoch, du Vollidiot! – Etwas mehr nach rechts. Leichter wäre es, wenn wir die Beine abmontieren könnten. Als das Pianoforte endlich an seinem Bestimmungsort im Salon angekommmen war und befreit von seinen Stroh- und Jutehüllen dastand, konnte man sehen, daß es ein Instrument von großer Schönheit war – etwas sehr Seltenes in diesem kargen Haushalt. Es hatte jedoch schon viel Ärger verursacht, weil der Vater zwar bereits vor einer ganzen Weile beschlossen hatte, das Cembalo zu ersetzen, sich aber nicht hatte entscheiden können, ob er bei Gottlieb Silbermann oder Andreas Stein bestellen sollte. »Silbermanns Pianos sind klangvoller«, schrieb der Onkel Wilhelm, »aber im Anschlag härter als Steins. Andererseits muß man ein Stein-Piano eigens aus Wien kommen lassen.«

»Ausgerechnet Wilhelm«, brüllte der Freiherr. »Der kann doch keine Note von der anderen unterscheiden. Die Pferde in seinem Stall erkennen mehr Melodien wieder als Wilhelm.« Er fuhr fort, Ratschläge einzuholen und zu verwerfen. »Die französischen Pianobauer sind die besten«, versicherte ihm der alte Heun. »Sie haben sich der unangenehmen Lage in Paris entzogen, sie sind nach London geflüchtet und leben im British Museum. Dort können Sie nach ihnen fragen.«

Wäre die Freifrau gefragt worden, dann hätte sie gesagt, sie schätze das Instrument Pianoforte gar nicht; es töne nur dumpf, gemessen an dem silbrigen, perlenden Plaudern des Cembalos, das sie an ihre Kindheit erinnerte. Das Cembalo, das nun aus dem Haus geschafft worden war, hatte sie mit in die Ehe gebracht, als sie nach Oberwiederstedt kam. Es war ein französisches Instrument und hatte auf der Innenseite des Deckels ein Bild von einer Tempelruine im Mondlicht. Aber die erbarmungslose Feuchtigkeit in Weißenfels, wo die Saale sich nach Gutdünken jede Jahreszeit aussuchen konnte, um über die Ufer zu treten, hatte das Cembalo allmählich verschimmeln lassen. Das Bild war kaum noch zu sehen, die Tasten sahen aus wie ein alterndes Gebiß mit Zahnlücken. Inzwischen mußte man es jeden Abend von neuem stimmen, und am nächsten Morgen klang es schon nicht mehr rein. Einzelne Saiten hatten sich offenbar auch gelöst. »Und bestimmt gibt man wieder mir die Schuld daran«, sagte Bernhard. Und tatsächlich beschwerte Karl sich, daß sie dem Engel erlaubt hätten, das Cembalo zu verpfuschen, während er bei seinem Regiment gewesen war. »Aber du kannst sowieso nicht so gut spielen wie Anton«, sagte Bernhard, »und jetzt wird es als Feuerholz verkauft.«

Der Freiherr kaufte ein in der Zeitung annonciertes Piano von Johannes Zumpe, der bei Silbermann in die Lehre gegangen war. Auf diese Weise gelang es ihm, den Rat seines Bruders Wilhelm nicht zu befolgen.

Anton wurde gerufen. Anton, von dem man geglaubt hatte, Karl nachzuahmen sei sein einziges Ziel im Leben, Anton stand jetzt hoch im Kurs. Spielen konnten alle in der Familie – Erasmus konnte alles nach Gehör spielen, Sidonie war sehr musikalisch, aber so gut wie Anton konnte keiner spielen.

Das Zumpe-Piano hatte ein drittes Pedal, das den Klang der drei tiefsten Oktaven hielt, während die Diskantlage wie üblich gedämpft wurde. Anton saß allein im Salon und wollte keine Hilfe. Obwohl der Freiherr beim Kauf des Hauses nicht eigens danach gesucht hatte, war der Salon ursprünglich als Musikzimmer und zu keinem anderen Zweck gebaut, und der luftige Raum trug treulich jeden Ton, hielt ihn in der Schwebe und ließ ihn nur widerstrebend fallen.

Der Freiherr trug seiner Frau nun auf, passende Gäste aus Weißenfels und der näheren Umgebung zu einer *Soiree* zu bitten. »Er hat ein so gutes Herz, Sidonie. Er wird keine Ruhe finden, bevor er die Schönheit des neuen Musikinstruments mit andern geteilt hat.« Hardenberg ging zu den Versammlungen der Herrnhuter und auf Inspektionsreisen, kam aber davon abgesehen viel zu selten in andere Häuser, um zu bemerken, daß ein Piano längst keine Neuheit mehr war. Der Bürgermeister von Lindenau hatte sich sogar einen Broadwood, der nach seinen besonderen Wünschen gebaut war, aus England kommen lassen.

»Bestimmt möchte mein Vater, daß wir uns mit ihm von Herzen über Fritzens Verlobung freuen«, sagte Sidonie.

»Natürlich, mein liebes Kind.«

»Die Gruppe aus Grüningen – wir wissen nicht, wie viele von dort kommen werden – kann natürlich nicht in der Nacht noch nach Hause zurückfahren. Sie müssen alle hierbleiben, und du mußt dir überlegen, wie wir sie auf die Zimmer verteilen.«

»Wie gut, daß wir die Eimer für das Schmutzwasser gekauft haben!«

Niemand in Weißenfels freute sich besonders über Einladungen in das Haus Hardenberg, sondern sie waren so selten – das hielt man nicht für Geiz, da jedermann wußte, wie fromm und mildtätig die Hardenbergs waren – und so förmlich ausgedrückt, daß sie nicht so sehr einen festlichen Anlaß markierten, vielmehr wie Einträge im Register der langsam verfließenden Zeit, wie Sinnbilder der Sterblichkeit wirkten. Die meisten Gäste waren Beamte der Stadtverwaltung, die sich alle kannten. Aber niemand von ihnen hatte die Rockenthiens schon kennengelernt, außer den Justs natürlich. Die Justs hatten den weitesten Weg, würden aber im Haus des alten Heun übernachten, der Rahels Onkels war.

Lukas stand an der Tür; für das Vorzimmer, das vor dem großen ebenerdigen Empfangsraum lag, war Gottfried zuständig. Seine letzte Reise mit dem Freiherrn hatte ihm offenbar zu einer milden, beinahe gütigen Autorität verholfen, die sich vorher nicht so deutlich gezeigt hatte. Erasmus hielt es für möglich, daß er getrunken hatte.

»Unvorstellbar«, sagte Sidonie. »Du warst zu lange nicht mehr zu Hause.«

Zuschauer in kleinen Gruppen von drei oder vier Personen lungerten in der Klostergasse herum, um sich die ankommenden Gäste anzusehen, vor allem den seltenen Anblick des Landadels zu genießen. Der alte Julius Graf Schweinitz und Krain fuhr in einem sargähnlichen riesigen Landauer vor. »Bringt mich an einen ruhigen Ort.« Gottfried bot ihm den Arm und führte ihn in das Studierzimmer. Im Empfangssalon gingen die Diener langsam herum und boten Arrak in kleinen Gläsern an. Fritz hielt Ausschau nach Gästen, die er für seine Freunde hielt, und nach solchen, die Verständnis für Dichtung hatten – zum Beispiel Friedrich Brachmann, der Advokat, mit dem zusammen er in Leipzig studiert hatte. Brachmann hatte von Geburt an ein verkrüppeltes Bein, aber er ging so vorsichtig, daß man nichts davon bemerkte (nur daß alle in Weißenfels es wußten). Brachmann hoffte, eine Stelle im Steueramt zu finden. Sein Hinken würde dort nicht stören und seine Ideen zur Ästhetik auch nicht sehr. Fritz hängte sich mit einem Arm bei ihm ein und legte den anderen um Friedrich Severin.

»Ah, bester Freund, ich gratuliere Ihnen«, sagte Severin. »Und wo ist der kleine Bruder, der das Wasser liebt?«

»Ich glaube, er ist hier unten nicht zugelassen«, antwortete Fritz. »Aber er ist bestimmt trotzdem da.«

Louise, Brachmanns Schwester, war eine enge Freundin von Sidonie, die ihr entgegenging, als Gottfried ihren Namen ausrief. Louise war neunundzwanzig und Dichterin.

Beide Mädchen waren ganz in Weiß und ließen bei derselben Schneiderin arbeiten, aber Sidonie schien zu fliegen oder in Weiß zu schweben, zart, schwerelos, den Zaungästen aus Weißenfels ganz fremd, Louise dagegen konnte nur hoffen, wenigstens in diesem Sommer noch nicht den Vorschlag hören zu müssen, Fräulein Brachmann solle sich doch besser von der Farbe Weiß trennen.

»O Louise, Louise, ich habe mit Fritz gesprochen: Er wird deine Gedichte an Friedrich Schiller schicken; du mußt dir nur Abschriften aufbewahren, Liebes, denn diese großen Männer verlieren so oft, was man ihnen schickt.«

Sidonies Augen strahlten vor Freude darüber, daß sie eine Freude machen konnte. Louise antwortete nicht.

»Aber das hast du dir doch gewünscht, Lu?«

»Wird dein Bruder die Gedichte denn nicht lesen?«

Sidonie zögerte.

»Er hat sie bestimmt gelesen.«

»Was hat er denn dazu gesagt?« Dann, einen Augenblick danach: »Es hat nichts zu bedeuten, sind ja nur Worte, die gebrochenen Worte einer Frau.«

Sidonie wünschte sich, daß die Grüninger endlich kämen und die Aufmerksamkeit auf sich zögen: Danach würde das Piano sicher alle zusammenbringen. Daß die Rockenthiens unterwegs waren, wußte sie, da die Mandelsloh den vernünftigen Einfall gehabt hatte, den Stallburschen (den neuen Stallburschen) beim Aufbruch als Boten vorauszuschicken. Der Bursche war eingetroffen, über und über mit Staub bedeckt, und wurde in der Küche verwöhnt. Mittlerweile waren die Justs gekommen, Coelestin prächtig in der dunkelgrünen Paradeuniform seines Dienstgrades. Heun, der mit ihnen kam, war auch berechtigt, eine Uniform zu tragen, aber offenbar keine, die ihm paßte. Karoline, die fast nie etwas trank, schluckte ein halbes Glas Arrak und gesellte sich zu Fritz, Erasmus, Severin und Brachmann.

»Wo ist Sidonie?« fragte sie.

»Bei Louise, der armen Louise«, sagte Erasmus. »Doch jetzt ist nur noch eines wichtig: daß Sie gekommen sind. Sie sind für uns alle die beste Freundin, die allerbeste, die wir haben. Sie schaffen Versöhnung und Harmonie. Nicht einmal Sidonie kann das so gut wie Sie.«

»So ist es«, sagte Fritz. »Wo Justen ist, da findet man Frieden.«

»Dann hoffe ich, Sie kommen einmal in meine Buchhandlung, *Mademoiselle*.«

»Natürlich kommt sie«, rief Fritz. »Von Büchern versteht sie so viel wie ich, und von Musik weiß sie viel mehr.«

»An der Musik gibt es nichts zu wissen«, sagte Karoline lächelnd.

»Sie müssen nachher für uns spielen.«

»Ich würde nicht im Traum daran denken.«

Fritz machte eine Verbeugung und entschuldigte sich, da er überall Gastgeberpflichten erfüllen mußte. Karoline sah langsam um sich und gestattete sich nicht, ihm nachzublikken. Die Gäste schoben sich vor ihren Augen als ein einziges Getriebe von grauen, schwarzen und braunen Farben durcheinander, die Uniformen (die meisten Uniformträger hielten sich zu ihresgleichen) bildeten Inseln aus glitzernden Punkten, deren Glanz sich mit dem sinkenden Tageslicht milderte. Das Zwielicht, Gott sei Dank, ist barmherzig mit uns allen. Die weißen Kleider, die jetzt am auffälligsten waren, hielten sich noch am Außenrand der Gruppen, nur Sidonies nicht. Sie war zu Senf geeilt, der ganz allein dastand und zum Zeichen, daß er einst in Ungnade gefallen war und sich daran erinnerte, einen geflickten Frack trug. Sidonie hörte ihm kopfschüttelnd und lachend zu. Das schien ganz außergewöhnlich zu sein, denn daß Senf etwas Erheiterndes sagte, hatte man noch nie gehört. Er selbst sah ganz überrascht, beinahe verzaubert aus.

Fritz leistete gerade Louise Gesellschaft; er beugte sich linkisch, aber in einer Regung ungekünstelter Freundlichkeit zu ihr hinunter. Die Dichterin schnappte nach Luft wie ein Fisch.

Brachmann zog Erasmus beiseite, zu den Fenstern, und sagte: »Wissen Sie, ich bin Fräulein Just noch nie begegnet. Sie ist nicht mehr ganz jung, sie hat Wert und Gelassenheit.« Er hielt inne. »Meinen Sie, sie würde einen Lahmen als Ehemann in Betracht ziehen?«

Erasmus war sehr verblüfft und konnte nur entgegnen: »Oh, aber sie fühlt sich gebunden – ich weiß nicht wo, und ich weiß nicht an wen, aber daß es so ist, das weiß ich.«

Was für ein beklemmendes Paar diese beiden Brachmanns sind, dachte er, dieser Bruder und seine Schwester. Wieviel einfacher wäre es, wenn sie einander heiraten könnten.

»Sie haben nach dem Bernhard gefragt«, sagte Karoline, die nun mit Severin allein war. »Ich glaube, Hardenberg hat wirkliches Interesse an seinem jüngeren Bruder. Er mag Kinder überhaupt gern.«

»Das ist sehr wohl möglich«, sagte Severin. »Bei dem Bernhard muß man bedenken, daß nicht alle Kinder kindlich sind.«

44. KAPITEL
Die Zukünftige

Vielleicht würde es nie wieder einen Abend wie diesen in Weißenfels geben. Die Gäste warteten, obwohl sie das nicht gewohnt waren: Sogar in diesem großen luftigen Raum hatten sich die Gesichter der meisten rot wie eine reife Frucht verfärbt, aber sie waren nicht imstande, sich zur üblichen Routine zu bequemen: erst die gegenseitige Musterung, dann Diskussion, ein leichtes Vorrücken, ein kleiner Rückzug, Zirkulieren, Wiederholung, schließlich tiefschürfender, ausgiebiger Klatsch, danach genüßliches Verzehren von marinierten Gänsekeulen, schwarzgeräucherter Schinken, Obstschnäpsen, Kuchen, weiteren Schnäpsen, ein angeheiterter Heimweg, und der Weg ins Bett auf wackeligen Beinen. Heute abend konnte man sich auf nichts davon verlassen. Ungewißheit und Erwartung durchschauerte die Gäste wie die ersten Anzeichen eines Fiebers; nicht einmal die standfestesten blieben verschont davon. Noch immer keine Rockenthiens und keine Verlobte. In der Küche hieß die Köchin den Stallburschen, der das Gefühl hatte, daß man ihm irgendwie die Schuld gab, er solle auf die Knie fallen und um eine sichere Ankunft seiner Herrschaft beten.

»Sie kommen bestimmt«, stotterte er, »aber Fräulein Sophie darf man nicht hetzen, sie ist krank gewesen.«

Der Freiherr blieb gelassen, denn von dem Tag an, da er in die Verlobung eingewilligt hatte, war ihm nicht in den Sinn gekommen, seine Planung auch nur im mindesten zu ändern. In fünfzehn Minuten würden alle nach oben gehen und das Piano hören, dann folgte das Abendessen, in dessen Verlauf er nicht am Kopf seines Tisches sitzen, sondern die Runde unter den Gästen machen und hier und da einen Moment auf einem Stuhl Platz nehmen würde; Fritz und seine Zukünftige dagegen würden ihren festen Platz Seite an Seite haben; nach dem Essen Musik und, wenn Sophies Gesundheitszustand es zuließ, Tanz. Noch sechseinhalb Minuten bis zum Aufbruch in den Musiksaal; er gestattete sich einen kurzen Besuch bei seinem alten Freund Schweinitz und Krain, der noch immer an der Stelle schlummerte, an der Gottfried ihn verlassen hatte.

»Hardenberg, was trinke ich denn da? Ist das das Gebräu, was man Punsch nennt?«

»Ja, man sagt mir, Fritz habe es eigenhändig zusammengemischt.«

»Das muß zusammengemischt werden?«

»Ja, scheint so.«

»Zeitvergeudung, Hardenberg.«

»Ich werde etwas anderes bringen lassen.«

»Hardenberg, wer sind diese Rockenthiens?«

Der Freiherr schüttelte den Kopf.

»Bedauerlich, alter Freund!«

Alle waren die Haupttreppe hinaufgescheucht worden, alle saßen auf verblichenen, abgestoßenen Stühlen, die man aus dem ganzen Haus zusammengetragen hatte. Die meisten Kerzen waren gelöscht. Anton, kaum fünfzehn Jahre alt, mit aufgesprungenen, weit aus seiner ersten Kadettenuniform herausschauenden Handgelenken, setzte sich an das Zumpe-Piano, wo das Licht am hellsten war.

»Ich beginne mit einem Stück von Johann Friedrich Reichardt«, sagte er kühn an. »Ich werde eins seiner Revolutionslieder spielen.«

»Was ist denn das, Junge?« rief der Freiherr.

»Anton, du wirst mit einem Kirchenlied beginnen«, rief die Mutter schrill, mit dem Mut der Verzweiflung. »Du wirst spielen: ›Wie sie so sanft ruhn‹«.

Anton wendete sich zu ihr und nickte. Dann erhob das Piano die Stimme, ruhevoll und klar.

Abgeschirmt vom Lärm der Klostergasse, entfaltete sich die freundliche Melodie. Plötzlich sprangen die Türen zum Musikzimmer auf, und Licht aus dem breiten Flur strömte hinein.

Gottfried, deutlich vom Zweifel geplagt, ob er die Unterbrechung wagen dürfe, stellte zuerst Frau von Rockenthien vor, die eine blaßlila Robe trug und schön, aber schläfrig wirkte, dann den Herrn des Hauses, dann den eingeschüchterten George. Aber wo ist *sie*?

»Ich habe Befehl, schon vorauszugehn«, polterte Rockenthien. »Meine Stieftochter ruht sich gerade unten auf Ihren Treppenstufen aus.«

»Der kann ja Felsen in Furcht und Zittern versetzen«, brummte Louise Brachmann. »Hilf Himmel, die sind wie eine Horde Knechte auf dem Heuermarkt.«

Der Freiherr empfing die Abordnung mit tadelloser Höflichkeit und gab Gottfried ein Zeichen, worauf dieser die Kerzen wieder anzündete. Anton hielt am Ende des nächsten Akkordes inne und faltete die Hände. Wo war die Verlobte? Die älteren Gäste murmelten voll Bedauern und unverhohlener Neugier. Sie würde wohl hereingetragen werden, sie war geschwächt.

Aber Sophie, der die Mandelsloh gelassen folgte, kam eilends herein, stürmte beinahe im Laufschritt durch den Raum, blaß war sie wohl, aber erwartungsvoll und gespannt wie immer, offenkundig entschlossen, das Fest zu genießen. Sie trug ein Kleid aus bestickter Seide – chinesischer Seide, vermutete man – woher kam der Stoff wohl? Ihr Haar war unter einem weißen Häubchen verborgen, wie es für eine Verlobte wohl passend war. Sie trug eine einzelne weiße Rose.

»Hardenberch!«

Da war er.

»Die haben gesagt, ich darf nicht kommen –«

Alle hatten gemeint, dies sei das Ende von Jung Antons Vortrag, aber die Mandelsloh, die sich gleich beim Betreten des Hauses ihre Taktik überlegt hatte, sprach ein Wort unter vier Augen mit der Freifrau und überredete sie, daß alle die Musik bis zum Ende anhören müßten. Die vordersten Stuhlreihen wurden geräumt und umgruppiert, damit die Neuankömmlinge Platz hatten. Anton nickte und fuhr mit einigen Chorälen Zinzendorfs für die Brüdergemeine fort, ging dann zu Melodien aus zwei oder drei Singspielen über und spielte danach das, wie hieß das Stück noch, das er dann spielte? – dieses wunderschöne Stück, ich kannte es noch gar nicht, hat Anton es am Ende selbst improvisiert?

Niemand gab zu, das Stück zu kennen, aber alle gaben sich dem Hörvermögen mit halbgeschlossenen Augen hin.

Er beendete sein Programm mit Bachs *Capriccio zum Abschied des Bruders*. Die Zuhörer seufzten tief.

Mindestens einige von ihnen hatten erwartet, daß beim Essen der Tausch der Ringe stattfände und im Anschluß daran der Vater des zukünftigen Bräutigams als Gastgeber erklären würde, was er dem jungen Paar an Möbelstücken, Federbetten et cetera et cetera, einschließlich einer Liste über den Grundbesitz vielleicht, in die Ehe mitgeben wollte. Aber das war bei den Hardenbergs nicht üblich. Der Freiherr erhob sich nur, um das konzentrierte Essen und Trinken für einen Augenblick zu unterbrechen, um die Gäste, auch im Namen seiner Frau herzlich willkommen zu heißen und sie zu bitten, mit ihm gemeinsam ein kurzes Gebet zu sprechen.

Man hatte auch geglaubt, mit Rücksicht auf Fräulein Sophies kaum überstandene Krankheit werde nach dem Essen nicht getanzt. Aber Sophie bat inständig, daß die Musiker aufspielen möchten. Die Mandelsloh erinnerte sie daran, daß Dr. Ebhard, vielleicht erleichtert, wenigstens etwas mit Bestimmtheit sagen zu können, ihr das Tanzen strikt verboten habe.

»Ich wünschte, ich hätte ihn hier«, rief Sophie. »Dann müßte er Walzer tanzen, bis er nicht wüßte, wo ihm der Kopf steht.«

Sie saß zwischen ihrer eigenen und Hardenbergs Mutter, der Freifrau. Frau von Rockenthien lächelte wie fast immer. Sie wünschte sich, Anton würde weiterspielen, besonders das Stück, das er gegen Ende gespielt hatte, dessen Namen sie bestimmt irgendwann gewußt hatte, und sie wünschte sich ihr Baby her. Die lärmende Stimme ihres Mannes brachte sie nicht in Verlegenheit – ihr erster Mann war auch sehr laut gewesen, und keiner von beiden hatte sie mehr gestört als windiges Wetter.

Die Freifrau kämpfte derweil ganz allein mit dem Dämon der Furchtsamkeit. Das eine Glas Arrak, das sie getrunken hatte, half ihr gar nicht. Im Herzen – sie fürchtete, damit eine Sünde in Gedanken zu begehen – war sie schrecklich enttäuscht von der äußeren Erscheinung ihrer zukünftigen Schwiegertochter. Sophie hatte etwas Rührendes, weil sie so heiter und voller Erwartung war, aber ihre Heiterkeit war die eines Kindes. Vielleicht, weil sie selbst immer ziemlich unscheinbar gewesen war, maß Auguste der Würde, der Größe und der königlichen Schönheit der Erscheinung große Bedeutung bei. Vielleicht sah Sophie ja besser aus, wenn sie ihr Haar offen trug. Fritz hatte seiner Mutter erzählt, es sei dunkles Haar.

Da seine Zukünftige nicht tanzen durfte, führte Fritz die Honoratioren von Weißenfels, auch die jüngeren Gäste, seine Freunde, einen nach dem anderen zu ihr und stellte sie vor: »Es ist mir eine Freude, Sie Fräulein von Kühn vorzustellen, die mir die Ehre erwiesen hat... Dies ist Sophie, meine wahre Philosophie... Dies ist Sophie, mein Schutzgeist in allen Dingen...«

»Oh, Sie dürfen ihn nicht ernst nehmen«, antwortete sie auf die Gratulationen. Sie beherrschte sich mühsam, um nicht mit den Füßen zu wippen. Die Musik fuhr ihr in die Beine und durch den ganzen Körper: Sie kam sich vor wie eine Flasche Sprudelwasser. Endlich hatte ihr Gesicht doch noch einen rosigen Schimmer bekommen. »Oh, Sie dürfen ihn nicht ernst nehmen... wenn er solche Sachen sagt, lache ich immer.« Und sie lachte.

Im ganzen machte Sophie einen günstigen Eindruck. Sie war keineswegs die Art Ehefrau, die man von einem Hardenberg erwartet hätte. Aber sie war ungekünstelt, und das gefiel. Natürlichkeit gefällt immer. Wieviel Geld sie wohl in die Ehe mitbringen würde, das fragte man sich.

George, der in seinem ersten hohen Rüschenkragen kaum noch Luft bekam, hatte die Absicht, sich so bald es tunlich war, den Tänzern zuzugesellen, aber er fand, er habe noch nicht genug zu essen bekommen und müsse sich erst stärken. Unten im halbdunklen, noch nicht aufgeräumten Speisesaal traf er auf einen Knaben, der ein paar Jahre jünger als er war und (was George irritierte) aussah wie ein Engel. George nahm sich schweigend von der Taubenpastete und ballte die Faust in der linken Hosentasche für den Fall, daß es zum Kampf käme und er dem Engel eine Tracht Prügel verpassen müßte. Laut sagte er: »Findest du meine Schwester Sophie etwa nicht hübsch?«

»Du bist George von Kühn?« fragte der Engel.

»Geht dich nichts an.«

»Hast du Hunger?«

»Zu Hause haben wir mehr zu essen als das da ... Ich habe dich gefragt, ob du meine Schwester, die deinen Bruder Fritz heiraten wird, hübsch findest.«

»Darauf kann ich dir keine Antwort geben. Ich weiß nicht, ob sie hübsch ist. Das kann ich nicht beurteilen, dazu bin ich noch nicht alt genug. Aber ich finde, sie ist krank.«

George, der sich mit Pastete vollstopfte, war aus dem Konzept gebracht. »Och, irgend jemand ist immer krank, in jedem Haus.«

Bernhard sagte: »Findest du nicht, daß mein Bruder Anton gut Klavier gespielt hat?«

»Die Choräle?«

»Das waren nicht nur Choräle.«

»Ja, er hat gut gespielt«, gab George zu. »Wo gehst du hin?«

»Ich will raus und im Dunkeln am Fluß lang gehen. Die Musik wirkt eben so auf mich, daß ich das tun muß.«

George kippte ein Glas Branntwein hinunter, im Stil seines Stiefvaters, so gut es ihm gelingen wollte, und schwankte dann die Treppe hinauf, um mitzutanzen.

Die Mandelsloh war wider alles Erwarten eine hervorragende Tänzerin, die beste im Saal. Aber weil ihr Ehemann nicht bei ihr war und auch wegen Sophie wollte sie an jenem Abend nicht tanzen, nicht einmal mit George, dem sie ungefähr ein Jahr zuvor mühsam die Tanzschritte beigebracht hatte. »Bitten Sie mich nicht!« sagte sie zu Erasmus, als er zutraulich in ihre Nähe kam.

»Ich wollte Sie nicht zum Tanzen auffordern, ich weiß, daß ich mir so viel Ehre nicht erhoffen darf; ich wollte Sie bitten, mir zu helfen.«

»Was möchten Sie?«

Erasmus sagte: »Eine Locke von Sophie.«

Die Mandelsloh drehte langsam den Kopf und sah ihn an: »Sie auch!«

»Nur eine ganz kleine, für meine Brieftasche, am Herzen zu tragen... Wissen Sie, zuerst habe ich sie nicht verstanden, aber plötzlich wurde mir klar, warum mein Bruder die Worte ›Sophie sey mein Schutz Geist‹ in seinen Ring eingravieren ließ...«

»Sie sagte noch einmal: »Also Sie auch!«

»Eine Haarlocke zum Andenken ist doch nicht so viel, nichts Großartiges... ich hatte daran gedacht, Karoline Just zu bitten, daß sie mit Sophie spricht, aber selbstverständlich sind Sie die richtige Person dafür. Würden Sie ein Wort mit ihr reden?«

»Nein«, sagte die Mandelsloh. »Wenn Sie unbedingt eine Locke wollen, müssen Sie sie schon selbst fragen.«

Erasmus suchte sich einen günstigen Moment aus. Womöglich werden solche Momente immer für uns ausgesucht. Die Geigen im Musiksaal intonierten einen Schottischen, und er hatte das seltsame Gefühl, nicht recht zu verstehen, was oder warum sie eigentlich spielten. Er kam sich vor, als sei er gleichzeitig in zwei Welten, von denen eine unmöglich Bedeutung haben konnte.

Nun stand er neben Sophies Stuhl, nur wenige Zentimeter entfernt von ihrem zarten Körper, der ein wenig nach Krankheit roch. Sie sah strahlend zu ihm auf.

»Sie haben den ganzen Abend lang kaum mit mir gesprochen, Erasmus.«

»Ich habe mir in Gedanken zurechtgelegt, wie ich ausdrücken will, was ich sagen möchte.« Er brachte seine Bitte stotternd vor – natürlich bitte er nur um einen Kringel, ein ganz kleines Löckchen, keine lange Ringellocke wie die, die Fritz ihm im Frühjahr gezeigt habe; die solle, wie er wisse, geflochten und in einem Medaillon oder einem Uhrgehäuse aufbewahrt werden. »Uhrgehäuse«, wiederholte er, »aber natürlich nicht so eine, überhaupt nicht...« Sophie lachte. Sie hatte fast den ganzen Abend schon gelacht, das stimmte, aber so aus vollem Herzen wie jetzt denn doch nicht.

Erasmus zog sich niedergeschlagen zurück und wurde von der Mandelsloh gestellt. »Gott im Himmel, haben Sie sie etwa gefragt?«

»Ich verstehe Sie nicht«, sagte er. »Sie haben mir erklärt – ich hatte Sie für offen und ehrlich gehalten...«

»Hatten Sie erwartet, daß sie ihr Häubchen abnimmt?«

Darüber hatte er überhaupt nicht nachgedacht.

»Es ist ganz allmählich ausgefallen«, erklärte ihm die Mandelsloh, »das kam von der Krankheit. Seit zwei Monaten schon ganz kahl...«

Sie sah ihn ruhig an, ohne eine Spur Versöhnlichkeit. »Ihr Hardenbergs habt nahe am Wasser gebaut«, sagte sie. »Ich hatte schon einmal Gelegenheit, das festzustellen.«

»Aber warum hat sie denn gelacht?« fragte der arme Erasmus.

45. KAPITEL
Sie muß nach Jena fahren

Fritz wußte, daß Sophie kahlköpfig geworden war, hoffte aber zuversichtlich, daß ihr dunkles Haar nachwachsen würde. Er wußte, daß Sophie nicht sterben könne. »Was ein Mann wirklich will, das kann er auch«, erklärte er Coelestin Just, »und eine Frau kann es erst recht.« Aber sie durften keine Zeit verlieren. Sophie brauchte besseren ärztlichen Rat, den besten, den es gab. Sie mußte nach Jena fahren.

»Sie werden hier den Hofrat Stark konsultieren. Aber bei wem können sie wohnen?« fragte Friedrich Schlegel. »Früher hatte Hardenberg eine Tante in Jena; die ist allerdings vor einem Jahr gestorben, glaube ich. Die Philosophie ist wohl in der Hut ihrer Schwester, einer Offiziersfrau.«

»Und Hardenbergs Vater, der Alte, wird bei ihnen ein und aus gehen, vermute ich«, sagte Caroline Schlegel. »Der wird sich Sorgen um unseren Glauben und unsere Moral machen. Wehe den Freien, wehe denen, für die niemand betet!«

Der Jenaer Kreis war zwar nicht mildtätig, aber gastfreundlich. Das akademische Jahr war um, die Stadt schmachtete in der brütenden Sonne, der gelbe Tonboden würde bald knochentrocken sein, der Turm der Stadtkirche schien in der Sommerhitze zu zittern. Nicht lange mehr, und alle würden in Ferien gefahren sein, nur der arme Ritter nicht, der sich auf seinem Dachboden verkroch und unsichtbar machte.

Sophie und die Mandelsloh waren bereits in ein Quartier in der Schaufelgasse gezogen. Die Zimmer waren klein und lagen drei Treppen hoch, doch war das Haus ihnen empfohlen worden, weil die Vermieterin, Frau Winkler, an dahinsiechende junge Damen gewöhnt war. Vom ersten Augenblick an war klar, daß ihr Gemüt von Krankheit und allem, was damit zusammenhängt, magisch angezogen wurde. Das war irritierend, bedeutete aber, daß sie zu jeder Tages- und Nachtzeit Krüge mit heißem Wasser bringen würde. »Das gehört zur Aufwartung, junge Dame«, sagte Frau Winkler.

Die Mandelsloh hatte sich zu ihrer eigenen Beruhigung gesagt, einen Vorteil habe das Quartier: Förmlichkeiten seien dort nicht üblich – nicht, als ob es in Grüningen viel anders gewesen wäre –, und die arme Sophie werde sich vorkommen wie in ihrem Puppenhaus, wegen der buntgemusterten Keramikkrüge, die auf der vollgestellten Kommode bescheiden warteten. In Wahrheit aber war sie im Zweifel, ob sie die richtige Wahl getroffen hatte, und mußte deshalb allen Mut zusammennehmen, um den ersten Brief des Freiherrn öffnen zu können. Sie konnte nicht wissen, daß Onkel Wilhelm, der ohne Einladung nach Weißenfels gereist war und ungebetene Ratschläge erteilte, verkündet hatte, in Jena gebe es keine Unterkunft (ausgenommen allenfalls das ehemalige Palais, in dem Goethe sich gewöhnlich aufhielt), die auch nur annähernd für die Verlobte seines ältesten Neffen geeignet sei.

»Die Zimmer, die zur Miete angeboten werden, liegen alle unter dem Dach, es sind Taubenschläge. Ich kenne die Stadt aller Wahrscheinlichkeit nach besser als ihr. Diese ältere Schwester, das könnt ihr mir glauben, wird ein paar Dachkammern angemietet haben. Frauen geben sich immer mit zu wenig zufrieden.«

Daraufhin schrieb der Freiherr postwendend an Frau Leutnant Mandelsloh, er hoffe, sie so bald wie möglich besuchen zu können, sei aber schon jetzt überzeugt, daß sie eine kluge Wahl getroffen habe.

46. KAPITEL
Besucher

Aus Friederikes Tagebuch, Juli 1796

Söphgen hat versucht, Tagebuch zu führen, aber sie darf sich nicht mehr mit dem Schreiben quälen. Das übernehme ich nun.

Uns geht es ganz gut in unseren Zimmerchen. Sophies Essen bereite ich selbst zu und lasse es nicht aus der *Rose* bringen, damit unsere Wirtin nicht gekränkt ist. Das Klima von Jena bekommt mir nicht, es bekommt vielleicht niemandem, denn alle Professoren und Literaten scheinen sich in den Haaren zu liegen. Sehr heißes Wetter. Sie fangen an, ihre kleinen Ausflüge und Ferien zu machen. Die Straßen sind leer.

Hardenbergs Freund Friedrich Schlegel (Professor ist er noch nicht, glaube ich) hat uns gestern abend besucht. Er ist auch im Aufbruch zu einer Reise. Ich habe ihn selbst empfangen. Sophie war mit Frau Winkler zur Parade gegangen. Gott weiß, daß ich solches Zeug schon oft gesehen habe. Meine geliebte kleine Schwester aber hat große Lust, sich zu amüsieren, sobald der Schmerz ein wenig nachläßt. Dann ist sie wieder fast die alte.

Nun zu Friedrich Schlegel. Er ist Philosoph und Historiker. Sein melancholischer Blick hat mich nicht verwirrt. Er sagte zu mir: »Frau Leutnant, Ihre Schwester, Fräulein von Kühn, versucht ihren Verstand nach Art von Hardenbergs arbeiten zu lassen; was sie tut, ist so, als wolle sie einen halbzahmen Vogel abrichten, daß er singt wie ein Mensch. Das wird ihr nicht gelingen, die Ideen, die sie vorher im Kopf hatte, wenn man das so sagen darf, sind jetzt durcheinandergeraten, und sie weiß kaum, was sie an deren Stelle setzen soll.«

Ich fragte ihn: »Sind Sie meiner Schwester eigentlich schon einmal begegnet, Herr Schlegel?«

Er entgegnete: »Noch nicht, aber ich glaube, sie gehört zu einem bestimmten, leicht erkennbaren Typ.«

Ich sagte: »Sie ist meine Schwester.«

Später kam Sophie wieder, in Begleitung von Frau Winkler, die mit einer gewissen Enttäuschung sagte: »Ich habe darauf gewartet, daß die junge Dame in Ohnmacht fällt, aber sie tat es nicht.«

Obwohl Fritz nun seine erste offizielle Anstellung als Akzessist bei der Salinendirektion hatte und sich nur kurz beurlauben lassen durfte, überließen die Rockenthiens die Sorge um Sophies Behandlung ganz ihm.

»Kein System ist so zuverlässig wie das Brownische«, belehrte Fritz Karoline Just, nicht zum erstenmal. »Der Brownianismus beruht bis zu einem gewissen Grad auf Lockes Ideen vom Nervensystem.«

»An jemanden müssen wir glauben«, sagte Karoline. »Ich meine, an einen anderen, nicht nur an uns selbst, sonst wäre das Leben armselig.«

»Ich spreche von den exakten Wissenschaften, Justen.«

Fritz brach sehr früh von Tennstedt auf. Als er jedoch in Jena angekommen war, konnte er Stark nicht gleich sprechen, da der Hofrat bei einem Consilium in Dresden war. Man sagte Fritz aber, er könne den Assistenten des Professors aufsuchen, Herrn Jakob Dietmahler.

»Ach, du bist das, was für ein Glück«, rief Fritz. »Manchmal glaube ich, an jedem Wendepunkt in meinem Leben –«

»Auch mein Leben hat Wendepunkte«, sagte Dietmahler ruhig.

Fritz war zerknirscht: »Die Liebe hat ein Monstrum aus mir gemacht.«

»Mach' dir keine Sorgen, Hardenberg. Ich bin froh, daß ich die Assistentenstelle bekommen habe, und ich habe mich damit abgefunden, daß noch ein langer Weg vor mir liegt.«

»Es tut mir wirklich leid, wenn –«

»Damit wollen wir unsere Zeit nicht vergeuden. Warum bist du gekommen?«

»Dietmahler, Dr. Ebhard hat wohl einen erklärenden Brief an den Professor geschrieben. Meine Sophie leidet Schmerzen.«

»Starke Schmerzen, würde ich denken. Ich kann natürlich nichts sagen, bevor Professor Stark wiederkommt, aber Ebhard erwähnt ihre Gesichtsfarbe, und das ist ein wichtiger Hinweis für uns.«

»Sie sieht rosig aus.«

»In diesem Brief steht, sie sei gelblich.«

Aber Sophie wollte ausgehen. Sie war unnachgiebig und beharrlich wie nur ein Mensch, dem wirklich der Sinn nach Vergnügungen steht. In Grüningen hatte man so wenig zu tun gehabt. Und was noch wichtiger war: Nie hatte ihr jemand ein Ständchen gebracht. Hier konnte Dietmahler endlich sofort praktische Hilfe leisten. In Jena hielten sich noch viele Medizinstudenten auf; sie besaßen keinen Pfennig und mußten in den Ferien durcharbeiten, in der Hoffnung, ein wenig eher Examen machen zu können oder als halb ausgebildete Knochen-Einrenker oder Wundärzte in ein Regiment aufgenommen zu werden. Konnten sie spielen und singen? Selbstverständlich. Wie sollten Mittellose sonst ihre Freizeit verbringen, wenn nicht mit Musik? Draußen vor dem Haus in der warmen Dämmerung der Schaufelgasse standen sie und begannen mit kleinen Melodien, kleinen Volksliedern, dann folgte ein Trio. Als die Mandelsloh mit der Geldbörse in der Hand die drei Treppen hinunterkam und fragte: »Für wen spielen Sie?«, antworteten sie: »Für die Philosophie.«

Friederikes Tagebuch

Und jetzt sieht es so aus, als ob der große Mann uns tatsächlich einen Besuch abstatten will; Goethe wird offenbar wirklich unter uns weilen. Das haben wir nicht von Hardenberg erfahren, sondern wieder einmal von Erasmus, der schließlich doch nicht nach Zillbach gereist ist, sondern derzeit ein Zimmer in einem Bierhaus für Studenten hat; dort schläft er auf Stroh, sagt er. Das ist nun seine Angelegenheit, nicht meine. Er läßt mich auch wissen, daß Goethes Abneigung gegen Brillen bekannt ist und daß er gesagt haben soll: »Was habe ich von einem Menschen, dem ich bei seinen mündlichen Äußerungen nicht ins Auge sehen kann und dessen Seelenspiegel durch ein paar Gläser, die mich blen-

den, verschleiert ist! – Sowie ein Fremder mit der Brille auf der Nase zu mir hereintritt, kommt sogleich eine Verstimmung über mich.« Ich habe früher nie eine Brille getragen, aber jetzt brauche ich bei feinen Näharbeiten und beim Lesen eine, und seit wir in Jena sind, trage ich die Brille fast ständig. Gelegentlich muß man eben die Launen eines großen Mannes ignorieren.

7. Juli, am Morgen

Zuerst richten wir unser Wohnzimmer her. Viel ist nicht zu machen, das Mobiliar ist sehr armselig, es entspricht den Bedürfnissen von Universitätsassistenten, die für alles dankbar sind. Die Medizinflaschen, die Zugpflaster, die Spritzen, die Frau Winkler so liebt, sie wandern alle ins Schlafzimmer; Nähzeug und Tageszeitungen werden unter dem Ruhebett verstaut. An einem grauen windigen Tag wie heute müssen die Fenster geschlossen bleiben, aber sie sind nicht dicht. Es ist zugig im Zimmer, das wissen wir schon, aber ich prüfe es aus der Nähe, und es ist ein schneidend scharfer Wind. Der große Mann der Feder könnte eine Lungenentzündung bekommen, und die Schuld daran würden wir tragen müssen.

Söphgen vergißt ihre Schmerzen, vergißt überhaupt, daß sie krank ist, solange wir über die Zugluft sprechen. Frau Winkler sagt: Es gibt ein Geheimnis dabei. Man muß jetzt die Fenster eine Weile weit öffnen. Wenn die Luft im Raum dieselbe Temperatur hat wie die Außenluft, dann spürt man keinen Zugwind. – Aber (wende ich ein), das Zimmer wird höllisch ungemütlich sein. – Macht nichts, ruft Söphgen, wir machen alle Fenster fest zu, sobald wir ihn kommen sehen; und dann nimmt sie alle Kraft zusammen, die sie noch hat, und reißt die Fenster auf, bevor ich sie darin hin-

dern kann. Dann fängt sie an zu husten. »Das hättest du mir überlassen sollen. Jetzt sticht dein Husten mir ins Herz wie die Kreuznägel. Schneidender als die Zugluft.« – Und Sophie lacht.

Goethe biegt in die Schaufelgasse ein. Alle ans Fenster! Er kommt in einem blauen Rock, darüber trägt er einen Sommerstaubmantel, ein vornehmes Gewand, das fast bis zum Boden und ganz bis auf seine glänzenden Stiefel reicht. Er scheint keinen Diener bei sich zu haben: ein Privatbesuch.

Ich nehme die Brille ab und gehe hinunter, Sophie kommt mit, sie will nicht allein zurückbleiben. Sie richtet sich auf, als hätte sie keine Angst. Goethe stellt sich vor und schüttelt uns ganz unbefangen die Hände, fragt uns, ob sein Diener in der Küche untergebracht werden kann: Er hat also doch einen Mann bei sich gehabt, aber anscheinend geht dieser Dienstmann immer ein paar Schritt hinter ihm und ahmt aus Respekt alle Handlungen und Gesten seines Herrn nach. Es wäre bestimmt nützlicher, wenn er vorausginge und Sorge trüge, daß sein Herr in das richtige Haus eintritt.

Oben angekommen nimmt Goethe den härtesten Stuhl und sagt sehr liebenswürdig: Dichter gedeihen in der Unbequemlichkeit. Im nächsten Augenblick geht er aber schon in dem kleinen Zimmer auf und ab.

Eine Klingel gibt es hier nicht, aber ich habe mit Frau Winkler verabredet, daß ich kräftig auf eines der losen Dielenbretter treten werde, damit sie weiß, wann es Zeit für Erfrischungen ist. Goethe schneidet den Kuchen geschickt an und öffnet die Flasche. Er regt an, dem Diener ein Glas Wein in die Küche hinunter zu schicken; ich stimme zu, obwohl ich nicht finden kann, daß er es sich verdient hat. Inzwischen spricht Goethe ein wenig über Gesundheit und

Krankheit und sagt: Manche Unpäßlichkeiten sind nichts als eine Stockung, die durch einige Gläser Mineralwasser zu heben ist, aber hier wie überall gilt: Laßt es nicht so fortschlendern, sondern tut dazu! Er muß wissen, daß der Fall unserer armen kleinen Patientin ganz anders liegt. Es war klar, daß er sie aufmuntern wollte. Leider kennt er Hardenbergs Dichtung noch nicht, allerdings ist wohl auch nicht viel davon gedruckt worden. Sophie, für die der Besuch vielleicht eine zu große Ehre war, wußte nichts zu sagen. Am Ende äußerte sie, Jena sei viel größer als Grüningen. Goethe verneigte sich leicht und antwortete, auch Weimar sei größer als Grüningen.

Sophie erwähnte Hardenbergs Geschichte Die blaue Blume nicht. Und Goethe monierte wenigstens die Zugluft nicht.

Erasmus, der den genauen Zeitpunkt des Besuchs herausgefunden hatte, wartete, lauerte eigentlich, an der Straßenecke.

»Exzellenz! Auf ein Wort, bitte! Ich bin Hardenbergs jüngerer Bruder, das heißt, einer seiner jüngeren Brüder. Ich bin Student der Forstwissenschaft, das heißt, nicht hier ...«

»Das habe ich auch nicht angenommen«, sagte Goethe. »An der Universität Jena gbt es keine forstwissenschaftliche Fakultät.«

»Ich habe in Hubertusburg studiert. Das heißt, ich habe Hubertusburg gerade verlassen. Darf ich Sie ein kleines Stück begleiten?«

Goethe lächelte und sagte, kein Gesetz verbiete ihm das.

Erasmus nahm das Gespräch wieder auf: »Sie haben Fräulein Sophie von Kühn und ihre ältere Schwester, Frau Leutnant Mandelsloh besucht.«

»Ah, sie ist die ältere Schwester? Eine Frau von großer Kraft, die verwandtschaftliche Beziehung war mir nicht klar.« Da Erasmus husten mußte und wortlos neben ihm hertrottete, sprach Goethe weiter: »Ich glaube, ich weiß, was Sie mich fragen wollen. Sie wissen nicht, ob Fräulein von Kühn, wenn sie wieder genesen ist, Ihrem Bruder ein wirklicher Quell des Glücks sein wird. Wahrscheinlich haben Sie das Gefühl, zwischen den beiden herrsche keine Gleichheit des Verstandes. Aber seien Sie ganz beruhigt, es ist nicht der Verstand, den wir an jungen Mädchen lieben. Wir lieben ihre Schönheit, ihre Unschuld, ihr Vertrauen zu uns, ihre Heiterkeit und Anmut, ihr Gott-weiß-was – aber wir lieben sie nicht ihres Verstandes wegen –, auch Hardenberg nicht, dessen bin ich mir sicher. Er wird, zumindest einige Jahre lang, glücklich mit dem sein, was seine junge Frau ihm zu bieten hat, und dann mag ihm das unvergleichliche Glück beschert sein, Kinder zu haben, während seine Dichtung –«

Erasmus ergriff den großen Mann verzweifelt am Arm, unterbrach ihn mitten im Redefluß, wirbelte ihn herum wie Treibgut in der Flut: »Aber das ist es nicht, was ich Sie fragen wollte!«

Goethe blieb stehen und sah auf Erasmus herab. (Der Diener zwanzig Schritt hinter ihm blieb auch stehen und starrte in eine Barbierstube.)

»Dann habe ich mich geirrt. Das Glück Ihres Bruders liegt Ihnen nicht am Herzen?«

»Nicht das seine!« rief Erasmus. »Ihr Glück, Sophies Glück, das ist mir wichtig!«

47. KAPITEL
Professor Starks Behandlungsmethode

Als Professor Stark wieder in Jena war, machte er eine Untersuchung und sagte, man müsse operieren. Er werde Schläuche einführen, um das Gift herauszuleiten. Es gebe keine andere Möglichkeit, den Tumor des gnädigen Fräuleins auszutrocknen. Er brauche die Einwilligung ihres Stiefvaters in Grüningen. Diese traf binnen vierundzwanzig Stunden ein.

»Schade wär's, wenn wir das Feuerwerk zum Geburtstag des Kurfürsten verpassen würden«, sagte Sophie. Das war ihr einziger Einwand.

»Mein Stiefvater und meine Mutter überlassen mir die Einzelheiten«, erklärte die Mandelsloh dem jungen Dietmahler, zu dessen besonders schwierigen Pflichten es gehörte, sich um die Angehörigen der Patienten zu kümmern. »Ich werde den Zukünftigen meiner Schwester herbitten müssen. Er ist wieder nach Tennstedt gefahren. Sie kennen ihn gut.«

»Gut eigentlich nicht, aber ich kenne ihn schon seit einer Weile, seit langem, will mir scheinen«, sagte Dietmahler. »Ich glaube, sein Bruder Erasmus ist in Jena.«

»Nein, er ist gestern abgereist; das habe ich ihm geraten. Hier zu bleiben, hätte weder ihm noch uns geholfen. Aber Hardenberg natürlich –. Teilen Sie mir jetzt mit, an welchem Tag und zu welcher Stunde der Professor die Operation vornehmen will. Schreiben Sie mir die Daten auf. Natürlich werde ich sie nicht vergessen, aber schreiben Sie sie hier in mein Tagebuch.«

So verfuhr Professor Stark jedoch nicht. Sein Prinzip war, die Zeit zwischen Ankündigung und Beginn einer Operation möglichst kurz zu halten, höchstens eine Stunde im voraus Bescheid zu geben. Dadurch sollten die Nerven des Patienten geschont werden. Außerdem verhinderte man auf diese Weise, daß die Angehörigen zu früh und lange bevor man sie brauchen konnte eintrafen. Dietmahler wußte das selbstverständlich, durfte es jedoch nicht sagen. Nun mußte er noch einmal mit einer Erklärung in der Schaufelgasse vorsprechen. »Das Zimmer, das dem besonderen Zweck dienen soll, muß ständig bereit sein«, fuhr er fort, als habe er es auswendig gelernt. »Und sorgen Sie für reichlich Vorrat an alten sauberen Laken und alten sauberen Unterkleidern von feinstem Leinen.«

»Ständig bereit, wenn wir gar nicht wissen, wann es gebraucht wird!« sagte die Mandelsloh. »Wir haben hier zwei Zimmer, und nicht mehr. Dies ist das Wohnzimmer, und meine Schwester schläft im Augenblick im Schlafzimmer. Die Inspektion können Sie mir überlassen.«

Dietmahler zögerte. »Und die anderen Dinge?«

»Meinen Sie, wir wären mit einem Stapel alter, sauberer, ausrangierter Unterwäsche von feinstem Leinen angereist? Sollten wir nicht lieber nach Grüningen zurückfahren und das Zeug holen?«

»Nein, die Patientin darf nicht reisen.«

»Sie meinen, der Professor wünscht es nicht.«

»Das habe ich nicht gesagt. Wie groß ist das Schlafzimmer?«

»Genauso groß wie dieses. Man kann sich kaum darin bewegen. Erklären Sie ihm, daß er außer Ihnen niemanden mitbringen darf.«

»Gewiß, das kann ich versprechen. Und Ihre Wirtin? Wäre sie bereit, Hilfe zu leisten?«

»Nur zu bereit.«

»Frau Leutnant, ich möchte nicht, daß wir Gegner sind. Können wir die Sache nicht einmal von einer anderen Seite betrachten? Ich kann Ihnen versichern, daß der Professor voller Mitgefühl und Interesse ist. Er hat mich sogar wissen lassen, daß er die Verbände selbst anlegen will.«

Sie gab ihm die Hand, aber mehr als ein Waffenstillstand war das nicht.

Frau Winkler hatte die bevorstehende Visite von Professor Stark mit allen Nachbarn im Umkreis besprochen, »um Mißverständnisse zu verhüten, falls Schreien und Jammern aus dem Haus dringen. Sie könnten ja denken, ein Streit...«

»Zum Beispiel eine Untermieterin, die ihre Wirtin erwürgt«, sagte die Mandelsloh verständnisvoll. Frau Winkler, die ihr nun sklavisch gehorsam war, hatte in der Nachbarschaft eine Menge saubere alte Laken zusammenborgen können (die Große Wäsche war in diesem Jahr schon gewesen). Genaugenommen, gab es in Sachsen keine ausrangierten Bettlaken, aber manche waren dreißig bis vierzig Jahre älter als andere. Sie zeigte, wie fadenscheinig sie waren, indem sie den Stoff gegen das helle Licht der Sommersonne hielt. »Packen Sie die Laken weg, reden Sie nicht mehr davon, bringen Sie mir die Wochenrechnung und Kaffee«, sagte die Mandelsloh.

Sophie war unterwegs – auf einer Fahrt durch die Kornfelder mit der Frau des Pfarrers, dessen Sonntagspredigten sie hörten. Die beiden waren früh aufgebrochen, um sich nicht der Sonne auszusetzen, und durch schattige, von Pappeln gesäumte Alleen gefahren.

»Danke, Frau Pastor, Sie waren so gütig, Sie sind so gütig, Sie werden sicher die Güte haben und mir verzeihen, daß ich so schnell müde werde.«

»Vielleicht darf ich Fräulein Sophie nächste Woche wieder besuchen«, meinte die Pfarrersfrau, aber die Mandelsloh griff höflich ein und sagte, daß sie leider keine festen Verabredungen treffen könnten.

»Ich wünschte, George wäre hier«, sagte Sophie.

»George!«

»Ich weiß nicht, warum, wir haben gar nicht von ihm gesprochen, aber ich wünschte, er wäre hier.«

Hardenberg wußte bis jetzt noch nichts von der Operation. Womöglich wußte er nicht einmal, daß sie noch in Jena waren. Er inspizierte, wie die Mandelsloh glaubte, die Salinen von Dürrenberg. Aber die Instruktionen des Professors, die sie trotz ihrer kritischen Einstellung mit unbedingtem, militärischem Gehorsam befolgte, lauteten noch immer: »Ich werde Ihnen eine Stunde im voraus Bescheid geben. So ist es am besten. Danach können Sie dann herbeirufen, wen Sie möchten.«

Wiederum war Dietmahler der Überbringer dieser Nachricht, und Dietmahler erschien auch am Morgen des 11. Juli in Begleitung eines Hospitaldieners. »Die Operation wird um elf Uhr stattfinden. Ich werde erklären, was zu tun ist.« Das Doppelbett wurde in die Mitte des Zimmers geschoben und mit den alten Laken bedeckt; auf dem Sofa im Vorderzimmer lagen Stapel von Binden, Leinen und Schwämmen, die der Hospitaldiener mitgebracht hatte. Sophie schien nicht verstört zu sein.

Frau Winkler meldete, an der Tür sei ein Mann. Es war ein Bote mit einer schriftlichen Nachricht, die besagte, der Professor habe befunden, er müsse die Operation bis zwei Uhr nachmittags aufschieben. »Nur um uns zu erinnern, daß er ein berühmter Mann ist«, sagte die Mandelsloh.

»Frau Leutnant, Sie sind ungerecht«, sagte Dietmahler.

Er schickte den Diener in ein Speisehaus und ging bis zwei Uhr durch die Straßen von Jena. Als er wiederkam, trug Sophie einen alten dünnen Morgenmantel, dessen gelbliche Farbe dem Ton ihrer Haut glich. Sie sah schmal aus, vielleicht ein wenig geschrumpft. Die Mandelsloh dachte: »Was tue ich diesem Wesen an, das in meine Obhut gegeben ist?«

Zwei trotz der Sommerhitze geschlossene Kutschen bogen in die Schaufelgasse ein. Sie hielten an, die Türen öffneten sich. »Sie sind ja zu viert«, wendete die Mandelsloh sich mit bitterem Vorwurf an Dietmahler. »Sie haben mir Ihr Wort gegeben, daß ...«

»Drei davon sind Schüler«, sagte Dietmahler kleinlaut. »Sie lernen, wie man so etwas macht.«

»Ich lerne auch, wie man so etwas macht«, sagte die Mandelsloh.

Vom Fuß der Treppe klang eine Stimme herauf, die Frau Winkler abwies oder wenigstens zurückhielt. Der Professor und seine Studenten traten auf, alle korrekt in Schwarz gekleidet. Die Studenten versanken in ihren viel zu großen Fräcken. Zweifellos waren die Kleidungsstücke geliehen. Der Professor begrüßte die Damen mit einer Verneigung. Sophie lächelte schwach.

»Wir werden den Fruchtlikör verabreichen.«

Das war eine Mixtur aus Wein und Laudanum nach Dr. Browns Rezept, die Sophie ohne Protest hinunterschluckte. Dann hinein ins Schlafzimmer, wo alle mit Mühe um das Bett an seinem ungewohnten Platz herumgingen. Die Studenten standen mit dem Rücken gegen die Wand, um nicht im Weg zu sein; sie schossen scharfe Blicke wie junge Krähen und zogen Tintenfäßchen und Feder hinter ihren Rockaufschlägen hervor.

Sophie wurde auf den Berg geliehener Matratzen gehoben. Dann fragte der Professor sie ernst und höflich – in einem Ton, dessen Förmlichkeit für ein Kind paßte –, ob sie ihr Gesicht mit einem feinen Musselintuch bedecken wolle. »So werden Sie einiges, was ich tue, sehen können, aber nicht zu genau ... Nun, jetzt können Sie mich nicht sehen, stimmt's?«

»Ich kann etwas Glitzerndes sehen«, sagte sie. Vielleicht war es doch nur ein Spiel. Die Studenten schrieben eine Zeile in ihre Notizbücher.

Wie es die Etikette der Jenenser Medizin vorschrieb, winkte der Professor Dietmahler zu sich und fragte ihn: »Werter Kollege, soll ich den Einschnitt vornehmen? Raten Sie mir zu?«

»Ja, Herr Professor, ich rate zu.«

»Würden Sie zwei Einschnitte machen oder nur einen?«

»Zwei, Herr Professor.«

»So?«

»So.«

Frau Winkler, die wartend unten an der Treppe stand, hatte bis jetzt noch nichts hören können, aber nun wurde ihre Geduld belohnt.

48. KAPITEL
Nach Schlöben

Kreuz und quer durchs Land, von Artern nach Jena, von Langensalza nach Jena, von Dürrenberg nach Jena zog Fritz auf den staubigen sommerlichen Straßen, die jetzt von Saisonarbeitern und Soldaten wimmelten. In sein Notizbuch schrieb er:

Ich bin wie ein verzweifelter Spieler, dessen ganzes Wohl und Wehe davon abhängt, ob ein Blütenblatt in diese oder jene Welt fällt. Die Wunde soll ich nicht sehen.

Sophie mußte sich am 8. August 1796 einer zweiten Operation zur Austrocknung des Abszesses unterziehen. Gegen Ende August wurde eine dritte nötig, weil die beiden ersten sich als Fehlschläge erwiesen hatten. Professor Stark sprach davon, daß die Dinge sich so günstig entwickelten wie man erwarten könne. Die Kraft der Patientin lasse nicht nach, die Wunde eitere nur mäßig. Allerdings sei der Herbst immer eine gefährliche Zeit, insbesondere für junge Patienten.

Sophie an Fritz: »*Kaum lieber Hardenberg kann ich eine Zeile an Sie schreiben aber duen Sie mier nur den Gefalle und sein nicht zu ängstlich dieß bittet herzlich*

Ihre Sopfie.«

Auf die beiden Väter hatte die dritte Operation eine tiefgreifende Wirkung. Rockenthiens lärmende Fröhlichkeit, seine Angewohnheit, immer nur die heitere Seite der Dinge zu sehen, seine deftigen Scherze, all das verschwand, und zwar nicht allmählich, sondern über Nacht, als ob eine Riesenhand ihn ergriffen und alle Hoffnung aus ihm herausgepreßt hätte. Der Freiherr dagegen wurde zum erstenmal in seinem Leben schwankend – nicht in seinem Glauben, aber in der Frage, was als nächstes zu geschehen habe. Bis Ende August hatte er seinen Besuch in Jena immer wieder aufgeschoben. Dann entschloß er sich zu fahren, so viele Familienmitglieder wie möglich mitzunehmen und in Schlöben zu übernachten. Zum Teil war sogar dieses Manöver ein Versuch, den Onkel Wilhelm loszuwerden, der noch immer als Gast in Weißenfels saß. »Bruder, ich werde so lange hierbleiben, bis ich sehe, daß mein Rat nicht mehr vonnöten ist.«

»Sehr gut«, sagte der Freiherr, »dann wirst du nicht mit nach Schlöben kommen.« Er gab Befehl, nur sechs von den sieben Schlafzimmern herzurichten.

Zum Transport der Familie und der Vorräte für eine Woche brauchten sie beide Kutschen und vier der langmütigen Pferde. Fritz war schon in Jena, Anton in Schulpforta, aber Karl war daheim – die Hälfte der Offiziere seines Regiments war beurlaubt, seit Sachsen aus der Koalition gegen Frankreich ausgeschieden war – und Sidonie und Erasmus ebenfalls. Bernhard hatte keine große Lust zum Mitkommen gehabt, aber er hatte auch nicht mit dem Säugling, den Dienstboten und seinem Onkel allein in Weißenfels bleiben wollen.

Während die Freifrau neben Erasmus in der Kutsche sitzend durcheinandergerüttelt wurde, wußte sie, daß es nicht recht sein konnte, mitten in allem Kummer um Sophie auch nur einen Augenblick das Glück zu erfahren, und dennoch schlug ihr Herz schneller, als sie in das vertraute Tal hineinfuhren, als es zum erstenmal seit drei Jahren Zeit wurde, nach den vier hohen Schornsteinen von Schlöben Ausschau zu halten, und als die Spitzen der Pappeln auftauchten. Sie hatte den Ort immer geliebt. Vielleicht weil das Haus dicht von Bäumen umstanden war, fühlte sie sich dort sicher, ein Gefühl, das ihr ganz ungewohnt war. Anton und Auguste Benigna waren dort geboren. Ihr Ehemann, das wußte sie, auch wenn sie in den letzten Jahren nur selten hiergewesen waren, würde sich auf keinen Fall von Schlöben trennen wollen.

»Die Schornsteine!« rief Sidonie, die neben dem Kutscher auf dem Bock saß.

Sie fuhren an der Eiche vorbei, an der noch die Seile der alten Schaukel hingen, das eine an einem höheren Ast als das andere. Zur Rechten war die gewölbte Brücke, die den Bach und den Fußweg überspannte und zu den Gebäuden und der Kapelle des Gutes führte. Das Herrenhaus war dunkel und feucht und in einem dermaßen schlechten Zustand, daß die Treppen im obersten Stockwerk nicht mehr betreten werden durften und die Dienstboten über Leitern in ihre Schlafkammern klettern mußten. Der Gutsverwalter war ebenfalls in das Herrenhaus gezogen, einfach um ein Dach über dem Kopf zu haben, da sein eigenes Quartier nur noch eine Ruine war. Aber von dem würdevollen, strengen Elend Oberwiederstedts war hier nichts zu spüren, vielmehr herrschte in diesem nebelverhangenen Tal ein diffuser Eindruck von Entspannung, beständiger Versöhnung, von Heimkehr nach des Tages redlichen Mühen.

Karl, sentimental wie alle Berufssoldaten, hatte Tränen in den Augen, als sie vorbeifuhren an den Überresten der alten Schaukel, an der Schlittenbahn, die vom höchsten Punkt des Tales abwärts führte, und am Teich, der bis zum Herbst kein Wasser hatte. Er dachte auch an die Monate, die er vor nicht allzu langer Zeit hier zugebracht hatte, als seine Pläne, eine Frau mit Geld zu heiraten, in Konfusion geendet hatten und er sich auf der Flucht vor einer zornentbrannten, beleidigten Dame nach Schlöben retten mußte.

»Im Winter haben wir immer Stroh in unsere Stiefel gestopft«, sagte Sidonie.

»Und sie dann ausgezogen, bevor wir hineingingen«, sagte Karl. »Und deine Füße waren so weiß, Sidonie, fischweiß, ganz anders als unsere. Wärst du gern wieder ein Kind?«

»Mir wäre es lieber, wenn wir alle Kinder wären«, sagte Erasmus. »Dann hätten wir unser eigenes Reich.«

»Da habe ich aber ganz andere Erfahrungen«, sagte der Bernhard. Als er noch sehr klein war, hatte der Bernhard geglaubt, die acht Jahre Altersunterschied zwischen ihm und Sidonie würden wie der Größenunterschied allmählich verschwinden; wenn er erst genauso groß wie Sidonie oder noch größer wäre, dann würde er genauso alt oder sogar älter als Sidonie sein. Diese Illusion hatte er verloren.

Das warme Zwielicht roch nach Linden und Hühnermist. »Hört ihr den Bach?« fragte Sidonie. »Den können wir nun die ganze Nacht lang murmeln hören.«

Bernhard entgegnete, er wohne lieber an einem Fluß.

Während das Gepäck nach und nach abgeladen wurde, öffnete sich die Haustür, und Billerbeck, der Gutsverwalter, kam heraus, gefolgt von aufgeregtem Federvieh, das ganz offenkundig das Haus ebenfalls als Heim ansah. Alle wohnten im hinteren Teil. Der Vordereingang wurde so gut wie nie benutzt. Durch die perlgraue Dämmerung in der Diele konnte man am Ende eines höhlenartigen Flurs Licht aus der Küche schimmern sehen.

Zwischen dem Freiherrn und seinem Gutsverwalter

herrschte wenig Förmlichkeit. Sie waren ungefähr gleich groß und umarmten einander herzlich.

»Wir haben gelitten, Billerbeck, wir leiden. Gott erlegt uns Prüfungen auf.«

»Ich weiß, Exzellenz.«

Vor vier Jahren, bei seinem vorigen Aufenthalt in Schlöben, war Bernhard noch ganz klein gewesen und hatte mit einem seiner Brüder, vermutlich Erasmus, zusammen in einem Himmelbett in einem großen Zimmer im ersten Stock geschlafen. Dieses Zimmer war inzwischen wie die meisten nach Norden gelegenen Räume stark beschädigt, weil der Regen durch die zerbrochenen Fenster eingedrungen war. Billerbeck beteuerte immer wieder: An einem der nächsten Tage werden wir mit der Reparatur anfangen. Unterdessen wurde Bernhard in einer engen Kammer im zweiten Stock untergebracht, und sein Bett war nicht viel breiter als eine Pritsche.

Bernhard sagte vor sich hin: »Meine Eltern liegen schon und schlafen. Es geht zwar kein Wind, aber abwechselnd wird die Stube hell vom Schimmer des Mondes. Und irgendwo tickt auch eine Uhr.« Und so war es, obwohl er die Uhr nicht sehen konnte. Hoch oben an der Südseite von Schloß Schlöben hing ein riesiges altertümliches, vergoldetes Zifferblatt, das für ganz Schlöben die Zeit anzeigte, allerdings nicht sehr genau. Das Uhrwerk befand sich in der dicken Wand des Zimmers, in dem Bernhard lag. »Ich liege unruhig auf meinem Lager«, zitierte er weiter. »Die anderen haben ja das Nämliche gehört, und keinem ist so etwas begegnet.«

Seit einiger Zeit schon hatte er begriffen, daß das Anfangskapitel von Fritzens Geschichte nicht schwer zu verstehen war. Man hatte es ihm nie gezeigt oder vorgelesen. Aber in Weißenfels gab es nichts Interessantes, das er sich nicht genau angesehen hätte.

Als er das Geschichtenbuch wieder in Fritzens Büchersack stopfte, war ihm eine Wendung besonders gegenwärtig: Nur eine einzige Person hatte den Fremden, der am Essenstisch von der blauen Blume erzählt hatte, wirklich verstanden. Diese Person mußte auserwählt sein, weil sie anders war als der Rest der Familie. Es ging darum, das eigene Schicksal zu erkennen und als einen Bekannten zu begrüßen, wenn es kam.

49. KAPITEL
In der Rose

Am nächsten Morgen brachen sie um fünf Uhr früh nach Jena auf. Der erste Kaffee, den man kaum trinken konnte, wurde ihnen im Frühstückszimmer serviert. Draußen war der Himmel am Taleingang von langen Wolkenstreifen verhangen, die darauf zu warten schienen, daß das Morgenlicht sie zur Durchsichtigkeit verbrennen würde. Schlöben lag im Schatten, das Glitzern des Bachs ausgenommen. »Ihr könnt euch nicht vorstellen, wie seltsam mir zumute ist«, sagte Karl. »Ich würde am liebsten am Fenster sitzen bleiben, bis der ganze Ort hell wird.« – »Hier sind wir verzaubert«, sagte Sidonie. »Bis zur Abfahrt werden wir unser Unglück gar nicht in seinem ganzen Gewicht wahrnehmen. Wir sind gekommen, den armen Fritz zu sehen, und doch sind wir ihm ferner denn je. Ich schäme mich, daß ich so beruhigt bin.«

»Satt!« brüllte Erasmus und knallte die Tasse auf den

Tisch. Bei einem so frühen Aufbruch konnten sie noch am selben Abend wieder in Schlöben sein, nachdem die Pferde acht Stunden Ruhe gehabt hatten. In Jena hatte der Freiherr für sie einen großen Raum in der Rose reserviert. Trotz der pekuniären Schwierigkeiten der Familie ging er immer in die besten Gasthäuser; andere kannte er gar nicht.

»Da ist Fritz!« schrie Karl, der den ersten Wagen kutschierte und mit einem guten Vorsprung vor den anderen in den Hof der Rose einfuhr.

»Nein, das ist nicht mein Bruder!« rief Sidonie. Sie stieg als erste aus, sprang herunter, ohne abzuwarten, bis das Treppchen an die Kutsche geschoben wurde, und lief ihm entgegen.

»Fritzchen, ich hab' dich kaum wiedererkannt.«

So viele Besucher konnten natürlich nicht alle gleichzeitig bei Frau Winkler auftreten. Der Freiherr würde als erster gehen, die andern später.

Die Freifrau nahm all ihren Mut zusammen und fragte: »Soll ich dich nicht begleiten, Heinrich?« Nein, er wollte mit Fritz allein gehen. Sie wollten sofort aufbrechen. Der Rest der Familie ging in die Rose und stieg zum ersten Stock hinauf in den stattlichen Raum mit Blick auf den Platz.

»Da gehen sie«, sagte Karl und lupfte den weißen Leinenvorhang vor einem Fenster etwas. »Wann haben wir sie zuletzt so einträchtig miteinander gehen sehen?«

Als Fritz und der Vater nicht mehr zu sehen waren, kam eine Gruppe Häftlinge mit Fußfesseln, sie sollten die Straßen kehren. Sobald der Wachmann nicht aufpaßte, legten sie die Besen weg und streckten almosenheischend die Hände aus. Sidonie warf ihnen ihre Geldbörse zu.

»Dafür werden sie sich gegenseitig die Kehle durchschneiden«, sagte Karl.

»Nein, sie haben bestimmt ein gerechtes Verteilungssystem«, sagte Erasmus.

»Der jüngste wird ja wohl das wenigste bekommen«, sagte der Bernhard.

»Kaffee, Kaffee für die verehrten Damen und Herren!« rief der Wirt, der ihnen nach oben gefolgt war. Ein Kellner mit gestreifter Schürze fragte, ob sie Wein wünschten.

»Noch nicht«, teilte Erasmus ihm mit.

»Ich möchte, daß du jetzt ruhst«, sagte Sidonie zu ihrer Mutter. »Diese Sofas scheinen eigens so gebaut, daß man nicht darauf liegen kann, aber ich möchte, daß du es trotzdem versuchst.«

Die Freifrau legte sich hin. »Armer Fritz, armes krankes Söphgen. Aber es wird sie aufheitern, unsern Engel zu sehen.« Sie winkte Bernhard zu sich. Der Raum heizte sich schon auf. Kein Lufthauch bewegte die breiten Jalousien.

Der nächste Besucher war Dietmahler; er kam im Auftrag von Professor Stark, um zu fragen, ob er etwas helfen könne. Er verharrte an der Tür, spähte in das schattendunkle Zimmer und sah von einem Gesicht zum anderen. Er war unangemeldet in die Rose und den Raum im ersten Stock gegangen. Sie redeten alle miteinander; niemand blickte sich um, und Dietmahler war so unklug, sich an das blonde Kind zu wenden, das in seiner Nähe stand und die Hydraulik des Kaffeetopfes untersuchte.

»Du bist doch der Bernhard? Ich bin ein Freund deines Bruders Friedrich. Ich war bei euch in Weißenfels. Ich weiß nicht, ob deine Schwester Sidonie sich noch an mich erinnert.«

»Wohl kaum«, sagte der Bernhard. »Aber ich erinnere mich an Sie.«

Sidonie hatte mit halbem Ohr zugehört und kam ihnen

nun lächelnd entgegen. Natürlich erinnere sie sich an alles – den Waschtag, die Freude seines Besuches, und natürlich sei er –

»Natürlich«, sagte der Bernhard.

»Ich habe jetzt die Ehre, Assistent von Professor Stark zu sein«, sagte Dietmahler. »Vielleicht haben Sie gehört, daß Ihr Bruder mich in seinen Briefen erwähnt hat, wenn er von der Behandlung seiner Zukünftigen schrieb.« Er überreichte ihr seine Visitenkarte. Nun würde sein Name ihr zweifellos wieder einfallen. Aber die wenigen Augenblicke, während derer sie sich nicht erinnern konnte, hatten Dietmahler noch einmal bestätigt, was er ohnehin wußte: Er war ein Nichts. Alles, was Bedeutung für uns hat, das können wir benennen. Mit einer Art Befriedigung befahl er seinen Hoffnungen: Sinkt, sinkt nur, wie eine in den Fluß geworfene Leiche. Man hat mich abgewiesen, nicht weil ich unwillkommen wäre, nicht einmal, weil ich mich lächerlich gemacht hätte, nein, einfach, weil ich ein Nichts bin.

»Dietmahler!« rief Erasmus laut.

Und jetzt erinnerte sich Sidonie und schlug einen Moment lang die Hände vors Gesicht. »Dietmahler, Gott sei Dank, daß du da bist, du wirst uns genau erzählen, was geschieht. Du hast noch nicht lang genug praktiziert, um zu wissen, wie man lügt.«

»Das ist nicht sehr höflich«, sagte Karl.

»Fräulein von Kühn fiebert noch«, sagte Dietmahler. »Lange Besuche sind ausgeschlossen; allenfalls eine halbe Stunde. Leider verzögert ihr Husten die Heilung der Schnittwunde. Sie klafft noch. Der Professor glaubt nun, wenn man ihm erlaubte, eine weitere Operation durchzuführen, dann dürften wir auf schnelle und vollständige Genesung hoffen.«

»Und was glaubst du?« fragte Erasmus.

»Ich ziehe die Prognose des Professors nicht in Zweifel.«

Danach entschuldigte Dietmahler sich. Er müsse, sagte er, auch an seine anderen Pflichten denken.

»Selbstverständlich«, rief Sidonie. »Und Sie müssen uns verzeihen, aber wir sind voll Sorge. Auch jetzt können wir eigentlich nicht glauben, daß Sie außer Söphgen noch andere Patienten haben. Leute mit Kummer sind unglaublich selbstsüchtig.«

»Das hat Ihr Bruder mir auch gesagt.«

»Dann hat er mehr Vernunft bewiesen als bei ihm üblich.« Sie versuchte, etwas wieder gut zu machen, auch wenn sie nicht wußte, wozu. Dann war er fort, und da sie nichts zu tun hatten, standen sie am Fenster und beobachteten ihn, wie er nun die gepflasterte Straße überquerte, um im Schatten gehen zu können.

Die Freifrau schlief unruhig. Der Wirt fragte erneut, ob er ein paar Flaschen Wein bringen solle.

»Meinetwegen, wenn es Sie glücklich macht«, sagte Karl.

»Wein aus der Gegend, Herr Leutnant?«

»Um Himmels willen, nein, bringen Sie Moselwein.«

Sowie der Kellner gekommen und wieder gegangen war, wurde Erasmus heftig: »Vater muß gleich wiederkommen, da er nur eine halbe Stunde bei Sophie bleiben darf. Wir haben alles dumm angefangen. Was wird sich aus diesem Besuch ergeben? Ihr wißt, daß er zwar irgendwie seine Einwilligung oder Zustimmung gegeben hat, aber daß er die Heirat trotzdem noch immer ganz unpassend findet –«

»Sie ist ganz unpassend«, fiel ihm der Bernhard ins Wort. »Darin liegt Schönheit, das geht uns an.«

»Du hättest nicht mitkommen sollen, du Hausengel«, sagte Erasmus ärgerlich.

»Und du auch nicht«, gab der Bernhard zurück.

Erasmus wendete sich an Karl: »Warum durfte der Vater gleich zu Sophie gehen, obwohl es der Armen so schlecht geht, daß Fritz vor Sorge über ihren Zustand bis zur Unkenntlichkeit verändert ist und nicht einmal seine eigene Schwester ihn erkannt hat? Was muß er jetzt empfinden? Als Christ und Vater muß er Mitgefühl mit ihr haben, aber darüber hinaus kann er doch nur denken, daß sein Sohn nun lebenslang an ein krankes Mädchen gebunden ist, das ihm vielleicht nie Kinder gebären kann. Er wird seine Einwilligung zurückziehen müssen. Kein Mensch kann etwas anderes von ihm erwarten. Und dann muß der arme Fritz, der unglückselige Fritz, ihr die grausame Wahrheit eröffnen; er muß sagen: Meine liebste Philosophie, bedauerlicherweise hält mein Vater dich nicht für würdig, mein Bett zu teilen –«

»Meine Mutter wird wach«, sagte Sidonie.

Auf der Treppe dröhnten schwere Schritte, die die neuen Schiebefenster im Prunkzimmer der Rose erzittern ließen. Der Freiherr stand vor ihnen; die Tränen liefen ihm übers Gesicht – der Anblick war ihnen von den häuslichen Andachten her vertraut – aber jetzt schluchzte er, stieß groteske Laute dabei aus, holte stoßweise Luft, unterbrochen von einem Schluckauf, als habe er den Mund zu voll genommen und sei dem Ersticken nahe.

»Das arme Kind ... upf! ... das arme Kind ... so krank ... upf! ... und sie hat nichts ...«

Er lehnte sich an den Türrahmen – so hatte ihn noch keiner gesehen – und klammerte sich mit beiden Händen an.

»Ich werde ihr Schlöben geben!«

50. KAPITEL
Ein Traum

Karl stellte klar, daß es gar nicht in der Macht des Vaters stünde, etwas Derartiges zu tun. Er hatte Schlöben 1768 von seinem Onkel Friedrich August geerbt, und zum Erbfolger war der vier Jahre danach geborene Fritz bestimmt. Aber das tat der Großzügigkeit des Opfers, zu dem der Freiherr aus schierem Mitgefühl für Sophie bereit gewesen war, keinerlei Abbruch. – Bernhard fand, ganz so großartig wirke die Opferbereitschaft nun doch nicht mehr.

In dieser Zeit kämpfte Fritz mit einem Bild, das sich beharrlich am Rand seines Traumdenkens hielt. Endlich gab er den Widerstand auf und ließ es in seine Träume ein: Er war wieder Student in Jena und hörte Fichtes Vorlesungen über das Ich, und ihm kam in den Sinn, daß er dies nicht tun solle, daß er in Jena am falschen Ort sei; er hatte nämlich erfahren, daß sein Freund Hardenberg nur zwei Stunden davon in Schlöben wohnte. Sein Pferd war schlecht, und er kam nicht vor Einbruch der Dunkelheit an. Er klopfte, und ein junges Mädchen mit dunklem Haar öffnete ihm. Er vermutete, sie könne die Frau seines Freundes Hardenberg sein, mochte aber nicht fragen. Zwei Wochen blieb er als willkommener Gast in Schlöben. Als es Zeit zum Abschiednehmen war, nahm der Gastgeber seinen Dank entgegen, erklärte ihm aber, er dürfe nicht wiederkommen.

Fritz schrieb das Geschehnis auf, so wie er es geträumt hatte, in einem einzigen Abschnitt. Da er nach Tennstedt reisen mußte, fragte er Karoline Just, ob er ihr den Abschnitt vorlesen dürfe.

»Das ist ganz wie früher«, sagte er und blickte ganz erstaunt um sich: »Das Wohnzimmer, der Schein vom Feuer,

Ihr Onkel und Ihre Tante schon im Bett, das Vorlesen.« Karoline dachte: »So hat er früher nie geredet. Er könnte einer von den Nachbarn sein.« Fritz schlug sein Notizbuch auf.

»Ich muß Ihnen sagen, daß ich hier einen Traum aufgeschrieben habe.«

»Wenn das so ist, dann höre ich nur aus alter Freundschaft zu«, sagte Karoline. »Sie müssen wissen, daß die Menschen sich nur für ihre eigenen Träume interessieren.«

»Aber ich habe ihn mehr als einmal geträumt.«

»Das wird ja immer schlimmer.«

»Justen, Sie dürfen nicht leichtfertig von Träumen sprechen«, wies er sie zurecht. »Die sind zuständig für Dinge, wie sie seit sieben Jahren nicht im Narrenhaus der Philosophie vorgekommen sind.«

Während er vorlas, dachte sie: »Vor sieben Jahren habe ich ihn noch nicht gekannt.«

»Lohnt es sich, weiterzumachen, Justen?«

»Ich möchte die Geschichte einmal für mich lesen.« Dann fragte sie: »Wie sah die junge Frau aus?«

»Das ist nicht wichtig. Wichtig ist, daß sie die Tür geöffnet hat.«

Die alten Freunde des Freiherrn und seine Kollegen im Salinendirektorium, sogar Coelestin Just, sprachen von seiner Geste – Schlöben Sophie von Kühn zum Geschenk zu machen – und hielten sie für ein absurdes Beispiel von *Herrnhuterei*. Die Rechtslage konnten sie alle nicht sicher einschätzen, aber es sei »unerhört und ungebührlich«, sagte der alte Heun. »Soweit ist nicht einmal unser Herrgott gegangen. Hardenbergs Söhne erben nur Hypothekenschulden, das Gut Oberwiederstedt ist ohne einen Pfennig, da ist wirklich nicht die Zeit für übertriebenes Lieben und Schenken.« Senf machte ihn spitz darauf aufmerksam, daß auch das Gut Schlöben ohne einen Pfennig sei.

So etwas sagte man natürlich nicht in Gegenwart von Kreisamtmann Just, aber er kannte die Lage genau. Sogar in seinem Gartenhaus erwischte ihn die Melancholie noch am Ärmel. »Das kommt nur, weil du verwöhnt bist«, sagte Karoline. »Du hast Rahel und mich, und wir sind jede in ihrer Art so festgelegt, daß man sich kaum vorstellen kann, wir würden uns je ändern. Und wenn dein alter Freund sich in gewisser Weise benimmt, nämlich so, daß er ein ganz anderer Mensch zu sein scheint, dann meinst du, das Alter nahe sich ›auf Katzenpfoten‹«.

»Die Wahrheit ist«, sagte ihr Onkel, »die Wahrheit ist, daß der alte Hardenberg sich nicht verändert hat. Die Kunst des Gebens und Nehmens hat er noch nie begriffen. Ich nenne das den Hardenbergianismus. Doch man darf nicht klagen, wenn ein Mann sein Ohr für Gottes Botschaft öffnet.« Er sah sich seine Nichte genauer an und sagte: »Karolinchen, sag nicht, du seist festgelegt in deiner Art, das ist absurd.«

»Aber, festgelegt oder nicht, ich bin hier immer willkommen«, sagte Karoline lächelnd. »Das versicherst du mir doch jedesmal, willst du es diesmal nicht sagen?«

»Erklärt mir, was ich denken soll, Erasmus, Karl, Sidonie«, bat die Freifrau. »Ich verstehe nicht, was da vorgeschlagen wurde. Gehört Schlöben jetzt nicht mehr uns?«

»Du kannst ganz beruhigt sein«, erklärte Erasmus ihr. »Unsere arme Sophie will nur wieder nach Grüningen; alles andere interessiert sie nicht.«

Die Freifrau war erleichtert und gleichzeitig irgendwie

verstimmt, was nur Bernhard wahrnahm; verstimmt, weil sie die unbestimmte Empfindung hatte, Schlöben sei am Ende herabgesetzt worden. War es möglich, daß das Mädchen dort nicht wohnen wollte? »Aber wenn euer Vater das wünscht, dann muß man sie dazu zwingen«, sagte sie.

51. KAPITEL
Herbst 1796

Vom September an kamen die Fuhrwerke mit Brennholz für den kommenden Winter aus den Kiefernwäldern nach Jena. Sie waren hoch beladen, und die obenauf liegenden Äste streiften die Fenster in den Seitenstraßen, die wie ein Krähennest mit Reisig übersät waren. Im Pflaster taten sich plötzlich Kellerluken auf und schluckten dankbar den donnernden Holzregen. Gleichzeitig hatte das Einlegen begonnen, und riesige Essigfässer kollerten über Rutschen hinab in dunkle, streng riechende Keller. Alle Häuser bargen je nach Stauraum ihren geheimen Schatz an Essig und Brennholz für den Winter. Die Studenten waren zurückgekehrt »und die Huren auch«, sagte die Mandelsloh. »In den Semesterferien haben sie ihr Glück anderswo probiert, in Leipzig oder in Berlin.« Sie zogen in bescheidenen Planwagen wieder nach Jena, allerdings nicht in die Straßen in der Umgebung der Schaufelgasse. Das war eine Enttäuschung für Sophie, die gern einen Blick auf sie geworfen hätte. Auch die Mitglieder der Fakultät kehrten in ihre Häuser zurück und hingen die Ankündigungen ihrer Lehrveranstaltungen im kommenden Wintersemester aus. Es gab gebührenfreie öffentliche, eine größere Zahl private Vorlesungen und dann die teuersten, die *privatissime* gelesen wurden. Professor Stark las *privatissime* über Frauenkrankheiten.

Als Fritz noch in Tennstedt war, bekam er einen Brief aus der Schaufelgasse in einer Handschrift, die er nicht kannte. Aus der Unterschrift sah er, daß der Schreiber Leutnant Wilhelm Mandelsloh höchstselbst war, auf Urlaub vom Regiment Prinz Clemens zu Langensalza. Er schreibe auf Befehl seiner Frau. Sophie inkommodiere das lange Sitzen am Schreibe Tisch, und seine Frau schütze weibliche Geschäfte vor (»Sie wollen ihn beschäftigen«, dachte Fritz), deshalb sei er veranlaßt worden, von Sophies Gesundheitszuständen Nachricht zu erteilen. – Trotz seiner Auskunft konnte Sophie ein paar Zeilen beisteuern; sie schrieb, es gehe ihr gut, nur ein paar Tage lang sei sie leider recht krank gewesen, und sie sende »tausent Krüße an alles mit einanter«. Ende November war der Urlaub des Leutnants vorbei, und er mußte, was ihm vielleicht nicht unlieb war, nach Langensalza zurückfahren. Es kann gut sein, daß er den Eindruck mitnahm, im Lebensplan seiner Frau keine wichtige Rolle mehr zu spielen.

Die Schlegels und deren Anhang ließen sich nicht in der Schaufelgasse sehen, sondern vertrauten darauf, daß Dietmahler sie auf dem laufenden halte. Er konnte nur sagen, daß Sophies Fieber kam und ging, daß die Wunde immer wieder außen zuheilte, dann aber wieder aufbrach und von innen her eiterte. Stark verschrieb eine höhere Dosis Laudanum; Dietmahler brachte das Medikament zweimal in der Woche vorbei.

»Ich wünsche Ihnen alles Gute für Ihren weiteren Lebensweg«, sagte die Mandelsloh. Sie wollte zu Weihnachten wieder in Grüningen sein, und auch an Sophies Geburtstag im März.

»Ja, im März wird sie fünfzehn«, erzählte Dietmahler Caroline Schlegel. »Noch gibt es allen Grund zur Hoffnung für ihren Geist und Leib.«

»Das scheint mir nicht so«, entgegnete Caroline. »Hardenberg kann nur hoffen, daß sie älter wird; aber es kommt mir sehr fraglich vor, ob ihr das gelingt.«

Dietmahler dachte bei sich: »Ich habe keinen Grund, in Jena oder bei diesen Menschen oder in diesem Land zu bleiben. Ich brauche nur ein Wort der Empfehlung von einem bedeutenden Mann. Vielleicht könnte ich nach England gehen.« Dr. Brown war tot, aber wie Dietmahler gehört hatte, praktizierten zwei seiner Söhne in London. »Meiner Mutter würde ich dann regelmäßig Geld schicken, oder ich könnte sie auch mitnehmen.«

52. KAPITEL
Erasmus macht sich nützlich

»Fritz, bester Bruder«, sagte Erasmus. »Ich möchte mich nützlich machen. Bis geklärt ist, wo ich meine erste Anstellung bekomme, bin ich nur eine Belastung. Laß mich deine Sophie und die Mandelsloh nach Grüningen eskortieren.«

Es mußte bald sein, bevor der Winter die Straßen für eine Kranke unpassierbar machte. Die Mandelsloh hatte schon fast alles Notwendige sorgsam vorbedacht. Sie hatte eine geschlossene Kutsche gemietet und dafür gesorgt, daß die Pferde frisch beschlagen waren, falls es Frost gab, sie hatte die schweren Gepäckstücke vorausgeschickt, die Frau von Professor Stark besucht und ihr zum Abschied versilberte Spargelmesser geschenkt, sie hatte den Dienstboten Trinkgeld gegeben, den Schlegels ein zurückhaltendes Billett geschrieben und Frau Winkler erlaubt, sich eine halbe Stunde lang an ihrer Schulter auszuweinen. Für Erasmus blieb nichts mehr zu tun als neben der Kutsche herzureiten, ein rundgesichtiger, wenig eindrucksvoller Begleitschutz, und bei jedem Halt die Regie zu übernehmen. Sobald sie sich Grüningen bis auf wenige Kilometer genähert hätten, sollte er schnell vorausreiten und die Ankunft ankündigen. Das würde Sophie ein wenig, freilich nicht viel, nützen. In Wahrheit hatte er einen anderen Beweggrund für sein Hilfsangebot, einen der stärksten, den die Menschheit kennt, nämlich das Bedürfnis, sich selbst zu quälen.

Am ersten Tag brachen sie spät auf. In Mellingen wurde Sophie sofort in ihr Zimmer im Bären hinaufgetragen. »Sie schläft schon«, sagte die Mandelsloh, als Erasmus, der sich um das Gepäck gekümmert hatte, in die Wirtsstube kam. Sie hatte die Nichte des Wirts angestellt, in Sophies Zimmer zu wachen und sofort zu rufen, wenn sie, die Mandelsloh, gebraucht würde.

Endlich konnte sie sich eine Weile ausruhen; sie saß im flackernden Licht der Kerzen und des Ofenfeuers, über dem in einer tiefen Nische Stiefel zum Trocknen hingen und Essen warmgehalten wurde. Der Feuerschein fiel auf die linke Seite ihres braven Gesichts und überzog es mit einem goldenen Schimmer, so daß Erasmus fand, sie sehe gar nicht mehr wie die Mandelsloh aus. »Das Abendessen ist fertig«, sagte sie. Er dachte, sie ist eine kriegerische Heilige, ein starker Engel des Schlachtfeldes. »Ich war in der Küche«, sagte sie. »Es gibt gekochte Schweinsfüße, Pflaumenmus, Brotsuppe.«

»Ich kann nichts essen«, sagte Erasmus.

»Ach kommen Sie, wir sind Sachsen. Ein gutes Essen schaffen wir immer, auch wenn das Herz uns bricht.«

Erasmus seufzte: »Bis jetzt geht es ihr trotz der Reise wenigstens nicht noch schlechter.«

»Nein, noch schlechter nicht.«

»Aber die Schmerzen –«

»Die würde ich ihr abnehmen, wenn ich könnte«, sagte die Mandelsloh. »Das sagt man so hin und meint es doch eigentlich nicht. Ich meine es wirklich. Aber die Zeit, die man damit zubringt, etwas zu wünschen, was nicht sein kann, die Zeit ist nicht nur vertan, sondern verschleudert, und eines Tages werden wir zur Rechenschaft gezogen für alles, was wir verschleudert haben.«

»Die Jahre haben Sie das Philosophieren gelehrt.«

Zu seiner Überraschung lächelte sie und fragte: »Für wie alt halten Sie mich?«

Er versuchte, sich herauszureden. »Ich weiß nicht... das habe ich mir nie überlegt.«

»Ich bin zweiundzwanzig.«

»Genauso alt wie ich«, sagte er bestürzt.

53. KAPITEL
Ein Besuch bei Magister Kegel

Man hatte den Hausherrn von Rockenthien in Grüningen nicht besonders geliebt, aber sein Lachen wurde doch vermißt. Er war ein Mann ohne Falsch und verhielt sich wie immer, breitete die gewaltigen Arme aus, zog seine Freunde an sein Herz, pfiff den Hunden und ging auf die Jagd, aber er lachte nie mehr, so als ob eine Feder in seiner inneren Mechanik gebrochen sei.

Es war nicht ungewöhnlich, daß er in die Stadt ging, um den Magister Kegel aufzusuchen. So hatte er es immer gehalten; er war zu ungeduldig, es dauerte ihm zu lange, jemanden aufs Schloß zu bestellen und dort zu erwarten. Ungewöhnlich war nur, daß seine Frau ihn begleitete. Sogar in dieser angsterfüllten Zeit blieb sie so träge, oder, freundlicher formuliert, so gelassen wie immer. Trotzdem: der zweirädrige Wagen wurde in die überfrorene Einfahrt gebracht, und beide stiegen ein; die Sprungfedern auf der Seite des Hausherrn gaben erheblich unter seinem Gewicht nach.

Er sagte: »Als Coelestin Just zum erstenmal Hardenberg zu uns ins Haus brachte, war genau solches Wetter wie heute.«

»Ich glaube, damals hat es geschneit«, sagte Frau von Rockenthien.

Magister Kegel verbrachte seinen Ruhestand mitsamt seinen Büchern in einem kleinen Haus in der Nähe der Leihbücherei. Er gratulierte dem Paar zur Rückkehr der Rockenthienschen Stieftöchter aus Jena. Alle im Umkreis hatten Fräulein Sophie vermißt. Er hoffte sehr, daß, so Gott wolle, ihre Genesung Fortschritte machte, aber nach Schloß Grüningen zog es ihn nicht.

»Ich habe Ihren Auftrag, Unterricht in Ihrem Haus zu geben, vollständig erfüllt. Ich habe mir nichts vorzuwerfen, aber die Ergebnisse waren durchweg entmutigend. Ihre beiden Jüngsten wurden mir bis jetzt nicht anvertraut – aber meiner Ansicht nach sollte das arme Fräulein Sophie um keinen Preis jetzt in ihrer Krankheit versuchen, etwas zu lernen, das ihr schon zu schwer fiel, als sie gesund war. Das halte ich für vollkommen unangemessen. Es wäre nur eine Pantomime.«

»Aber sie möchte es gern«, sagte Rockenthien.

»Und was gedachte sie sich anzueignen?«

»Ich meine, sie würde gern etwas Spektakuläres lernen«, sagte Rockenthien eifrig, »oder etwas Bemerkenswertes, sollte ich lieber sagen, etwas, womit sie ihren Verlobten überraschen kann.«

»Ich bin kein Mensch, von dem man etwas Spektakuläres gewinnen kann«, sagte der Magister und ließ den Blick über seine bescheidenen Besitztümer schweifen. »Und vielleicht darf ich bei dieser Gelegenheit einmal sagen, daß Hardenberg meiner Meinung nach in Ihrem Haus viel zu sehr verwöhnt wurde.«

»Alle jungen Leute in meinem Haus werden verwöhnt«, sagte Rockenthien unglücklich. Er sah, daß Kegel im Begriff war, das Kommen absolut zu verweigern. Frau Rockenthien, die noch nichts gesagt hatte, machte auch jetzt den Mund nicht auf. Womöglich dachte sie überhaupt nicht. Kegel starrte sie jedoch sehr aufmerksam an, als sie sich jetzt vom Stuhl erhob, nickte leicht und sagte, er werde am nächsten Mittwoch im Schloß vorsprechen, falls er bis dahin nichts Gegenteiliges höre; »aber ich möchte keinerlei ärztliche Behandlung stören«.

»Das brauchen Sie nicht zu fürchten«, versicherte ihm Rockenthien. »Söphgen wird jetzt von Langermann behandelt, der ihr nichts verschreibt, nur Ziegenmilch.«

Dr. Langermann, der anstelle von Dr. Ebhard kam, war ein gemütlicher, altmodischer praktischer Arzt, den alle gutgestellten Familien in Grüningen kannten. Er war insgeheim der Meinung, daß man Fräulein Sophie in Jena vergiftet habe. Im Frühling, wenn die Ziegenmilch am besten war, würde die Genesung sich einstellen.

54. KAPITEL
Algebra stillt die Schmerzen wie ein Opiat

In Weißenfels unterhielt man sich über die Neutralitätskonferenz, die beinahe hier stattgefunden hätte, aber am Ende war es, zum Ärger der Kaufleute, doch nicht dazu gekommen; man unterhielt sich über die preußischen Katastrophen, über den Tod der alten Hure Babylon in St. Petersburg und über Hardenbergs Zukünftige. Aber Fritz sah seine alten Freunde nicht mehr, auch die Brachmanns nicht, und nicht einmal Friedrich Severin. »Geselligkeit dürfen Sie jetzt nicht von ihm erwarten«, erklärte Sidonie ihnen. »Sowie er seine Büroarbeit für den Tag erledigt hat, geht er in sein Zimmer hinauf. Man kann klopfen und klopfen, er antwortet einfach nicht. Er hat sich in das Reich des Geistes zurückgezogen.« Severin entgegnete, der Geist habe viele Reiche. »Fritz studiert Algebra«, sagte Sidonie.

Fritz schrieb: »Algebra zu studieren, ist gewiß sehr heilsam. Die Wissenschaften haben wunderbare Heilkräfte – wenigstens stillen sie wie Opiate die Schmerzen. Ich habe aus dem Studium der Algebra gelernt, daß Philosophie und Mathematik wie Mathematik und Musik dieselbe Sprache sprechen. Das ist natürlich nicht genug. Ich werde meinen Weg schon noch erkennen. Geduld, der Schlüssel wird sich drehen.

Wir glauben, die ursprünglichen Gesetze zu kennen, nach denen die Menschheit regiert wird. Daß hinter ihnen noch ein ganz anderes System wirkt, erahnen wir vielleicht ein-, zweimal im Leben flüchtig. Eines Tages, als ich unterwegs zwischen Rippach und Lützen las, empfand ich die Gewißheit der Unsterblichkeit so deutlich wie die Berührung einer

Hand. – Als ich zum erstenmal das Haus Justs in Tennstedt betrat, schien mir alles darin zu leuchten, sogar das grüne Tischtuch und die Zuckerdose. – Als ich Sophie zum erstenmal begegnete, brachte eine Viertelstunde die Entscheidung. – Rahel verwies es mir, Erasmus tadelte mich, aber sie waren im Irrtum, beide irrten. – In Weißenfels auf dem Kirchhof sah ich einen Jüngling mit gesenktem Kopf in Meditation versunken; er stand auf einer begrünten Fläche, die noch nicht umgegraben war, ein tröstlicher Anblick im Halbdunkel. Das waren die wirklich wichtigen Momente meines Lebens, auch wenn es morgen endet.

Wie die Dinge stehen, sind wir der Welt verfeindet und Fremde auf dieser Erde. Wir verstehen alles Fremde nur durch Selbst*fremdmachung*, *Selbstveränderung*. Ich verdiene mir meinen täglichen Unterhalt durch Selbstfremdmachung. Ich sage: Dies ist beseelt, aber jenes unbeseelt. Ich bin Salineninspektor, das ist Steinsalz. Ich gehe noch weiter, viel weiter und sage: Dies ist Wachen, jenes ist Traum, dies gehört zum Leib, jenes zum Geist, dies gehört zu Raum und Entfernung, jenes zu Zeit und Dauer. Aber die Übergänge zwischen Raum und Zeit sind fließend wie die zwischen Leib und Seele, so daß das eine nicht ohne das andere meßbar ist. Ich will mich mit aller Kraft bemühen, ein anderes Maß zu finden. Ich liebe Sophie fast mehr ihrer Krankheit wegen. Krankheit ist vielleicht der notwendige Anfang der Liebe. Wir könnten Gott selbst nicht lieben, wenn er nicht unsere Hilfe brauchte. – Aber die Gesunden, die zusehen müssen und nichts tun können, brauchen auch Hilfe, vielleicht sogar mehr als die Kranken.«

55. KAPITEL
Magister Kegels Unterrichtsstunde

Sophies Schlafzimmer war voller Menschen, die Luft zum Schneiden dick. Laut war es außerdem; die Kleinen versuchten mit schrillen Organen, einander zu übertönen; George gab mit verstellter Stimme eine Imitationsvorführung; die Vögel in den Käfigen trillerten und ratterten; junge Hunde kläfften wie verrückt.

»In diesem Durcheinander kann ich keinen Unterricht halten«, protestierte der Magister, als er von einem Diener hereingeführt wurde. »Haben Sie die Freundlichkeit, wenigstens die fünf Hunde aus dem Zimmer zu entfernen. Wo ist Frau Leutnant Mandelsloh?«

»Mein Vater hat sie gebeten, hinunter zu kommen und in seinem Büro Ordnung zu schaffen«, sagte George.

»Ah, George, dich habe ich schon lange nicht mehr gesehen.«

Sophie lag von Schals umgeben auf ihrem Ruhebett.

»Ach, lieber Magister, George war gerade dabei – er hat gerade eine kleine –«

»Er hat mich nachgeäfft. Das konnte ich beim Hereinkommen ganz gut sehen.«

George, der für Ordnung hatte sorgen sollen, dieser große Junge, der über die Weihnachtsferien aus dem Internat gekommen war, wurde feuerrot. Die Vögel in ihren Käfigen tschilpten ärgerlich.

»Fräulein, ich möchte Ihnen sagen, wie leid es mir tut, daß Sie so viel durchgemacht haben und noch immer durchmachen müssen«, sagte der alte Mann. Dann sprach er die Kleinen an: »Denkt Ihr denn gar nicht an eure Stiefschwester? Seht Ihr nicht, daß sie ganz anders aussieht als früher?«

»Zuerst haben wir das auch gedacht«, sagte Mimi. »Aber jetzt wissen wir nicht mehr, wie sie früher ausgesehen hat.«

Glückliche Kinder, dachte Kegel.

»Schicken Sie sie nicht weg, sie müssen hierbleiben«, rief Sophie. »Ach, Sie wissen ja nicht, wie langweilig es in Jena war, fast immer, nur am Anfang nicht. Und jetzt, da ich wieder daheim bin –«

»Kommt Hardenberg denn nicht?«

»Wir wissen nicht, wann er kommt und geht«, sagte George. »Er gehört zur Familie, da muß er uns nicht Bescheid sagen.«

Der Magister winkte dem Kindermädchen, Mimi und Rudolf aus dem Zimmer zu bringen. Er legte selbst ein Tuch über den Käfig mit den Vögeln, die immer noch aufgeregt waren und leise schnatterten. Dann setzte er sich auf einen Stuhl am Fuß des Bettes und zog ein Buch hervor.

»Ach, Magister, meine alte *Fibel*!« rief Sophie.

»Nein, dies Buch ist für fortgeschrittene Schüler«, sagte er. »Hier finden wir Abschnitte, die uns berichten, was die alten Römer, oder einige von ihnen, zum Thema Freundschaft geschrieben haben.«

»Wie lieb, daß Sie gekommen sind...«, brachte Sophie heraus. »Ich möchte, daß Sie mir verzeihen... ich könnte es nicht ertragen, Ihnen weh zu tun... ich lache jetzt nicht, oder lange nicht mehr so viel.«

»Meine Gefühle sind nicht im mindesten wichtig. Wenn das anders wäre, hätte ich nicht Lehrer werden dürfen.«

Die Mandelsloh stand an der Tür. »Wußtet Ihr nicht, daß Sophie auf keinen Fall lachen oder weinen darf, solange die Wunde nicht ganz zugeheilt ist?«

»Das hab ich nicht gewußt; ich schwöre es«, schrie George ganz verzweifelt.

»Das glaube ich dir«, sagte der Magister.

»Ich bin närrisch«, sagte Sophie plötzlich. »Ich bin nichts mehr nütze auf der Welt.«

Rockenthien war hinter der Mandelsloh hereingepoltert. »Ich will die Unterrichtsstunde mithören«, rief er über ihre Schulter und glaubte dabei, seine Stimme dem Krankenzimmer anzugleichen. »Ich hoffe, daraus zu lernen.«

»Alle, die zuhören, werden etwas lernen«, sagte Kegel. »Aber eine halbe Stunde wird genug für Fräulein Sophie sein.«

»Das habe ich auch allen gesagt«, meinte Rockenthien.

»Von wem sprechen Sie?«

Von allen, wie es schien – von allen, die er auf dem Weg vom Büro aufgesammelt hatte –, Mimi und Rudolf schon wieder, mit dem Kindermädchen, einen jungen Laufburschen, zwei Waisenkinder, denen man aus Barmherzigkeit Arbeit im Nähzimmer gegeben hatte und deren Namen keiner wußte, den Melkjungen, der die Ziegenmilch brachte und normalerweise nie ins Haus hineinkam. Einige zögerten an der Tür, aber der Hausherr bat sie alle großzügig herein und erzählte ihnen, sie dürften eine solche Gelegenheit nicht versäumen, sie käme vielleicht nur einmal. »Ich selbst weiß auch nicht genau, was Cicero über die Freundschaft gesagt hat.« Sophie streckte die Arme nach ihnen allen aus. In dem Krach konnte man ihr Lachen und ihren Husten kaum hören. Zwei kleine Hunde sprangen aufgeregt, weil jeder der erste sein wollte, mit angelegten Ohren auf ihr Bett und leckten ihr übers Gesicht.

Der Magister Kegel schloß sein Buch und dachte: »Immerhin sind diese Menschen wie geboren zur Freude.«

Anfang März 1797 hatte Fritz zehn Tage Urlaub vom Amt; er verbrachte sie in Grüningen. Er fragte Sophie: »Meine liebste Philosophie, können Sie gut schlafen?«

»Oh ja. Sie geben mir etwas zum Schlafen.«

»Die Nacht ist eine dunkle Gewalt«, sagte er.

»Oh, ich habe keine Angst vor der Nacht.«

Am Abend des 10. März sagte er zur Mandelsloh: »Soll ich hierbleiben?«

»Das müssen Sie selbst beurteilen.«

»Darf ich sie sehen?«

»Nein, jetzt nicht.«

»Aber später?«

Die Mandelsloh hatte offenbar einen Entschluß gefaßt und sagte: »Im Augenblick heilt nichts. Man hat uns gestern befohlen, die Wunde offenzuhalten.«

»Wie denn?«

»Mit Seidenfaden.«

»Und wie lange?«

»Ich weiß nicht, wie lange.«

Er fragte noch einmal: »Soll ich hierbleiben?«

Diesmal bekam er keine Antwort, und er schrie auf: »Lieber Gott, warum muß denn ein Tyrann, ein als Frau verkleideter Feldwebel wie Sie zwischen mir und meinem Söphgen stehen?«

»Sie würden die Wunde nicht ansehen«, sagte die Mandelsloh, »aber das nehme ich Ihnen nicht übel.«

»Ich will mir nicht anhören, was Sie mir nicht übelnehmen. Soll ich gehen oder bleiben?«

»Über Mut haben wir uns schon einmal unterhalten«, erinnerte die Mandelsloh ihn.

»Wir waren uns einig, daß man ihn nicht absolut messen kann«, sagte Fritz. »Der Bernhard war mutig, als er uns fortgelaufen und zum Fluß hinuntergerannt ist. Die Mutter war auf ihre Weise mutig, als sie sich mit mir im Garten getroffen hat –«

»In welchem Garten?«

»– Karl hat mit seinem Regiment vor Mainz unter Beschuß gestanden. Und Sie haben auch Mut, Sie waren bei den drei Operationen dabei. Und mein Söphgen –«

»Dies ist kein Wettkampf«, sagte die Mandelsloh. »Und Rückschau zu halten, nützt sowieso nichts. Was können Sie für sie tun? Das ist das einzige, was Sie sich in diesem Haus fragen müssen.«

»Falls man mir erlauben würde, sie zu pflegen, das kann ich, auch wenn Sie es nicht glauben mögen«, sagte Fritz. »Ja, davon verstehe ich etwas.«

»Wenn Sie hierblieben, würden Sie nicht als Pfleger gebraucht«, antwortete die Mandelsloh. »Als Lügner würden Sie gebraucht.« Fritz hob den schweren Kopf.

»Was müßte ich denn sagen?«

»Gott helfe uns – Sie müßten ihr jeden Tag von neuem sagen: ›Heute siehst du schon ein bißchen besser aus, Söphgen. Ja, ich glaube wirklich, etwas besser. Bald können wir schon in den Garten gehen. Wir müssen nur warten, bis das Wetter wärmer wird.‹«

Sie hatte die Worte gesprochen wie Schauspieler bei der ersten Probe, ganz ohne Gefühl. Fritz sah sie voll Entsetzen an.

»Und wenn ich das nicht sagen könnte, würden Sie mich für einen Feigling halten?«

»Meine Vorstellung von Feigheit ist sehr einfach«, sagte die Mandelsloh.

Einen Moment danach schrie Fritz auf: »Ich kann sie nicht belügen, sowenig wie mich selbst.«

»Ich weiß nicht, in welchem Maß ein Dichter sich selbst belügt.«

»Sie ist mein Schutzgeist. Sie weiß das.«

Die Mandelsloh gab keine Antwort.

»Soll ich bleiben?«

Sie sagte noch immer nichts, und Fritz verließ abrupt den Raum. Wohin er wohl geht? fragte sich die Mandelsloh. Das ist soviel einfacher für einen Mann. Wenn eine Frau allein sein will, weil sie eine schwere Entscheidung treffen muß, wohin kann sie dann gehen?

Als sie erfuhr, daß Hardenberg nach Weißenfels zurückgefahren war, war Sophie enttäuscht, aber nicht übermäßig. Schon oft hatte er zu einer Zeit abreisen müssen, da sie ihn nicht sehen durfte, weil es ihr nicht gut genug ging. Wenn sie wach war, lauschte sie auf das Getrappel seines Pferdes, das vom Stall zur Vordertür gebracht wurde, obwohl er den Gaul nicht mehr ritt, dessen müden Gang sie immer hatte erkennen können. Manchmal war er im Augenblick des Aufbruchs wieder vom Pferd gestiegen und zurückgelaufen, quer durch die Diele, die zwei Treppen hoch, die ihm nichts ausmachten, in ihr Zimmer gestürzt, um ihr noch einmal zu sagen. »Sophie, du bist die Seele meiner Seele.«

An diesem Abend war das nicht geschehen, und er kam nicht wieder.

Dreidreiviertel Stunden nach Weißenfels, mit einer Pause in Freyburg. Im Umland von Weißenfels lagen die Gemüsefelder, bis auf die Strünke vom Winterkohl, leer im Mondlicht. Die Stadttore waren geschlossen. Fritz zahlte die Strafe, die man Zuspätkommenden abnahm, und ritt langsam zu seinem Vaterhaus.

Es war die erste Fastenwoche, und nur wenige Lichter in der Klostergasse hatten Licht. Zu Hause lagen seine Eltern schon zu Bett. Erasmus war als einziger der Familie noch auf.

»Ich konnte nicht bleiben –«, erzählte ihm Fritz.

»Bester Bruder –«

Sophie starb am Morgen des 19. März, zwei Tage nach ihrem fünfzehnten Geburtstag, um halb elf Uhr. Fritz erhielt die Nachricht zwei Tage später in Weißenfels. Karoline Just bekam auch einen Brief von einer älteren Schwester Sophies, die beschrieb, wie das arme Mädchen immerfort geglaubt hatte, Pferdegetrappel zu hören.

Fritz wurde erst nach Sophies Tod als Schriftsteller bekannt. Im Februar 1798 teilte er seinen Freunden mit, in Zukunft werde er unter dem alten Familiennamen Novalis, von Rode, der Neuland Bestellende, schreiben. Als Novalis veröffentlichte er die *Hymnen an die Nacht* und arbeitete an vielen Entwürfen, von denen manche ausgeführt wurden und manche Fragmente blieben. Die Geschichte von der blauen Blume, die später *Heinrich von Ofterdingen* hieß, wurde nie vollendet.

Im Dezember 1798 verlobte Fritz sich mit Julie, einer Tochter des Berghauptmanns von Charpentier, Mathematikprofessor an der Bergakademie Freiberg. Sie war zweiundzwanzig Jahre alt. Er bewährte sich im Salinendirektorium und war zum Amtshauptmann im Thüringischen Kreis ernannt worden. An Friedrich Schlegel schrieb er, ein sehr interessantes Leben scheine auf ihn zu warten. Er fügte hinzu: »– indes aufrichtig wär ich doch lieber tot.«

Von den späten neunziger Jahren an verfielen die jungen Hardenbergs einer nach dem anderen der Lungentuberkulose und gingen fast ohne Gegenwehr dahin. Erasmus, der beharrlich erklärt hatte, er spucke nur deshalb Blut, weil er zuviel lache, starb am Karfreitag 1797. Sidonie blieb am Leben, bis sie zweiundzwanzig war. Zu Beginn des Jahres 1801 kam Fritz, der die gleichen Symptome hatte, heim nach Weißenfels zu seinen Eltern. Als er im Sterben lag, bat er Karl, ihm etwas auf dem Klavier vorzuspielen. Friedrich Schlegel kam, und Fritz erzählte ihm, er habe ganz neue Pläne mit der Geschichte von der blauen Blume.

Bernhard ertrank am 28. November 1800 in der Saale.

George fiel 1812 als Oberleutnant in der Schlacht von Smolensk.

Ein Jahr nach Fritzens Tod heiratete Karoline Just ihren Vetter Carl August.

Die Mandelsloh ließ sich 1800 von ihrem Mann scheiden und heiratete einen General von Bose. Sie wurde fünfundsiebzig Jahre alt.

Fritzens goldener Ring mit der Inschrift »Sophie sey mein Schuz Geist« befindet sich im Städtischen Museum Weißenfels.

ANMERKUNG DER AUTORIN

Grundlage dieses Romans ist das Leben Friedrich von Hardenbergs (1772-1801) in der Zeit, bevor er unter dem Namen Novalis berühmt wurde. Alle seine erhaltenen Schriften, Briefe von ihm und an ihn, Tagebücher und offizielle und private Dokumente wurden von Richard Samuel (†) und Paul Kluckhohn (†) in Zusammenarbeit mit Joachim Mähl und Gerhard Schulz gesammelt und 1960-1988 im Kohlhammer Verlag in fünf Bänden herausgegeben. Den Herausgebern schulde ich Dank. Die Beschreibung einer Operation ohne Anästhesie habe ich zum größten Teil einem Brief Fanny d'Arblays an ihre Schwester Esther Burney entnommen (30. September 1811), in dem sie über ihre Mastektomie schreibt.

ZU DIESER AUSGABE

insel taschenbuch 2707: Der vorliegende Text folgt der gebundenen Ausgabe: Penelope Fitzgerald, Die blaue Blume. Roman. Aus dem Englischen übertragen von Christa Krüger. © Insel Verlag Frankfurt am Main und Leipzig 1999. Originaltitel: The Blue Flower. Copyright © Penelope Fitzgerald 1995. Flamingo/Harper Collins, London 1995.
Umschlagabbildung: Frank W. Benson, Rainy day, 1906